O Último Restaurante de Paris

LILY GRAHAM

O ÚLTIMO RESTAURANTE *de* PARIS

2ª reimpressão

TRADUÇÃO: Elisa Nazarian

Copyright © 2022 Lily Graham
Publicado originalmente na Grã-Bretanha em 2022 pela StoryFire Ltd. (Bookouture)
Copyright desta edição © 2023 Editora Gutenberg

Título original: *The Last Restaurant in Paris*

Todos os direitos reservados pela Editora Gutenberg. Nenhuma parte desta publicação poderá ser reproduzida, seja por meios mecânicos, eletrônicos, seja via cópia xerográfica, sem a autorização prévia da Editora.

EDITORA RESPONSÁVEL
Flavia Lago

EDITORAS ASSISTENTES
Natália Chagas Máximo
Samira Vilela

PREPARAÇÃO DE TEXTO
Samira Vilela

REVISÃO
Claudia Vilas Gomes

CAPA
Diogo Droschi
(sobre imagem de Midjourney)

DIAGRAMAÇÃO
Waldênia Alvarenga

Dados Internacionais de Catalogação na Publicação (CIP)
Câmara Brasileira do Livro, SP, Brasil

Graham, Lily
    O último restaurante de Paris / Lily Graham ; tradução Elisa Nazarian.
-- 1. ed. ; 2. reimp. -- São Paulo : Gutenberg, 2024.

    Título original: The Last Restaurant in Paris
    ISBN 978-85-8235-709-5
    1. Romance inglês I. Título.

23-158761   CDD-823

Índice para catálogo sistemático:
1. Romances : Literatura inglesa 823

Eliane de Freitas Leite - Bibliotecária - CRB 8/8415

A **GUTENBERG** É UMA EDITORA DO **GRUPO AUTÊNTICA**

São Paulo
Av. Paulista, 2.073, Conjunto Nacional
Horsa I . Salas 404-406 . Bela Vista
01311-940 São Paulo . SP
Tel.: (55 11) 3034 4468

Belo Horizonte
Rua Carlos Turner, 420
Silveira . 31140-520
Belo Horizonte . MG
Tel.: (55 31) 3465 4500

www.editoragutenberg.com.br
SAC: atendimentoleitor@grupoautentica.com.br

Para Fudge, amiga querida, que faz uma falta imensa.

PARTE UM

1
GILBERT

Paris, 1987

O VELHO ANTIQUÁRIO DE LIVROS era uma nesga entre as lojas maiores, de cor pastel, na arborizada rua parisiense Rue Cardinet. Chamava-se Libraire d'Antiquités de Géroux, mas, ainda assim, era tão parte do bairro de Batignolles quanto a feira de sábado, a praça ou os turistas refazendo os passos do pintor impressionista Alfred Sisley.

A outra única construção que parecia pertencer ao cenário era o abandonado restaurante da esquina, como uma daquelas infelizes relíquias de família que tendem a não combinar com nada. A maioria das pessoas acreditava que era amaldiçoado ou assombrado, consequência do que acontecera ali durante a Ocupação alemã, quando, certa noite, a antiga dona envenenara todos os seus clientes, fato que, com o passar dos anos, transformou-se em lenda.

Por exemplo, alguns juravam que quando o vento mudava, ou uma nova estação se aproximava, ainda era possível sentir o cheiro de comida. Quando as folhas dos plátanos ficavam douradas, cresciam aromas de creme, vinho do Porto e frango assado, de início deliciosos, depois, conforme o dia avançava, tornavam-se acres e azedos.

E, quando a glicínia florescia, voavam murmúrios de torta de cereja, damasco e manteiga, igualmente apetitosos no começo, mas depois, à noite, enjoativamente açucarados, até ser preciso respirar pela boca para escapar ao cheiro deteriorado de fruta podre.

Não obstante, isso também trazia os turistas.

A ideia de aromas fantasmas duradouros incomodava Monsieur Géroux, o proprietário da loja de livros raros, quando era mais moço, fazendo com que ficasse furioso com as pessoas. Agora, em meados dos seus 60 anos, com os cabelos tendendo mais para brancos do que grisalhos, desesperava-se em como acontecimentos que eram bastante monstruosos, no decorrer do tempo se transformavam em mito, como em algum romance gótico.

Fazia mais de quarenta anos, e Monsieur Géroux ainda tinha pesadelos sobre o assunto. E, agora, aquele restaurante infernal ainda achava uma maneira de projetar uma sombra sobre ele.

O sino tilintou conforme ele se esgueirou para dentro da loja, fechando a porta à sua passagem, com um suspiro. Normalmente, quando era envolvido pelo cheiro familiar de livros velhos, madeira e nostalgia, tinha uma sensação de alívio, de lar. Hoje, sentia medo. Graças àquela carta.

Ela havia chegado um dia antes, com aparência inocente em seu elegante envelope branco e sua escrita datilografada de aspecto oficial, até revelar ser um convite de uma firma de advocacia para falar sobre *aquela noite*. A pior da sua vida, quando seu irmão, Henri, foi envenenado e morto. Por um momento terrível após ler o pedido da carta, pensou que fosse irromper em lágrimas. Havia fugido da loja, o coração aos pulos nos ouvidos, precisando estar em qualquer lugar, menos ali.

Passara a noite caminhando ao longo do Rio Sena, tentando, sem conseguir, tirar da cabeça o conteúdo da carta, não assimilando nenhuma das paisagens que, em geral, lhe proporcionavam calma. Os barcos estreitos, com seus jardins em vasos sobre as coberturas e seus marinheiros caninos atentos na proa; namorados caminhando de braços dados, talvez para colocar um cadeado em uma das pontes; comerciantes exibindo suas mercadorias ao longo das margens, suas barracas cheias de bricabraques, discos ou livros – nestes últimos, ele nunca resistia a dar uma olhada, talvez com um crepe quente envolto em papel manteiga em uma das mãos, açúcar quente e limão escorrendo pelo queixo enquanto vasculhava, com a eterna esperança de encontrar aquela joia rara que pudesse vender em sua própria loja.

Mas a calma não viera, nem a alegria, e não estava no clima para crepes.

Ao se aproximar de sua loja, soltou um suspiro. Com as palmas das mãos, tentou desenrugar o rosto como se fosse um pedaço de papel. Mal tinha dormido, o passado surgindo para atormentá-lo a noite toda, as lembranças cutucando-o com dedos efêmeros, dos quais ele se desvencilhou e que tentou ignorar, como àquela carta.

Mas não conseguiu.

Sua mão tremeu ao apertar o interruptor de luz de latão, e o interior da loja iluminou-se. As paredes eram cor oliva. O assoalho de madeira tinha um padrão espinha de peixe; do chão ao teto havia estantes de madeira pintadas de verde, novamente em tom oliva, e um assento de janela continha almofadas mostarda. Junto a uma parede, vários armários de vidro estavam cheios de livros raros; alguns ficaram curiosamente na moda em seus círculos de negócios, dependendo do mercado. Havia primeiras edições, algumas que ele jamais venderia, outras que tentava vender havia uma década ou mais. Havia até mesmo um bom champanhe de 1968, que estava guardando para o dia em que finalmente vendesse uma primeira edição norte-americana, particularmente feia, de *Lolita*, embora em alguns dias ele se perguntasse quem iria primeiro, ele ou o livro. Às vezes, isso o divertia; outras, nem tanto. As estantes abertas estavam cheias de livros de segunda mão, não tão valiosos, mas que se revelavam ligeiramente mais populares, embora, como poderia alegar a poeira, não populares o suficiente.

No meio estava sua escrivaninha, um monstrengo fora de moda, que já pertencera a seu avô, antigo diretor em uma escola preparatória local para meninos. Parecia convenientemente austera. Se fosse um rosto, teria um queixo bem firme e as costeletas de Charles Dickens. Tinha uma forração verde desbotada sobre o tampo de mogno, e, por cima disso, vários livros perfeitamente empilhados e necessitando de reparo. Mas, Monsieur Géroux estremeceu ao ver a bagunça que havia deixado na noite anterior: suas ferramentas ainda à mostra onde estivera ocupado consertando um livro, o vidro de cola aberto, suas gotículas agora arruinando a superfície da mesa.

Monsieur Géroux arrancou com a unha os pedacinhos de cola do tampo, bem como a crosta que se formara na abertura do vidro, e acabou suspirando ao ver, abandonado, o pincel que estivera usando para reencadernar a capa de couro, agora grudado na mesa, suas cerdas duras como pedra. Mesmo com um bom tempo de molho em água quente, provavelmente estava perdido.

Ficou exasperado consigo mesmo.

"Café", decidiu. Até em um dia ruim havia café, o que sempre era uma coisinha boa.

Monsieur Géroux colecionava coisinhas boas. O som inesperado do canto de um passarinho, uma oferta pela metade do preço na padaria, o sorriso de uma criança que passava. Ficavam guardadas em sua mente, para quando precisasse.

Havia dias em que sentia cada bocadinho dos anos que avançavam, como naquela manhã, em que se sentiu tão cansado quanto as linhas e sombras debaixo dos seus olhos sugeriam ao escanhoar a barba. Mas também havia dias em que tinha um vislumbre de si mesmo ao passar por uma vitrine e sofria um choque momentâneo por perceber que o velho que olhava de volta no vidro era ele mesmo. Ainda se via como um rapaz, com cabelo castanho avermelhado e sardas.

Pelo menos as sardas continuavam ali. Quando jovem, não gostava delas, mas agora sim. Curioso como aquilo acontecera.

Foi acender o fogãozinho a gás na cozinha, à esquerda da loja, escondida atrás de uma porta pintada, também, de verde-oliva. Às vezes preocupava-se de ter extrapolado com todo aquele verde. Abriu a torneira de água quente e colocou o pincel em um vidro, para ficar de molho. Depois, encheu sua cafeteira com grãos escuros de café fresco italiano, aspirando o aroma antes de colocá-la no fogão, para ferver.

Lidaria com a carta mais tarde, decidiu com firmeza, depois que limpasse tudo e completasse suas tarefas matinais. Foi melhor estabelecer um horário para sua preocupação, e uma pequena parte da calma que andara buscando desde a noite anterior finalmente cresceu dentro dele, como um pequeno broto de planta.

Levou o café para sua mesa e começou a arrumar a bagunça que havia deixado na véspera. Ligou o rádio na France Musique, uma estação com ênfase no jazz e no clássico, sua companhia costumeira pela manhã. As cordas marcantes do prelúdio da "Suíte n.º 1 para Violoncelo em Sol Maior", de Bach, encheram o espaço enquanto ele tomava um gole fortificante de seu café-tinta e começava a trabalhar, pondo cola em um novo pincel e voltando a consertar o volume de poesia.

Lá fora, a rua com calçamento de pedra ia se enchendo à medida que aquele canto de Paris acordava. Portas de loja abriam-se, avisos de "fechado" mudavam para "aberto". Pessoas passavam a caminho do trabalho segurando um *pain au chocolat*, ou levavam para casa uma baguete quentinha da padaria no final da rua. Crianças riam e pulavam para cima e para baixo da calçada, a caminho da escola. Velhos se arrastavam até seu café preferido mais à frente, com suas cadeiras de bistrô espalhando-se pela calçada, onde passariam a manhã com um café, um palito de dente e um lugar na primeira fila para assistir ao mundo rodar a sua volta.

Contudo, Monsieur Géroux não viu nada disso, uma vez que continuava com seus consertos.

A estação de rádio tinha mudado para a tranquilizadora melodia de Pachelbel, "Cânone em Ré Maior", quando, um pouco depois, ele escutou um arranhar conhecido na porta.

"Meu primeiro cliente." Foi abrir a porta, o humor melhorando.
– Pois não? – disse, contraindo os lábios.

Houve um pequeno ganido, e algo parecido com um tapete marrom felpudo esgueirou-se para dentro, em três patas.

– E por onde você andou, Tapete? – perguntou ao animal, como se ele fosse responder e contar suas aventuras.

O animal piscou para ele com olhos âmbar semiafundados sob o pelo rijo. Monsieur Géroux estalou a língua, depois foi buscar o café da manhã do velho conhecido.

Tapete era um cachorro, mas levava a vida de um gato. Monsieur Géroux jurou tê-lo visto uma vez aguardando em um semáforo. Outros lojistas da rua juraram tê-lo visto perambulando pela noite com uma dupla de gatos, que pareciam fazer suas vontades, como um chefe mafioso peludo. Monsieur Géroux não teria ficado surpreso.

Tapete tomou seu café da manhã, depois instalou-se no banco da janela para passar o dia. Por um tempo, Monsieur Géroux observou o cachorro com carinho, antes de passar para o próximo livro que precisava de reparo, para então perceber que, na verdade, não havia terminado o primeiro, e deixara gotículas de cola por toda a mesa. Mais uma vez. Fechou os olhos e pediu força. Continuava distraído por causa daquela carta e não adiantava fingir que não.

Pôs-se a batucar com os dedos no queixo, depois acabou desistindo e abriu a gaveta da mesa para pegá-la e lê-la mais uma vez.

19 de abril de 1987

Prezado Monsieur Géroux,
Sou assistente jurídica no escritório de advocacia Lefauge e Constable. Recentemente, tivemos uma revelação sobre uma das propriedades que administramos, um antigo restaurante na esquina da Rue Cardinet e Lumercier, que costumava operar sob o nome Luberon. Finalmente conseguimos localizar o último parente vivo da antiga proprietária, Marianne Blanchet.

Segundo a lei francesa, como o senhor deve saber, não podemos vender uma propriedade até identificarmos todos os potenciais reivindicadores de herança.

Pelos nossos registros, entendo que o senhor tenha familiaridade com o estabelecimento a que me refiro. É por isso que estou recorrendo ao senhor.

Em nossas fichas referentes a essa propriedade, descobri que o senhor foi listado como contato por ter prestado testemunho às autoridades quarenta anos atrás. Como uma das poucas pessoas vivas com conhecimento do que realmente aconteceu ali há tantos anos, seria possível eu colocar nossa cliente em contato com o senhor?

Nossa cliente Sabine Dupris não tinha ciência de seu parentesco com a antiga proprietária e, como o senhor bem pode imaginar, a notícia, assim como a descoberta do incidente ocorrido ali, foram muito perturbadoras. Ela tem muitas perguntas que permanecem sem resposta, perguntas que, infelizmente, não conseguimos responder. Logicamente, o senhor não tem obrigação de falar com ela.

Sabine Dupris autorizou-nos a compartilhar seus dados com o senhor, que seguem abaixo.

Atenciosamente,
Julie Dupont

Monsieur Géroux parou sobre a palavra *incidente*, fazendo uma careta. "Um belo eufemismo para assassinato", pensou, sombrio, perguntando-se se eles davam aulas a advogados e assistentes sobre como escrever tais coisas.

Franziu o cenho, continuando no trecho em que dizia *nossa cliente não tinha ciência de seu parentesco*, e, apesar de ter prometido ser duro consigo mesmo, sentiu seu coração suavizar, sabendo que nada disso poderia ter sido fácil de descobrir.

Voltou a ler as palavras *não tem obrigação*, depois contraiu os lábios no *muito perturbadoras*, sabendo que, apesar dessas afirmações, não havia dúvida de que estava implícita uma obrigação, a tal ponto que poderia muito bem estar circulada com tinta vermelha. Aquela era não apenas uma carta escrita, mas planejada, para tocar nas cordas do seu coração.

Mas ele não precisava ceder a isso. Poderia simplesmente enfiar a carta de volta na gaveta da escrivaninha e ignorá-la. Quarenta anos atrás, já havia fornecido informações sobre o que acontecera no restaurante para as autoridades, e, no que lhe dizia respeito, a coisa acabava aí. O que aquela mulher estava pedindo era impensável... Desenterrar todas aquelas lembranças e contar a alguma parente de Marianne o que ela havia feito?

Todas aquelas pessoas que ela envenenou *propositalmente*.

Falar do assassinato de seu irmão para uma estranha. Como se estivesse o que, dando uma aula de História? Provavelmente ela era jovem; os jovens ainda não tinham aprendido o quanto o passado é real, a apenas um trisco de distância quanto mais velho você fica e, às vezes, real demais para ser encarado.

Monsieur Géroux apertou o alto do nariz e colocou a carta sobre a mesa.

Os detalhes que aquela cliente procurava ainda se achavam disponíveis no registro público. Ele não precisava revivê-los de modo a oferecer uma perspectiva em uma história familiar esquecida, ou tentar dar sentido ao insensato, bem como jamais conseguiria responder àquela pergunta que ela estava destinada a querer saber mais do que qualquer coisa: por quê? Por que Marianne Blanchet matara todos aqueles fregueses?

Ele não *sabia*.

E isso ainda o assombrava.

O fato era que, com certeza, o que ele tinha a dizer, o que *não* deixara registrado seria ainda mais perturbador. Porque apenas levaria a mais perguntas que não poderia responder. A única que poderia seria Marianne, e agora ela estava morta, felizmente. Executada por seus crimes.

Ainda assim, ele era, como a assistente jurídica ressaltara com tanta habilidade, a única pessoa viva que se lembrava do que acontecera e que podia falar a respeito.

Por um momento, o rosto do irmão Henri flutuou à sua frente. Quando Monsieur Géroux morresse, também não haveria ninguém mais a se lembrar dele. Foi isso, mais do que qualquer outra coisa, que o fez mudar de ideia. Henri merecia ser lembrado, especialmente pela família de Marianne, depois do que ela fez. Ao pé da carta, havia um nome e um número. Seus dedos tremeram ao pegar o telefone.

2
SABINE

Duas semanas antes – Paris, 1987

CADA UM DE NÓS OUVE UMA HISTÓRIA sobre como começamos. Ela se inicia com as pessoas que vieram antes de nós, proporcionando a base sobre a qual nos construímos. No entanto, quando essa história muda inesperadamente, nós também mudamos. Nossas vidas passam a ter pés de barro.

Para Sabine Dupris, esse momento chegou com um telefonema.

Estava descalça, em pé em sua cozinha minúscula, com as portas azul-claras de seu armário de madeira cheias de pequeninas espirais que ela mesma havia pintado com amor. Madonna cantava "La Isla Bonita" em seu radinho, e ela estava transportada não para uma ilha espanhola, mas para o lado de fora, onde finalmente um casal de pintarroxos usava seu comedor de pássaros caseiro. Eles não pareciam se incomodar que suas habilidades em marcenaria ainda estivessem pouco desenvolvidas.

Sabine entrelaçou as mãos debaixo do queixo, balançando-se satisfeita sobre as plantas dos pés, quando o telefone tocou e tudo mudou.

Uma voz jovem apresentou-se como George Constable, advogado que ela não reconheceu, alguém que alegava ter uma novidade sobre o espólio de sua mãe. Sabine franziu o cenho. Levando-se em conta que sua mãe, Marguerite, morrera dois anos antes e passara dois anos morando com Sabine e o marido, Antoine, isso veio como uma surpresa.

— Tem certeza de estar falando com a pessoa certa? — perguntou, todos os pensamentos sobre passarinhos varridos de sua mente.

— Absoluta. Você é Sabine Dupris, nascida Allard, filha de Marguerite Allard, nascida Marchant, certo?

Ela concordou com a cabeça, a garganta ficando seca, depois percebeu que ele não podia vê-la e disse baixinho:

— Sim?

— Acho que seria melhor se viesse nos ver, para podermos explicar de maneira adequada. É um pouco complicado conversar pelo telefone.

Na tarde seguinte, Sabine foi até um escritório em Montmartre. Do lado de fora, compradores endinheirados aproveitavam ao máximo o sol do início da primavera.

No elegante escritório no andar superior, ela foi levada até uma sala de espera, que consistia em três cadeiras laranja sob um gigantesco pôster emoldurado dos nenúfares de Monet, que cobria toda a parede. Teve uma visão de seu reflexo espelhado no vidro e viu, com uma ponta de angústia, que seu cabelo loiro-escuro cacheado pendia para o lado onde ela o enfiara em um coque, e havia delineador borrado sob seus olhos. Estava justamente voltando a enrolar o cabelo em um nó quando um rapaz em um terno novinho em folha veio cumprimentá-la. Parecia recém-saído da faculdade de Direito. Era alto e desajeitado, com grandes olhos castanhos e uma franja que parecia fadada a cair sobre a testa, apesar da quantidade de gel que aplicara com vontade no restante da cabeleira.

— George Constable — ele disse, estendendo a mão, depois acrescentando: — Júnior.

Os olhos de Sabine vagaram curiosos em direção à placa acima da cabeça deles, onde o nome da firma, Lefauge e Constable, estava gravado em preto sobre metal prateado. Ela sorriu.

– Sabine Dupris.

Ele acenou com a cabeça.

– Queira me acompanhar – convidou, gesticulando para uma sala de reuniões cercada de vidro, na virada do corredor.

Para Sabine, pareceu um lugar estranho para uma reunião particular, como se ela estivesse em exposição, um objeto curioso em um frasco.

– Café? Água? – ele ofereceu.

– Estou bem, obrigada – ela respondeu, sentando-se em uma cadeira. Era laranja. Percebeu um tema. Depois pensou, sombriamente, que nenhuma quantidade de cores vivas faria muita diferença para seus clientes. Não era por diversão que as pessoas escolhiam um advogado. Bom, talvez os ricos fizessem isso, concluiu.

Ele se sentou em frente a ela e acendeu um cigarro, oferecendo-lhe o maço. Ela negou com a cabeça.

– *Bon* – ele deu de ombros. Depois, abriu uma pasta e folheou alguns papéis. Por fim, começou a explicar por que a tinha convidado a vir, enquanto longas ondas de fumaça espiralavam do cigarro em seus dedos.

Deu início a um complicado monólogo sobre leis de herança, que soou exatamente como se tivesse sido decorado de um manual. Talvez ainda estivesse fresco em sua mente, ela pensou, depois se recriminou pela ideia; provavelmente não era tão mais velha do que ele, aos 29 anos.

Enquanto ele falava, o cigarro transformou-se em uma longa bobina de cinza. Distraída, Sabine se perguntou quando ele bateria para soltar aquilo.

Como ela não dizia nada, ele foi ficando cada vez mais nervoso. Por um momento, brincou com a gravata listada de azul e grafite, e um pouco da cinza caiu em seu colo. Ele praguejou baixinho, e ela disfarçou um sorriso enquanto ele batia na calça, acabando por apagar o cigarro no cinzeiro.

Seu sotaque era diferente, ela pensou, não era parisiense. Da Normandia, talvez? Ele continuou descrevendo as leis de herança, e por um momento a atenção de Sabine voltou a se dispersar, mas foi rapidamente trazida de volta quando ele começou a falar sobre o caminho sinuoso que os havia levado a encontrar sua mãe, Marguerite.

– Mas devo dizer que, como ela foi adotada, fiquei preocupado que isso tornasse quase impossível localizá-la.

Sabine respirou fundo, rapidamente.

– O quê?

Ele confundiu isso com entusiasmo, talvez por suas habilidades de investigação, e balançou a cabeça positivamente.

– Pensei que os registros da adoção de sua mãe pudessem estar lacrados, mas felizmente não foi o caso. O que significa que conseguimos, por fim, encontrá-la depois de quase quarenta anos, e agora, após seu falecimento, bom, você...

Sabine o encarou com o cenho franzido, notando os sérios olhos castanhos, os brancos lá de dentro tendendo ligeiramente para amarelo, talvez por causa do tabagismo. Seu terno, que agora tinha uma marca de cinza na calça, era caro, bem como aquele escritório. Não devia ser barato ter um escritório naquela parte da cidade, ela pensou. E não parecia o tipo de lugar que estaria envolvido em alguma fraude ou brincadeira elaborada sobre herança para cima de alguma alma pobre e inocente.

Sabine trabalhava em uma biblioteca; não era como se ela tivesse muito dinheiro para sofrer um golpe. Com certeza eles iriam querer um alvo mais apropriado. Tinha ouvido falar sobre essas coisas, sobre pessoas que descobriam ter herdado algum pedaço de terra, ou propriedade, só para depois entenderem que tudo não passava de um esquema abominável para surrupiar-lhes dinheiro. Não parecia que aquele lugar fizesse esse tipo de trapaça. Ainda assim, dava essa sensação.

– Acho que você está enganado – ela disse, fechando a cara.

Ele sacudiu a cabeça e repetiu um resumo do que havia lhe dito cinco minutos antes. Enrijeceu.

– Garanto a você, foi tudo verificado. Sua mãe era a proprietária legal de um comércio em Batignolles, Paris, herdado da mãe dela, sua avó biológica, Marianne Blanchet. Ao que parece, um antigo restaurante. Atrevo-me a dizer que talvez você até tenha ouvido falar nele... Infelizmente, tem uma reputação um pouco lamentável.

Sabine franziu o cenho outra vez, tentando conciliar tudo isso em sua mente, sem conseguir. Era óbvio que ele a estava confundindo com outra pessoa.

– Não, o que eu quero dizer é que você deve estar enganado, porque a minha mãe *não foi* adotada.

Ele a olhou um tanto consternado, os olhos arregalando-se com a constatação. Sua voz ficou curiosamente mais fraca, como uma bexiga com um furo.

– Ah, entendo.

– Conheci meus avós quando eram vivos. Minha mãe era muito parecida com minha avó, Aimée Marchant – Sabine disse, enfática.

A mão do advogado tremeu ligeiramente enquanto ele tomava um restaurador gole de água, seus olhos vislumbrando por um segundo as paredes de vidro, como que suplicando para que alguém, qualquer um, viesse ajudar, antes de voltar a olhar para ela, com relutância.

– Deve ter sido simplesmente uma coincidência, madame, porque, lamento dizer, ela realmente foi adotada. Temos toda a papelada, inclusive as certidões de nascimento e de adoção da sua mãe. Não tem como se enganar, sinto muito.

Sabine apenas o olhou fixamente, esquecendo-se de piscar.

– Bom, você está querendo dizer que ela também não sabia? – ele perguntou, preenchendo o silêncio.

Um enxame de insetos zumbia nos ouvidos de Sabine. Ela só conseguiu sacudir a cabeça. Por fim, disse:

– Você pode me mostrar essas certidões?

Ele concordou com um gesto de cabeça, depois olhou para sua pasta e voltou a remexer na papelada, até dar com duas certidões, uma do nascimento de sua mãe e outra de sua adoção.

Sabine perdeu a cor ao consultá-las. Mesmo de cabeça para baixo, os nomes saltavam aos olhos dela. *Marguerite Blanchet*. O mesmo nome nas duas, seguido pelos nomes de seus avós, Aimée e Édouard Marchant, agora falecidos, nos papéis de adoção. Estava tudo ali, preto no branco.

– Posso ter uma cópia disso?

– Você pode levar os originais. Vou fazer uma cópia rápida para nossos registros.

Ele se levantou apressado para fazer isso, como que desesperado para dar o fora. Voltou alguns minutos depois e lhe entregou os documentos. Em seguida, voltou a lhe oferecer café. Desta vez, ela aceitou, embora, na verdade, quisesse algo mais forte.

Sabine olhou fixamente para os documentos que ele lhe entregara, sem conseguir entender.

– Seria possível que que ela soubesse, mas não te contou? – ele perguntou depois de colocar uma xícara de café ao lado do cotovelo esquerdo dela.

O olhar de Sabine disparou para o advogado, seus olhos azuis escurecendo.

– Por que ela não me contaria? Minha mãe me contava tudo, era minha melhor amiga. – Lágrimas arderam em seus olhos, e ela as afastou em um misto de constrangimento e raiva.

O advogado ficou calado por um tempo, sua pele mosqueando em uma crescente tendência vermelho e branca. Ele engoliu em seco, parecendo querer voltar correndo para a sala de impressão.

– Bom, talvez ela não quisesse que você soubesse, ou talvez ela mesma não tivesse sido informada? Seja como for, considerando as circunstâncias, possivelmente o motivo foi o mesmo.

Sabine piscou.

– Que circunstâncias...? Que motivo? Por que ela não iria querer que eu soubesse?

Ele franziu o cenho, hesitando por um momento, inconscientemente inclinando-se um pouco para longe dela.

– Só posso fazer uma suposição. Veja, a sua avó, ou seja, sua avó biológica é, digo, era a dona de um restaurante chamado Luberon.

Ele tirou um pequeno envelope da papelada à sua frente, abriu-o com uma sacudida, e algo velho, feito de latão, caiu sobre a mesa reluzente. Era uma chave antiga.

– Luberon – Sabine repetiu, confusa, olhando para a chave, mas pensando em férias na Provença com seus avós, em aldeias encantadoras no alto de colinas, vilas de pedra ensolaradas, vinhedos, lavandas, uma paisagem ondulante, o mar...

Nos meses que se seguiriam, ela pensaria frequentemente nesse momento. O momento antes de saber. Antes que ele a corrigisse e tudo mudasse.

– Era um restaurante – ele disse, indicando a chave – no bairro de Batignolles, Paris, na esquina da Rue Cardinet com a Lumercier. Agora está abandonado.

– Continua lá?

O advogado confirmou com a cabeça.

– Posso ir vê-lo?

Ele ficou sério. Depois concordou, empurrando a chave para ela.

– Pode. – Então hesitou, acrescentando: – Ele não está caindo aos pedaços, mas eu recomendaria cautela. Faz um tempo que está vazio, e ainda precisamos fazer uma inspeção completa no prédio. Mas a segurança não é a verdadeira preocupação.

– Não é?

– Não. Bom, veja, eu seria relapso se não te contasse a história toda. Caso você vá lá, é claro, estará fadada a descobri-la. Então, preciso te avisar. Como eu disse, até hoje ele tem uma má reputação. Durante a guerra, quando a cidade estava sob Ocupação, a dona do restaurante, certa noite, envenenou e matou todos os seus clientes.

Sabine perdeu a cor.

– O quê? Como?

– Com uma beladona mortal – ele respondeu, e por um momento ela se perguntou, novamente, se ele estaria fazendo algum tipo de brincadeira.

Ele continuou:

– As autoridades foram levadas a supor que foi uma execução planejada. Vários nazistas foram mortos, juntamente com dois parisienses locais.

Sabine pestanejou, horrorizada.

– O que aconteceu com ela depois, você sabe?

– Ela foi executada.

Sabine ficou pasma.

– Não acredito que eu nunca soube nada disso.

O advogado concordou com a cabeça, como se estivesse pensando a mesma coisa.

– Você tem certeza de que sua mãe não fazia ideia?

Ela olhou para ele com profunda descrença.

– Ideia de que era filha de uma das mulheres mais malvadas de Paris e simplesmente... o quê, se esqueceu de me contar? Espero que não. Para falar a verdade, espero que ela não fizesse a mínima ideia.

3
GILBERT

Paris, 1987

ELA ERA UMA CARICATURA DE MULHER, com cabelos loiros cacheados amontoados no alto da cabeça, encolhida em um casaco xadrez vermelho e preto muitos números maiores do que o seu. Curiosamente, calçava dois sapatos diferentes, um verde, outro preto.

Monsieur Géroux fez uma careta enquanto refletia se aquilo seria alguma moda nova. Não *parecia* moda. Era mais como se ela tivesse se vestido no escuro, mas quem era ele para dizer? Talvez, agora, aquilo fosse estiloso.

No entanto, quando ela endireitou o corpo, Monsieur Géroux esqueceu-se de tudo que tinha a ver com seus trajes, esqueceu-se de cada palavra que um dia tinha aprendido. Os olhos dela eram do azul de uma chama de parafina. Era como ver um fantasma, mas era ele que estava sem cor.

– Sou Sabine... Sabine Dupris – ela disse baixinho, os lábios vermelhos abrindo-se em um sorriso franco, e deu um passo à frente, hesitante, estendendo uma mãozinha para depois estremecer e tentar se livrar do que parecia ser uma mancha de tinta branca. – Nós... Nós conversamos pelo telefone – ela continuou, ficando mais hesitante quando ele não disse nada, mas continuou de olhar fixo, sem piscar, sem fazer um movimento para pegar na mão dela.

Levou algum tempo para a areia deixar sua garganta e ele encontrar as palavras, como se estivesse raspando sedimentos no fundo de um vidro de geleia. Foi apertar a mão dela, mas ela já a tinha retirado.

– É... Hum, bem-vinda – ele acrescentou rapidamente, embora não tivesse certeza de que aquilo fosse verdade.

Enquanto continuava a encará-la, percebeu que os olhos dela não eram exatamente iguais aos de Marianne. Eram ligeiramente mais escuros, e o olhar não era tão penetrante. Mas o formato deles, combinado com as linhas do rosto, eram dolorosamente parecidos. Um soco no estômago, e ele engoliu.

– Seu cachorro é uma graça – ela disse, em um gesto de simpatia.

– Na verdade, não é meu. – Ela franziu a testa e ele explicou: – Ele pertence a si próprio.

Ela sorriu, como se gostasse da ideia.

– Obrigada por me receber – ela falou. – Mal posso dizer o quanto sou grata.

– Você se parece com ela – ele comentou, as palavras despencando para fora como moedas desembestadas.

– Pareço? – ela segurou o fôlego.

Ele assentiu com um gesto de cabeça, depois mordeu o lábio inferior.

– O que eu tenho a dizer, bom, não vai ser fácil.

– Não achei que seria. – Ela passou a mão no coque malfeito no alto da cabeça, estremecendo ao sentir o quanto oscilara para o lado, como a inclinada Torre de Pisa. – Desde que descobri que minha mãe foi adotada, minha cabeça está em parafuso. É como se não conseguisse achar um terreno firme – ela admitiu. – Especialmente levando-se em conta o motivo de ela ter sido dada. Quero dizer, imagino que não queriam que ela soubesse o que sua *verdadeira mãe* fez.

Levou um momento para suas palavras serem assimiladas.

A coluna de Monsieur Géroux enrijeceu como vidro.

É claro que ele havia visto a semelhança, mas deduzira que a menina fosse uma parente distante, talvez uma sobrinha-neta.

– Marianne não tinha filhos – ele disse.

Sabine franziu o cenho.

– Tinha, minha mãe, Marguerite. Foi assim que eles me acharam. Como eu disse, não fazia ideia de que ela fosse adotada.

Ele olhou para ela enquanto seu estômago despencava.

– Eu também não fazia ideia. Ela nunca... – Ele se interrompeu. Desde quando Marianne havia lhe contado os fatos por completo? Com ela, tudo era uma coleção de semiverdades e enigmas. Ainda naquela época, isso o atormentava. Era típico dela, ele pensou, continuar surpreendendo mesmo depois de morta.

Sabine percebeu-se corando. Um pequeno pensamento pareceu passar rapidamente por sua mente, e ela perguntou, um tanto desajeitada:

– Hum, o senhor está sugerindo que o senhor e, ah, ela... tinham um relacionamento?

Monsieur Géroux começou a mudar de cor, a começar pelo pescoço, espalhando-se pelas orelhas, em um rosa forte. Seus olhos arregalaram-se e, para surpresa dela, ele soltou uma breve risada.

– Ah, não.

Perante o olhar questionador de Sabine, soltou uma breve risada.

– Eu bem que teria gostado disso... naquela época – ele admitiu. – A maioria dos homens teria gostado, ela era linda. Mas eu era muito mais moço do que ela, mal tinha feito 15 anos, e ela estava com 20 e poucos. Só quis dizer, na verdade, que a conheci nos anos em que eu e meu irmão, Henri, trabalhamos em seu restaurante, e éramos muito próximos. Ou pelo menos eu achei que fôssemos. Talvez ela estivesse grávida e não disse nada, talvez tenha parido depois...

– Depois que ela fugiu do restaurante, é o que o senhor quer dizer? Deduzo que as autoridades a teriam encontrado bem rápido depois disso... e a matado.

– Pode ser, não passa de uma ideia, e não sei exatamente quanto tempo levou para que eles a achassem. Só sei que não foi de imediato, levou várias semanas, talvez meses, até que a localizassem. Ela poderia ter dado à luz durante esse tempo.

Sabine concordou.

– Ela estava envolvida com alguém antes disso?

Uma sombra passou pelos olhos dele.

– Não que eu saiba – respondeu.

Sabine se perguntou se haveria algo além disso, algo que ele não estava contando.

Monsieur Géroux foi colocar a placa de "fechado" na porta da loja, depois a convidou a se sentar junto à sua escrivaninha, puxando uma cadeira para ela.

– Café? – ofereceu.

Sabine percebeu que provavelmente ele estava ganhando tempo, porque parecia bem nervoso, mas estava cansada e não andara dormindo muito desde a descoberta de que sua mãe fora adotada. Olhou para os pés e viu que tinha calçado dois sapatos diferentes. Fechou os olhos, constrangida. Andara tão agitada com a ideia de ir até lá e saber sobre sua avó biológica que descobriu ser impossível dormir e, quando finalmente o conseguiu, pouco antes do amanhecer, acordou faltando dez minutos para seu encontro com o livreiro. Daí, sua aparência desleixada.

– Um café seria ótimo, obrigada – ela disse.

– Leite, açúcar?

– Puro, obrigada.

Enquanto Monsieur Géroux fazia o café, Sabine deu uma olhada na loja. O cachorro tratou de se acomodar em uma almofada junto à janela, e ela foi atrás para lhe fazer um afago atrás da orelha. Seu pelo era uma mistura entre macio e rijo.

– Como ele se chama? O cachorro? – ela perguntou.

– Tapete.

Ela sorriu. Ele se parecia um pouco com um velho carpete. Isso não diminuiu seu afeto por ele, que crescia a cada momento em que ele a olhava com seus olhos cor de rum, erguendo uma pata em um convite para que continuasse com o agrado.

Quando Monsieur Géroux trouxe o café, bufou.

– Vejo que você conseguiu mais uma vítima, Tapete – disse. – Ele tem certo fã-clube.

Sabine sorriu.

– Bom, com certeza agora faço parte dele.

Monsieur Géroux ficou olhando para ela.

– Quase não telefonei para você – admitiu.

De certo modo, isso não a surpreendeu, levando-se em conta o quanto ele pareceu cauteloso no começo. Lamentou colocá-lo nessa situação, mas ele era sua única chance de descobrir o que realmente acontecera.

– Dá para imaginar. Estou falando sério. Agradeço de coração o senhor arrumar um tempo para conversar comigo. Não deve ser fácil tocar nesse assunto.

– Não – ele reconheceu, com um profundo suspiro. – A não ser para as autoridades e a minha esposa, não acho que algum dia eu tenha contado a alguém. E mesmo assim omiti algumas partes.

– Ah, o senhor é casado?

– Fui. Ela faleceu cinco anos atrás.

– Sinto muito.

Ele tomou um gole de café.

– Obrigado.

– Não consigo imaginar como deve ter sido viver sob a Ocupação. Meus próprios avós... meus avós adotivos – ela corrigiu com uma careta – mal falavam sobre isso. Mas eu me lembro que minha avó costumava falar sobre a mudança no meu avô, depois que ele voltou para casa.

Monsieur Géroux balançou a cabeça.

– Isso aconteceu com vários homens. Aqueles que voltaram para casa não eram os mesmos que haviam partido para a guerra. É impossível algo assim não mudar você. Mas aqueles que ficaram para trás sofreram um golpe tão duro quanto, de outras maneiras, e nós também mudamos.

Ele olhou para o teto e então fez um barulho estranho, como um ronco.

– O quê?

– Nunca vou me esquecer do dia em que eles entraram marchando em nossa cidade, aqueles estrangeiros, com seus uniformes e rostos gélidos, declarando nossa cidade como deles, enquanto o governo nos deixou para nos defendermos por conta própria. Muitos dos nossos amigos foram embora, mas nós não tínhamos para onde ir. Éramos prisioneiros em nossas próprias casas; toda liberdade que tínhamos como certa mudou, já que nós passamos a obedecer a eles. Quando conheci Marianne, ela foi minha única fonte de luz naquele tempo.

Sabine piscou. Chocada.

Ele confirmou com a cabeça, esfregando o rosto.

– Veja, este é um dos motivos de ser difícil falar a respeito. – Seus lábios tremeram. – Eu *gostava* da Marianne. Ela era mais velha do que eu, provavelmente uns bons dez anos, mas era cheia de vida. Para mim, o mundo se tornara cinza, mas era como se ela fosse colorida. À época, eu morava com a minha mãe, que estava muito doente, e com meu irmãozinho Henri... – Ele fechou os olhos, e suas pálpebras tremeram ao dizer o nome do irmão. – Que tinha um temperamento difícil, rebelde... e coube a mim tomar conta de todos nós. Veja, meu pai estava fora, lutando, uma das pobres almas azaradas enviadas para defender uma das fronteiras menos protegidas, perto da floresta Ardenas, que, para o choque de todos, foram usadas pelos alemães para entrar na França. Ele foi morto no quinto dia da invasão alemã, foi o que nos disseram. Havia muito poucos homens ali para que houvesse um verdadeiro combate. Achavam que os alemães usariam a Linha Maginot, altamente defendida, e que não haveria outra via real para a França. Foi um erro que, sob muitos aspectos, nos custou a guerra.

Sabine ouvia com atenção, e Monsieur Géroux continuou:

— Quando Paris foi ocupada em junho de 1940, tínhamos ficado pobres, quase tão pobres quanto era possível naquela época, sem de fato morrer de fome. Ninguém tinha dinheiro, nem interesse em livros raros, e fomos forçados a fechar. Isto aqui era do meu pai — ele explicou, acenando a mão para indicar a loja — antes de ser meu. Como muitos outros, fiquei arrasado com a perda, faminto, e achando difícil ter algo parecido com esperança em um futuro melhor. Até conhecê-la.

— Quantos anos o senhor tinha?

— Quinze. Jovem demais para me alistar, mas velho o bastante para sentir que queria lutar, fazer alguma coisa. Mas eram tempos duros, eu não podia simplesmente abandonar meu irmão e minha mãe para ir à guerra. Tinha que tentar ganhar a vida, fazer minha obrigação e assumir a família, como meu pai gostaria. Respondi a um anúncio para serviços de cozinha, cumim, serviços gerais, e foi então que conheci sua avó Marianne. Ela mesma fez a entrevista em uma construção vazia, dobrando a esquina da minha casa, para a qual tentava conseguir permissão para transformar em um restaurante.

Sabine olhou fixamente, e então, de súbito, prendeu o fôlego ao se dar conta.

— Ela abriu o restaurante *durante* a Ocupação?

— Sim. Enquanto todos os outros estavam fechando, com os donos fugindo para a Zona Livre ou tendo a administração tomada por nazistas, em uma espécie de colaboração forçada, ela decidiu abrir seu próprio estabelecimento.

Quando ele colocou dessa maneira, pareceu ainda pior.

— Por quê? Por que na Paris ocupada?

— É uma boa pergunta. Muitas pessoas deduziram que fosse uma atitude mercenária. Naquele período, os únicos que tinham dinheiro para ir a restaurantes eram os nazistas, é claro. Mas nunca percebi essa intenção nela. Da maneira que ela me colocou, era uma espécie de desafio. Que, enquanto as botas dos soldados corriam brutalmente por nossas ruas e em outros lugares, enquanto a guerra se ocupava em destruir coisas, ela construiria algo para o nosso povo, para os que ficaram para trás.

Sabine não conseguia acreditar.

— Ela me contou que iria negociar, não colaborar com eles, a fim de garantir que seu bairro não morresse de fome — explicou Monsieur Géroux. — Alimentaria os oficiais com comida boa e saudável, em um ambiente acolhedor, e a única coisa que pediria em troca é que fosse capaz de alimentar tantas famílias do bairro quanto pudesse, por um preço acessível, subsidiado. Àquela altura, fazia um ano que a cidade estava ocupada, e apesar das rações, as pessoas iam para a cama com fome. Mais tarde, os cidadãos condenariam qualquer um que tivesse colaborado com os nazistas, como se fosse o pior tipo de traidor, mas eu nunca vi dessa maneira, preto no branco. Milhares de mulheres e crianças foram deixadas sozinhas, os homens tendo ido embora, a não ser os jovens e os muito velhos. Seu governo literalmente abandonou-os por Vichy, onde eram manipulados pelos nazistas. Os franceses que sobreviveram conseguiram-no com base na astúcia. Não deveriam ser julgados com tanta dureza.

— Concordo — disse Sabine.

Ele a olhou, surpreso. Até agora, havia aqueles que discutiam com ele, o rosto afogueado, ultrajados perante tal ideia.

— Em tempos de paz e prosperidade, é fácil pensar no que teríamos feito, pensar que seríamos corajosos e tão cheios de integridade que preferiríamos morrer a colaborar. Mas havia crianças a serem alimentadas e velhos a serem cuidados. A verdade é que a maioria de nós faria exatamente a mesma coisa, se um dia voltasse a acontecer. Afivelaríamos um sorriso, se isso significasse que poderíamos nos manter vivos e aos nossos entes queridos. Seres humanos, na verdade, não mudam, ainda que gostemos de pensar que sim.

Monsieur Géroux concordou.

— Bom, eu também pensava assim. — Depois, ele riu. — Imaginei, na verdade, que poderia fazer as duas coisas: trabalhar para Marianne, mantendo os nazistas felizes, e também trabalhar para a Resistência, distribuindo panfletos.

Ela o olhou, espantada.

– É mesmo?

– Sim. Juntei-me a uma das revoltas estudantis alguns meses depois de abrirmos o restaurante.

– Uau, isso é incrível! Como foi no começo, quando você começou a trabalhar lá?

Sabine não conseguia imaginar o quanto deveria ser apavorante trabalhar na cidade durante a Ocupação, com soldados alemães por toda parte, durante uma guerra, enquanto toda a sua família confiava em você, que tinha apenas 15 anos.

– No começo, éramos só ela e eu, na verdade, trabalhando o tempo todo para abrir o restaurante; pintando, consertando, mas tudo sob a supervisão deles, e isso acrescentou uma camada extra de estresse.

– Dá para imaginar. Parece muito trabalho.

– Era, mas eu estava feliz em fazê-lo, os dias passavam rápido. Para ser sincero, depois daquele primeiro ano angustiante sob a Ocupação, foi um alívio ter algo que tomasse tanto do meu tempo. Mas foi mais do que isso.

– O que o senhor quer dizer?

– Bom, como eu disse, eu tinha 15 anos – ele explicou com um meio-sorriso para seu passado. – Era fácil gostar dela, fácil estar perto dela, e por um bom tempo pensei que estivesse apaixonado.

4
GILBERT

Batignolles, Paris, 1942

A TABULETA PINTADA A MÃO para o novo restaurante, que abriria dali a uma semana, brilhava sob o sol de fim de verão. *Luberon*.

Gilbert Géroux varria o degrau da frente quando entreouviu duas mulheres mais velhas cochichando alto. Uma delas era alta e magra, com cabelos escuros e uma expressão amarga; a outra tinha um barrete ralo de cabelos cor de rato, e sua expressão era igualmente soturna.

Parecia que tinham acabado de voltar do mercado, com suas sacolas de cordões lamentavelmente murchas. Antes da Ocupação, as sacolas estariam cheias de todo tipo de coisas da rica despensa que era a França: queijo da Normandia, tomates da Bretanha, azeitonas da Provença. Naquele dia, mesmo a distância, pelos buracos dos cordões, Gilbert pôde ver que era uma coleta escassa, cansada: um maço magro de cenouras, um nabo e uma batata, muito provavelmente murcha.

Pôde ouvi-las conversando enquanto continuava a varrer. Suas vozes foram aumentando, como se elas quisessem que ele ouvisse.

— Dizem que *ela* teve uma dispensa especial para transformar isso em restaurante — falou a mais alta.

— É, todo mundo morrendo de fome, os negócios afundando, e ela abrindo — a de cabelos ralos grunhiu. — Não é difícil imaginar como ela conseguiu isso.

— Vergonhoso, vergonhoso — fungou a alta. — E o fato de que irá servir comida provinciana aqui é duplamente ofensivo. — Em seguida, ela riu da própria piada.

— O que você quer dizer com comida provinciana? — perguntou a companheira.

— Soube pela minha vizinha, Madame Da Barra. Aparentemente, *ela* mesma contou, sem papas na língua, quando Madame Da Barra perguntou a respeito. Só quer servir "comida do interior, saudável", ela disse. Como aquela gororoba que eles servem na Provença rural, só cozidos e coisas assim. Luberon — ela escarneceu, gotejando desprezo. — Aqui? Pergunto a você.

— Ah — disse a mais baixa. — Só imagino o quanto aqueles comedores de batatas e chucrute vão amar isso.

— Ah, sim. Ela deveria ter poupado o trabalho e dado o nome de "A Colaboradora Feliz".

As duas riram e, finalmente, saíram andando.

Gilbert sacudiu a cabeça, as mãos fechadas em punho caídas ao lado do corpo, depois jogou a vassoura no chão e decidiu que iria até lá dizer algumas verdades àquelas duas galinhas cacarejantes. Marianne só tinha aberto o restaurante para o próprio bem delas! Como ousavam desdenhar da simples comida rural? Significava barrigas mais cheias a preços mais baixos, qualquer idiota deveria ver isso. Afinal, o que havia de errado com um bom cozido? Fazia sentido! Até parece que agora todos podiam pagar por carne e frutos do mar!

Além disso, o plano de Marianne tinha funcionado. Logo depois de receber a licença para abrir, ela conseguiu negociar acordos e preços melhores para os locais, bem como uma taxa muito favorável para os produtos agrícolas.

Sim, tecnicamente era uma "colaboração", mas naqueles tempos não era para se zombar de uma barriga cheia. E, como a própria Marianne havia observado, uma barriga cheia significava que você vivia para levar em frente a luta. Fome e rebelião eram uma guerra empreendida apenas contra si mesmo.

Mas, assim que ele pisou na rua para dar seu sermão, uma mão suja de tinta envolveu seu pulso. Ao se virar rapidamente, viu Marianne às suas costas.

Seu longo cabelo loiro estava amarrado em um lenço de seda azul e amarelo, e ela usava um macacão de marinheiro. Ainda assim, de algum modo, conseguia ficar linda. Seus lábios eram vermelho-cereja. Ela havia dito a ele que só começaria a desistir quando não houvesse mais batons à venda. No entanto, piscara ao dizer isso. Não estava piscando agora, mas olhando para ele com curiosidade, com aqueles intensos olhos azuis, como a flor delfínio.

Sorriu para ele, e uma covinha surgiu no canto da boca. A única coisa em seu rosto que demonstrava que ela entreouvira o que aquelas mulheres haviam dito era um ligeiro rubor insinuando-se em sua face e seu pescoço.

– Não vale a pena, Gilbert. Precisamos que eles caiam em si, e você não pode forçar isso.

– Mas como é que eles vão "cair em si" se não entendem? – perguntou ele, com uma careta. Suas sardas sumiam à medida que o rosto ficava vermelho de irritação.

– Eles vão acabar entendendo, só lhes dê um tempo. Uma coisa como essa – ela apontou para o prédio atrás de si –, um restaurante que esteja sendo aberto com a ajuda dos alemães, bom, não é fácil eles aceitarem isso da noite para o dia. O orgulho é uma das únicas coisas que lhes resta. Precisamos reconhecer isso e tentar mostrar que estamos, de fato, do lado deles. Nossa missão é ganhar a confiança deles, lentamente. Precisamos ter paciência – ela concluiu, dando uma piscada.

Apesar de suas intenções, Gilbert se viu sorrindo para ela. Além disso, o que ela dizia fazia sentido. Ele não sabia como ela conseguia permanecer tão calma e racional; a raiva dele era como algo vivo, muito tangível debaixo da pele.

Embora tantos parisienses tivessem o ar cansado, parecendo carregar o peso da guerra nos ombros, caminhando com pés de chumbo, exaustos das rações, dos toques de recolher, das forças de Ocupação e da indignidade diária daquilo tudo, Marianne Blanchet parecia pisar com leveza e sorrir frequentemente. Gilbert não conseguia descobrir por que com ela era diferente, mas talvez, enquanto todos pareciam quase ter perdido a esperança, ela passava a impressão contrária. E era contagiante; ele não conseguia deixar de querer estar perto daquela sensação, como uma flor que se volta para o sol.

Provavelmente, se apaixonara por ela dez minutos depois de conhecê-la, e a coisa só piorava quanto mais ele a conhecia.

Ela olhou para ele, preocupada.

– Você parece cansado, Gilbert. Há grandes olheiras debaixo dos seus olhos. Quando foi a última vez que tirou uma folga?

Ele deu de ombros, depois abriu um sorriso enviesado.

– Quando foi a última vez que você tirou?

O sorriso dela aumentou.

– *Touché*. Vou te dizer uma coisa: me ajude a pintar esses dois últimos rodapés, depois vamos tomar um café e, talvez, até encerrar mais cedo. Parece bom?

– Se você quiser.

Justo nesse momento, o som rápido e ritmado de pisadas de botas soou pela rua calçada com pedras, e Gilbert sentiu a boca secar. Nunca se acostumaria com o som da aproximação dos alemães; o medo que instilava era primitivo. Até Marianne, tão calma, tão controlada, ficou tensa. Juntos, eles se viraram lentamente e viram um grupo de oficiais nazistas marchando em sua direção. Apenas por um segundo, Gilbert viu a tensão surgir no belo rosto de Marianne, mas então ela sorriu e a tensão se foi.

Um deles, mais velho do que os outros, e mais alto – acima de 1,80 m, com braços e pernas imensos, o cabelo loiro brilhando ao sol –, já era conhecido de ambos. Ele havia ajudado a aprovar o restaurante, uma vez que estava sob sua jurisdição. Era simpático e amigável, e às vezes – para azar do garoto – Gilbert quase se esquecia de que era um nazista. Seu nome era Otto Busch, e ele se adiantou com os braços abertos, um sorriso rasgado abrindo-se em seu rosto bronzeado.

– Madame – cumprimentou.

Gilbert pegou a vassoura caída e reprimiu um suspiro. Agora, podia esquecer-se daquele café.

Ao se aproximar, Busch soltou um leve assobio de admiração perante a transformação do espaço. Parecia jovem para sua patente, e era. Tinha ascendido rapidamente devido a sua capacidade de ser implacável – algo que ele mesmo contara aos dois no dia em que se conheceram, com um grande sorriso de orgulho. Para Gilbert, a ideia de que o exército nazista pudesse considerá-lo implacável, mesmo para os padrões deles, era de arrepiar.

Conforme Gilbert olhou para ele, ficou mais uma vez chocado em como as aparências podiam ser enganosas. Parecia um rapaz do campo, de cara limpa, sem qualquer traço do soldado implacável, pelo menos até agora. Mas teve o cuidado de guardar tais pensamentos para si mesmo, controlando as reações para serem desconfiadas, mas acolhedoras.

Não que isso fizesse diferença; o oficial só tinha olhos para Marianne.

– Madame Blanchet, a senhora foi rápida – observou Busch. – Estou impressionado. Olhe só essa bela placa!

– Bom, isso é obra do jovem Gilbert. Ele é um artista; se não fosse pela... – ela hesitou – doença da mãe, teria ido para a Escola de Artes. Sorte minha tê-lo comigo.

Gilbert conseguiu imaginar que ela estava prestes a dizer *se não fosse pela guerra.*

Foi uma boa saída. Os alemães gostavam de fingir que estavam ali por outras razões, além da guerra.

– Bom trabalho – disse Busch, olhando-o adequadamente pela primeira vez. – Sua mãe está doente, isso é terrível. Ela foi ao médico? Será que eu posso fazer alguma coisa para ajudar?

Gilbert não gostou de ser a fonte da atenção de Busch, mesmo nesse caso.

– Hum, ela se consultou com um, mas faz tempo.

Havia sido meses antes, e estava ficando cada vez mais difícil conseguir o remédio para o seu coração. Havia uma escassez de tudo, inclusive de médicos.

– Ah, muita coisa pode mudar com o tempo – disse Busch, e então se virou e começou a falar com outro oficial em um alemão rápido, dando uma ordem; foi o que pareceu a Gilbert.

O oficial, de cabelo escuro e nariz queimado de sol, respondeu com uma saudação:

– *Jawohl*!

– Dê a ele o seu endereço – Busch disse a Gilbert.

O garoto ficou atônito.

– Não se preocupe, menino – disse Busch. – Só vamos fazer com que um médico vá vê-la. Conheço um bom, deixe comigo.

Com um misto de sentimentos, Gilbert deu seu endereço. Seria maravilhoso conseguir ajuda para a mãe, mas, ao mesmo tempo, ele realmente não queria oficiais nazistas em sua casa... Tentou evitar que o pensamento transparecesse em seu rosto, e Busch não notou.

Marianne e Busch estavam muito próximos um do outro, falando de outras coisas. Busch estava novamente maravilhado com o quanto o lugar havia progredido; a fachada, antes muito desgastada, tinha sido repintada, acrescentando-se cestas de flores contendo gerânios rosa. A tabuleta fora pendurada, e as janelas limpas reluziam.

Ela sorriu.

– Bom, nós não teríamos conseguido fazer isso sem a sua ajuda.

Ele abanou as mãos.

– Não foi nada – disse, dispensando os agradecimentos. – Só assinei alguns papéis, falei com alguns colegas. Foi fácil convencê-los de que era necessário um novo restaurante aqui, madame. A senhora é exatamente o que precisamos, concordam?

Do grupo, vieram gritos entusiasmados de aprovação.

Gilbert sentiu-se ligeiramente nauseado, especialmente quando Busch colocou sua grande mão carnuda no ombro de Marianne, e ele imaginou, por um momento, o quanto seria fácil para o oficial machucá-la. Resistiu ao louco impulso de afastar aquela mão.

— Tenho uma dívida para com o senhor. Sempre terá nossa melhor mesa — ela disse.

Busch bateu palmas, encantado.

— Para mim, isso soa como um bom acordo.

Gilbert desviou os olhos. Marianne não estava sendo excessivamente simpática; mesmo assim, ficava dilacerado com seu tom um tanto subserviente. O fato era que Busch poderia ter tido a melhor, ou, na verdade, todas as mesas dela, a qualquer hora do dia, quisesse ela ou não. Todo mundo sabia disso. O fingimento o perturbou. Muitos oficiais nazistas tratavam a cidade como se estivessem de férias e fossem hóspedes especiais. Se fosse assim, já tinham abusado da hospitalidade havia muito. No entanto, o verniz da respeitabilidade descascava drasticamente quando alguém era estúpido o bastante para demonstrar insatisfação com essa ideia, pagando um preço alto por isso, fosse com violência, prisão ou com a vida.

— Estou honrado — ele disse.

— O prazer é nosso — ela concluiu, suspirando e virando-se para olhar novamente para o restaurante, como que relutante de se separar de tão fina companhia. — No entanto, acho que o dever me chama, senhor. Cavalheiros — despediu-se com um aceno de cabeça para todos —, precisamos voltar ao trabalho se quisermos abrir daqui a uma semana.

As sobrancelhas claras de Busch ergueram-se.

— Podemos ajudar em alguma coisa, madame? Sei que só tem o jovem Gilbert para auxiliá-la, não é mesmo?

Gilbert perguntou-se onde ele esperava que ela conseguisse mais ajuda. Das mulheres batalhadoras e famintas de Paris? Ou da população mais velha que realmente morria de fome, conseguindo tão pouca ração que constituía um crime contra a humanidade? Talvez dos judeus – a maioria dos quais eles tinham conseguido expulsar. Ou dos homens capacitados, forçados a negociar suas vidas, suas esperanças e seus sonhos para lutar contra a ideologia de um louco nos campos de batalha.

Marianne, no entanto, só concordou alegremente.

– É, só o Gilbert, mas ele trabalha com mais empenho do que dez homens adultos, juro! Sou eu quem tem o melhor acordo, porque é como dispor de um pequeno exército. Tenho que forçá-lo a ir para casa, ou dar uma descansada.

– Ah, a juventude – disse Busch, com admiração. – Ainda assim, deixe-nos ajudar, madame. – Ele então chamou vários homens que esperavam do lado de fora. – Mudança de planos. Nessa tarde, vamos ajudar Madame Blanchet. Qualquer coisa que ela precise para ter este restaurante pronto a tempo da inauguração, façam.

Houve algumas expressões de surpresa, mas imediatamente eles concordaram.

– Só nos diga o que a senhora precisa, madame – disse Busch.

Marianne e Gilbert entreolharam-se rapidamente; lá se ia a tarde tranquila que haviam planejado. Gilbert demorou-se um tempinho na rua enquanto os oficiais agrupavam-se lá dentro, com Marianne no comando, começando a atribuir-lhes tarefas. Bush sorria, enrolando as mangas da camisa.

Vários transeuntes observavam ao lado de Gilbert. Sem dúvida, *aquela* novidade se espalharia pelos quatro cantos.

Gilbert ouviu um som rascante, e ao virar-se viu um velho em um casaco sujo, com olhar maldoso, cuspir no chão. O homem ergueu dois dedos com as costas da mão, depois seguiu andando.

O garoto suspirou, e então foi ajudar, pensando que, apesar do que Marianne parecia acreditar, eles precisariam de um milagre para que o povo local aceitasse aquele restaurante.

5
SABINE

Paris, 1987

Fascinada, Sabine estivera escutando Monsieur Géroux contar os primeiros dias da abertura do restaurante e ficou chocada ao descobrir que haviam se passado mais de duas horas. Precisava pegar o metrô.

– Ah, Monsieur Géroux, sinto muito, preciso ir trabalhar. Meu turno na biblioteca... Bom, ele já começou – ela disse, pesarosa.

Ele piscou, olhando para o relógio. Também parecia espantado.

– Não é assim que acontece? – refletiu. – Sabe, eu não estava ansioso para conversar sobre o passado e, quando finalmente comecei, descobri que não consigo ficar quieto. Desculpe-me, e nem mesmo cheguei a... Bom, você sabe.

Ele quis dizer que até então eles não tinham chegado àquela noite terrível, em que tudo mudou, e Marianne envenenou todos os seus fregueses.

Sabine acenou com as mãos.

– Não, assim é melhor – ela disse, com sinceridade. – Ter uma sensação real de como era naquela época vai muito além do que eu poderia ter imaginado. Olhe, espero que não seja pretensioso da minha parte, mas, se achar que ainda quer se abrir, eu adoraria ouvir mais. Talvez eu possa levá-lo para jantar. Quem sabe quinta-feira à noite?

Monsieur Géroux concordou.

– Bom – ele disse, ainda chocado, como se estivesse surpreso consigo mesmo –, eu gostaria disso.

Sabine ficou feliz.

– Podemos nos encontrar no Pistachios, às sete?

O Pistachios era um bistrô local da moda, coberto de glicínias na primavera e famoso por seu *cassoulet*. Isso segundo o verbete que ela tinha consultado em seu *Guia Michelin* da França. Estava bem gasto, e ela e o marido, Antoine, frequentemente viajavam nos fins de semana para ir a restaurantes e vilarejos sob sua recomendação.

– Perfeito. Pelo que li, o *cassoulet* é bom.

Ela sorriu.

***

À tarde, Sabine estava organizando as devoluções na Biblioteca Montparnasse, onde trabalhava, e colocando os livros de volta nas prateleiras, quando Antoine deu uma passada.

Ele era alto, com braços e pernas desengonçados, grandes olhos castanhos e um sorriso fácil. Trabalhava a dez minutos de distância; mal podia esperar para ouvir o que acontecera.

– E aí, o que ele disse?

Quando o viu, Katrine, a outra bibliotecária, articulou um "Ooh la la" para ela, e, apesar de eles estarem casados há cinco anos, Sabine corou. Antoine piorou as coisas, inclinando-se à frente e dando um beijo estalado na esposa, para proveito da colega. Katrine riu alto, só parando quando um frequentador, de uma mesa próxima ao fundo, lançou-lhe um olhar impondo silêncio.

– Hora do intervalo – disse Sabine, puxando Antoine para fora em direção a um café dobrando a esquina, para um rápido lanche para viagem. – Não posso ficar muito tempo. Já cheguei atrasada hoje de manhã.

Antoine era a única pessoa a quem Sabine contara a descoberta sobre a avó. Tentou guardar consigo, mas ele arrancou isso dela depois do encontro com o advogado. Quando ela finalmente lhe contou, foi com hesitação.

– Quero te contar, mas tenho medo do que você vai pensar.

Ele arregalou os olhos.

– Você pode me contar qualquer coisa, meu amor. Puxa, mesmo que você tivesse matado alguém, eu ainda te adoraria.

Sabine soltou uma risadinha.

– Engraçado você dizer isso.

Antoine pareceu chocado.

– O quê? Você matou mesmo alguém?

Sabine sacudiu a cabeça.

– Não, eu não... – E partiu para lhe contar tudo.

Antoine era um bom ouvinte. Abafou qualquer arfada em potencial ao mínimo, exceto quando ela lhe contou que a mãe era adotada.

– Você não está falando sério. Marguerite? Mas ela era a cara da sua avó Aimée!

– Sim! – Sabine exclamou. Tinha pensado a mesma coisa. – Mas é verdade; o advogado me mostrou a documentação, ela foi mesmo adotada.

E, quando Sabine contou como sua avó biológica havia matado todas aquelas pessoas, ele engoliu em seco e olhou para ela com muita simpatia.

– Que horror você descobrir isso! – Depois, completou: – Não estou tentando encontrar desculpas nem nada, mas aqueles eram tempos sombrios, e talvez a história não acabe aí.

Agora, enquanto tomavam suas bebidas em frente à biblioteca, olhando as pessoas passarem agasalhadas contra a friagem da primavera, ele perguntou sobre a visita a Monsieur Géroux, e Sabine o colocou a par de tudo que havia acontecido.

Ele pareceu impressionado.

– É incrível! Quero dizer, o que ela fez é pavoroso, claro, mas ouvir um relato de alguém que de fato a conheceu... Que maravilha!

Sabine concordou.

– De certo modo, isso a torna, sei lá, mais real. Embora também seja difícil. Quero dizer, sim, o que estou ouvindo são as lembranças de um rapaz a respeito dela, mas até agora não consigo deixar de gostar dela. Isso não é terrível?

Antoine deu de ombros e tomou um gole do chá.

– Na verdade, não. As pessoas não são só boas ou só ruins, somos todos matizes. Veja, não existe garantia de que você um dia saiba de fato por que ela fez o que fez, ou que a conheça por inteiro, mas pelo menos terá um vislumbre verdadeiro de quem ela foi.

Sabine concordou em silêncio, olhando a distância enquanto se lembrava do encontro com o livreiro.

– Mas o que mais me surpreendeu foi descobrir que ela deu seu bebê para adoção depois de abrir o restaurante.

– O quê?

– Bom, foi isso que Monsieur Géroux deduziu. Ele disse que ela não tinha filhos quando a conheceu, embora não pudesse ter certeza se estaria grávida quando matou aquelas pessoas. Isso aconteceu quase no meio da guerra, eu acho, em 1943.

Antoine franziu o cenho.

– Quando ela morreu?

– Não tenho certeza. O advogado disse que ela foi executada, mas ele não sabia quanto tempo depois do ocorrido.

Os olhos de Antoine cresceram.

– Se ela engravidou antes de matar aquelas pessoas, se foi de um oficial nazista, isso pode contar como um motivo... Ela pode ter fugido depois, tido o bebê e desistido dele.

Sabine recostou-se. Levou um tempinho para registrar o que ele estava sugerindo. Não podia acreditar que aquilo não havia lhe ocorrido. Era isso que Monsieur Géroux também andara especulando, não era?

– Você acha que um deles a *engravidou*?

– Ou, possivelmente, a estuprou. Isso poderia explicar o veneno. Talvez fosse vingança?

Sabine piscou.

– Talvez. O advogado disse que ela matou vários nazistas, mas duas das vítimas eram locais, parisienses. Então, não sei...

– É só uma teoria, mas existe uma maneira fácil de verificar se é ou não uma possibilidade.

– Existe? – ela perguntou, em um espanto horrorizado.

– Verifique as certidões de nascimento de Marguerite, o ano em que ela nasceu. Se foi antes do incidente, é provável que seu avô não fosse um nazista.

Sabine bufou.

– Ai, meu Deus, Antoine.

Ela não tinha considerado que sua história pudesse ficar pior.

Sabine foi para casa pelo caminho mais longo. Era dia de feira, mas ela não estava no clima para melões frescos amarelos, nem para seu queijo preferido de Boulogne-sur-Mer, ao norte, oficialmente o mais fedorento da França, motivo para eles terem sua própria geladeirinha de queijo, apesar do tamanho indecente do apartamento.

Evitou ir para casa. Não por não querer ver Antoine, mas por saber que em uma caixa em seu armário estavam seus importantes documentos, e um deles era a certidão de nascimento da mãe, que lhe fora dada pelo advogado George Constable, a seu pedido.

Seria a primeira coisa que Antoine teria feito. Mas Sabine era conhecida por adiar as coisas, às vezes por semanas e meses.

Bufou, pensando em tomar um drinque para adiar o inevitável, mas decidiu ir em frente.

Ao chegar em casa, serviu-se de uma taça de vinho, sentou-se no chão da sala de visitas com a caixa que continha os documentos.

Deu um gole grande e energizante antes de abrir a caixa e remexer até encontrar a certidão. Respirou fundo e virou para olhar a data de nascimento da mãe.

Marguerite Blanchet, nascida na Abadia de Saint-Michel, Lamarin, Provença, 15 de junho de 1938.
Mãe Marianne Blanchet, pai Jacques Blanchet.

"Ah", ela suspirou alto, aliviada. A mãe nascera antes da guerra. Seu avô era francês.

Mas logo seu alívio por sua avó talvez não ter sido vítima de estupro, e a vida de sua mãe não resultar de algo tão sombrio, foi mais uma vez substituído por confusão. A teoria de Antoine de que sua mãe teria nascido em 1943, logo depois de Marianne matar todas aquelas pessoas no restaurante, inclusive os oficiais nazistas, pareceu funcionar como resposta ao incidente, oferecer uma espécie de motivação, embora não tão perfeita, pois não explicava por que ela matara dois parisienses locais. Mas poderia haver uma razão para isso... Talvez os dois tivessem visto o que ela havia feito, ou não a tivessem ajudado, ou alguma outra explicação.

Sabine estava de volta ao começo. Olhou o nome de Marianne e cismou: "Por que você matou todas aquelas pessoas?".

***

Às quatro da manhã, Sabine começava a repensar a decisão tomada nas primeiras horas da madrugada: a de ir conhecer o restaurante por conta própria. Mas agora estava ali, na esquina da Rue Cardinet com a Lumercier.

Não achava que realmente faria isso até meia hora antes, quando pegou o metrô. Paris estava em silêncio. Dava para se ouvir apenas os sons que vinham da padaria no final da rua e o zumbido dos insetos.

Sabine tirou do bolso a chave de latão que George Constable lhe entregara com relutância, antes de contar sobre o que a avó havia feito.

Agora, ela estava ali, começando a entender as reservas que ele tivera. À luz do sol, quando a rua era uma profusão de florescência e cores das glicínias, e das luminosas caixas de flores, de belas construções em tom pastel e ruas pavimentadas com pedras e cheias de gente, era difícil imaginar um acontecimento tão horroroso. Mas agora, no escuro e no frio, horas antes do amanhecer, sua imaginação não precisava ir muito longe.

Colocou a chave na fechadura. A porta estava emperrada, a madeira inchada por anos de abandono. Deu um empurrão com o ombro, e ela começou a abrir aos pouquinhos, para depois ceder completamente, e Sabine entrar aos tropeções.

Lá dentro estava a maior escuridão e um frio de congelar. Por anos, nenhuma luz e nenhum calor haviam tocado naquilo, graças às tábuas nas janelas. Também havia um leve cheiro de umidade. Sabine colocou o dedo debaixo do nariz, depois tirou uma lanterna da bolsa a tiracolo e iluminou o entorno.

Não restava nenhum móvel, a não ser uma cadeira caída e uma mesa cheia de garrafas de vinho vazias. Iluminou-as e depois chegou perto para examiná-las, pegando uma delas e removendo com os dedos uma camada de poeira do rótulo. A garrafa era verde. Um Bordeaux de 1932. Sacudiu a cabeça, admirada.

Enquanto se afastava, limpando os dedos no jeans, pisou em algo que triturou. Franziu o cenho, depois virou a lanterna para baixo. Era um pôster emoldurado, uma ilustração antiga de uma mulher da década de 1920, estirada em uma cadeira, com um gato de olhar ofendido voltado para o observador. Era meigo e um pouco engraçado. Sabine imaginou que, talvez, em certa fase, pôsteres como aquele haviam enfeitado as paredes.

Deu uma volta, jogando a luz nas paredes desbotadas, e pôde ver os resquícios da esmaecida tinta verde pastel, juntamente com os lambris decorativos. A luz da lanterna revelou que houve época, tempos atrás, em que eles foram pincelados com tinta dourada. Aproximou-se. "Bonito", pensou. Na base do rodapé, algo inesperado chamou sua atenção. Era uma pequena fileira de margaridas feitas a *crayon*, como um lampejo de primavera. Chegou mais perto, intrigada.

Percebeu que uma criança se sentara ali, muito tempo atrás, e desenhara aquilo.

Era um pensamento preocupante. A ideia de uma criança ali fez tudo parecer, de certo modo, mais real e mais terrível.

***

Sua lanterna revelou os contornos de onde as mesas haviam ficado, e Sabine conseguiu ter uma ideia de como o restaurante poderia ter sido disposto, com lugar para seis a oito mesas, pensou, em uma suposição.

Uma abertura na parede permitia um vislumbre da cozinha, ao fundo. Sabine foi até lá, tomando cuidado com o lugar onde pisava. O advogado havia dito que não estava degradado, mas isso não significava que estivesse seguro. Quem sabe se parte do assoalho precisaria ser trocada?

A cozinha era menor do que ela esperava. Os balcões de aço inoxidável definhavam sob várias gerações de poeira. Na parede havia outro pôster emoldurado, desta vez de um gato persa gordo, usando um chapéu de *chef*, com um bigode revirado e parecendo bem arrogante. Era cafona e fofo, não exatamente algo que ela esperasse de uma mulher que acabara matando todas aquelas pessoas. No entanto, combinava um pouco com a imagem de Marianne criada por Monsieur Géroux em sua mente. Era difícil fundir as duas.

Iluminou o restante da cozinha. Começou a abrir os armários, nada vendo além de panelas e caçarolas velhas. Tirou uma delas; era de aço inoxidável e enorme. Depois, virou-a para ver a marca, mas estava muito riscada. Colocou-a de volta e foi para as gavetas, que continham alguns utensílios remanescentes, inclusive uma grande concha de sopa e uma colher de pau, mas em sua maioria estavam vazias, a não ser por ocasionais dejetos de rato.

Limpou as mãos na camisa, enojada, fazendo uma careta ao perceber como estava suja. Depois, apoiada nos calcanhares, começou a remexer o restante dos armários de baixo. Assim como as gavetas de cima, estavam quase vazios. Havia um maço de jornais velhos, que ela tirou, com curiosidade. Mas estavam estragados pela água e ilegíveis, o que era uma pena. No fundo, atrás de onde ela tirara os jornais, viu um pedaço de papel apontando para fora.

Tentou puxá-lo, mas não conseguiu. Pelo jeito que estava entalado, parecia preso na gaveta de cima. Sabine levantou-se e abriu a gaveta, mas não conseguiu ver o papel. Franziu o cenho, depois tirou a gaveta. Estava entalado na corrediça. Puxou com delicadeza, até finalmente tirá-lo. Parecia uma comanda usada em restaurantes. Reconheceu-a dos anos em que trabalhara como garçonete em um pequeno bistrô, para ajudar a pagar seus estudos na universidade.

Olhou para cima e viu que daquele lado da abertura na parede havia vários ganchos. Era bem provável que os pedidos fossem colocados ali, para a atenção do pessoal da cozinha.

O papel estava desbotado e sujo, mas ela pôde ver que, em vez de um pedido, havia um bilhetinho, embora uma marca de raspão parecesse encobrir a primeira linha. Podia ser um nome, uma letra ou apenas uma mancha de uma panela borbulhante.

> *Os dias são curtos, mas as horas podem parecer longas, H. Ela precisa passar estas últimas com seus meninos. Isto é uma ordem.*
> *M.*

Sabine olhou o bilhete e ficou pensando. Seria de Marianne?

Colocou-o no bolso do casaco, depois prosseguiu com sua busca pela cozinha. Mas, a não ser por uma caixa embolorada no canto, contendo mais garrafas de vinho vazias, não havia nada.

Sabine fez menção de deixar a cozinha, mas parou ao olhar para o pôster do gato idiota. Tamborilou os dedos nos balcões empoeirados, pensando se deveria levá-lo ou não. Era fofo e ficaria divertido em sua própria cozinha. Mas uma parte sua se perguntou se não seria macabro levar algo dali...

Marianne também fora uma pessoa, uma avó, mesmo que não tivesse vivido para ver isso. E era a única coisa que Sabine teria dela, além do bilhete no pedacinho de papel.

Ficou na ponta dos pés e o tirou. Estava cheio de poeira, e ela precisaria dar uma boa lavada. Decidiu que, se acabasse sendo mórbido demais para guardar, ela simplesmente o jogaria em alguma lixeira mais tarde.

Pelo menos agora ela havia visto o lugar pessoalmente e acalmado sua curiosidade, apesar de, como sempre, aquilo ter gerado mais perguntas do que respostas. Parecia um restaurante comum. Mesmo tendo passado anos, a sensação era de que havia sido um lugar charmoso, e não um local em que pessoas foram envenenadas. Se alguns fantasmas haviam estado por lá, já tinham ido embora. Com certeza também não havia qualquer aroma sobrenatural emanando da cozinha, quer dizer, salvo o das fezes de rato.

Ela podia devolver a chave a George Constable e ficar satisfeita que, apesar dos rumores e mitos... não passava de um lugar triste e comum. Não havia nada ali que sugerisse o motivo de Marianne Blanchet ter feito o que fez.

***

Quando voltou ao apartamento, Antoine esperava por ela. Assim que entrou, lá estava ele, como uma galinha com as penas arrepiadas, rodeando-a.

— Aonde você foi? Acordei e você tinha sumido!

Sabine estremeceu.

— Me desculpe. Só precisava de um pouco de ar.

Ele ergueu uma sobrancelha.

— Você simplesmente resolveu sair da cama, de madrugada, para andar pela rua com este... — Então, ele viu o pôster e caiu na risada. — Que diabos é isso? É incrível! É para mim, como um pedido de desculpas por me deixar sozinho sem nenhum bilhete?

Ela sorriu. Era por isso que eles se amavam.

– É um pedacinho de uma longa história.

– Dá para imaginar, se você está vindo para casa com ele às cinco e meia da manhã. – Depois, pela sua expressão, ele claramente adivinhou aonde ela tinha ido. – Você foi até o restaurante?

Ela confirmou em silêncio, e ele sacudiu a cabeça.

– Vou fazer café para nós, depois você me conta.

Sabine apertou o braço dele, agradecida por ele não reclamar que também queria ter ido. Ela sabia que sim, mas sentiu que a primeira vez tinha que ser feita a sós.

Antoine tirou alguns *pains au chocolat* do congelador e enfiou-os no forno para aquecer. Depois fez um bule de café forte.

Sabine levou o pôster emoldurado até a beirada da pia, que encheu de água quente e detergente, embebendo uma esponja no líquido ensaboado e esfregando o vidro grudento e empoeirado. Teve que repetir a operação algumas vezes, porque a água saía escura, mas por fim o velho vidro reluziu.

Por algum tempo, olhou para o gato com o chapéu de cozinheiro, e então decidiu que não era macabro demais para ficar com ele. Era meigo.

Colocou-o no balcão enquanto Antoine checava os *croissants*, que estavam prontos. O ar tinha começado a se encher com o cheiro de chocolate quente.

Quando esfriaram um pouco, Sabine deu uma mordida, e seus dentes afundaram na porção amanteigada e pastosa do chocolate, e ela gemeu de felicidade. Estava morrendo de fome, cansada, e o açúcar ajudou, embora provavelmente ela fosse pagar por isso mais tarde com uma rebordosa. Serviu uma grande caneca de café coado para cada um, eles se sentaram à mesinha da cozinha e ela contou a Antoine sobre o restaurante e sobre a sensação de conhecê-lo.

– Isso veio da cozinha – ela disse, indicando o pôster.

Ele arregalou os olhos.

– Você pegou isso de lá? – ele prendeu a respiração. Podia muito bem ter dito: *da cena do crime*.

Ela estremeceu.

– É, quero dizer, sei que provavelmente é um pouco perverso, mas gosto dele.

Apesar do seu tom de surpresa, Antoine deu de ombros.

– As coisas só ficam perversas se você permite. Provavelmente, existem centenas desses pôsteres pelo mundo. Gostar dele não significa nada.

Ela esperava que não.

6
GILBERT

Paris, 1987

PELA TERCEIRA VEZ, MONSIEUR GÉROUX refez o nó da gravata, acabando por praguejar baixinho. Fazia anos que não usava uma. Ou seu terno bom. Era um exagero? Devia apenas vestir seu conhecido paletó de *tweed*, com os reforços de couro curtido nos cotovelos?

Vestiu o terno, depois se olhou no espelho e suspirou. Parecia um agente funerário, ou que estivesse indo para um enterro, o que, para ser sincero, era o uso costumeiro do seu terno, ultimamente. Costumava ser para casamentos.

Tapete o olhou do pé da cama, escondendo a cabeça na pata e choramingando baixinho.

Monsieur Géroux suspirou.

– Está horrível – concordou, tirando o terno e vestindo sua costumeira calça de sarja azul-marinho, camisa branca e o paletó de *tweed*.

Tapete virou a cabeça de lado, como se estivesse reconsiderando sua declaração anterior.

— Ah! — disse Monsieur Géroux. — Isso é o que temos, então. — Depois se inclinou, enfiou os sapatos e se preparou para sair. — Você fica ou vem?

O cachorro bocejou.

— Fique à vontade.

Lá fora, o ar estava fresco, mas já não fazia frio. O verão estava a caminho. Passou por uma floricultura, na qual o proprietário estava anunciando as promoções do dia. Havia peônias com flores grandes, de um rosa intenso; lisiantos suaves e delicados; e aquelas rosas antigas, de tom rosa-claro, que sua Annie tanto amava. Ele adorava aquela hora do dia em Paris. Parecia muito viva. Pessoas passavam agitadas, vestindo suas melhores roupas, o ar cheio de perfume. Fazia anos que ele não tinha planos para suas noites.

Não era estranho que estivesse aliviado, depois de todo aquele medo que sentira de conhecer alguém da família de Marianne? Como se, finalmente, ele tivesse alguém com quem conversar sobre tudo aquilo.

Ainda assim, eles só tinham arranhado a superfície. O que ele tinha para contar não era fácil nem de dizer, nem de ouvir. Mas era como quebrar um lacre; agora que tinha feito isso, queria, curiosamente, seguir em frente.

Sabine esperava por ele em uma mesa que dava para a calçada, sentada em uma cadeira de vime, de frente para a rua. Seu cabelo loiro, longo e cacheado estava solto, e ela usava um vestido coral de comprimento abaixo do joelho, jaqueta jeans e sapatilhas coral, combinando.

Mais uma vez, ele ficou surpreso com a semelhança entre avó e neta.

Ali, nas luzes suaves do bistrô, ela se parecia ainda mais com Marianne. Era como ver um fantasma. As mãos de Monsieur Géroux tremeram ligeiramente, e ele ficou desconfortável. Por um momento, voltou a sentir aquela trepidação anterior, aquele medo do início. Mas a sensação passou com a mesma rapidez com que veio. Ao vê-lo, Sabine se levantou, indo até ele e beijando-o no rosto.

— Como o senhor está elegante, Monsieur Géroux!

Para sua consternação, ele sentiu que ruborizava.

— Pedi uma taça de Merlot. Posso pedir para o senhor também? — ela perguntou.

— Por favor.

Não havia dúvida de que ele precisava de um drinque.

Ela chamou um garçom, e pouco depois ele estava bebericando uma taça de vinho da casa, algo que, normalmente, ele se sentiria orgulhoso demais para fazer, imaginando-se um *connoisseur*. Não era ruim, mas também não era exatamente bom.

Preocupou-se de que eles não tivessem nada a dizer, ou que se sentissem esquisitos juntos depois da última vez, quando ele falara tanto e mostrara seu ponto fraco rápido demais. Mas foi como da última vez, ajudado ainda mais pelo bom vinho ruim.

— Fui conhecer o restaurante — ela confidenciou, em vez de partir para trivialidades.

Ele acenou com a cabeça, mas, curiosamente, não pareceu tão surpreso.

— Mas duvido que tenha dado para ver grande coisa, o vidro da vitrine está sujo.

Embora ainda fosse possível ver o lugar em que alguém, muito tempo atrás, rabiscara as palavras *colaboradora e assassina*. Nessa estranha ordem. Mas ele não mencionou isso.

— Não — ela falou, com os olhos imensos. — Estou dizendo que fui conhecer mesmo. Me deram uma chave.

Monsieur Géroux arregalou os olhos e teve um sobressalto.

— Você quer dizer que entrou mesmo lá dentro? — Ele engoliu em seco. — Co-como ele estava?

— Frio, empoeirado. Mas pude ver um pouco do que o senhor contou, a maneira como descreveu. A pintura está desbotada, mas dá para perceber como devia ser bonita. Até achei aquela fileira de desenhos de margaridas, ao pé da parede.

Monsieur Géroux fez uma pausa enquanto tomava um gole de vinho.

— Ma-margaridas?

Ela confirmou. Ele fez uma careta, depois seus olhos aumentaram, surpresos.

— Ah, minha nossa, acho que me lembro disso, na verdade. Era Lotte, uma menininha que conhecíamos da vizinhança. A mãe dela, Fleur Lambert, era uma amiga próxima da minha mãe. Fleur levou algum tempo para aceitar a ideia da abertura de um restaurante ali, mesmo que tivesse preços muito favoráveis para os moradores locais. No começo, a clientela era só de oficiais. Os franceses que iam eram, com frequência, colaboradores de outras partes, convidados pelos alemães. Os locais precisaram ser convencidos a frequentar. Fleur foi uma das primeiras.

— Quanto tempo levou para isso acontecer e para os outros mudarem de ideia?

— Algumas semanas. Os alemães achavam que estavam ajudando, imprimindo uma série de artigos para divulgar a notícia. Mas, no começo, isso fez mais mal do que bem.

— Artigos? — Sabine prendeu o fôlego, chocada.

— Ah, sim. Eles tinham um jornal chamado *Pariser Zeitung*, que fornecia um resumo das notícias em alemão, com complementos em francês. Funcionava como a única fonte de informação para os franceses sobre a Ocupação. Ele até disponibilizava algumas atualizações sobre Vichy não ocupada, para onde o governo francês havia fugido. O lugar era descrito para nós como se fosse um país estrangeiro. Bom, como você pode imaginar, bem que poderia ser, já que, àquela altura, grande parte de nós sentia-se abandonada.

Sabine limitou-se a encará-lo, chocada.

— Como era o jornal?

— Cheio de elogios aos franceses.

Sabine piscou.

— O quê?

— Sim. Veja, nos primeiros dias da Ocupação, a Wehrmacht, o exército alemão, tinha sido violenta e ameaçadora. Eles tentaram o bastão, que não funcionou tanto quanto gostariam. Então, passaram para outra tática.

– A cenoura?

Ele tomou outro gole de vinho.

– De fato. O jornal estava cheio de adulações. Elogiavam todas as empresas e instituições que colaboravam com os alemães. Uma verborragia poética sobre a beleza da arquitetura, do povo, e a crença de que, juntos, estavam construindo uma nova Europa. Foi uma época muito esquisita. Agora eu sei que é quase impossível imaginar um restaurante sendo inaugurado durante a guerra, durante a Ocupação, mas os alemães tratavam a França como uma espécie de joia da coroa. Muitos deles se comportavam como se estivessem de férias. Francófilos, encantados com a nossa arte, literatura e cultura, queriam que continuássemos apresentando nossos shows, que mantivéssemos as boates e os salões de dança funcionando.

Sabine recostou-se e escutou, horrorizada, quando Monsieur Géroux começou a descrever como haviam sido os primeiros meses de vida naquela época, quando o novo restaurante, graças ao *Pariser Zeitung*, tornou-se um sucesso estrondoso – entre os alemães, melhor dizendo.

Enquanto bebia seu vinho, seu mundo começou a se esvair, com Sabine sendo transportada a uma Paris muito diferente, muito sombria.

7
GILBERT

Paris, 1942

— Você viu isto? — perguntou Gilbert, entrando na cozinha, onde Marianne se ocupava em picar legumes. Um *bourguignon* de cogumelos fervilhava no fogão. Cestas transbordavam de legumes: tomates, berinjelas, couves-flores, batatas, nabos. Vendo tal abundância, era difícil imaginar que eles estavam no meio de uma guerra. Só que, é claro, tudo aquilo vinha dos invasores. Presentes de admiradores do Luberon, principalmente de Otto Busch e seus amigos. Os pratos que Marianne preparava para os locais incluíam uma porção de legumes e outra de carboidratos ricos em amido, em oposição à carne; eram planejados para serem baratos e satisfazerem. Não que algum morador local já tivesse ido, mesmo com as rações extras e os descontos.

No radinho, a voz doce de Lucienne Boyer cantava "Parlez-moi d'amour", e Marianne cantarolava junto enquanto preparava a refeição da noite.

Mergulhou uma colher limpa na panela e pescou um pouco do líquido encorpado.

— Você precisa experimentar isto, Gilbert. Me diga o que acha.

Ele pegou a colher da mão dela, experimentou o caldo encorpado, depois fechou os olhos, em êxtase. Ela era mágica.

– Huuum, está maravilhoso – gemeu, preparando-se para dar mais uma colherada.

– Não, não! Use uma colher limpa, Gilbert.

O garoto fez isso, e ela se virou para ele, com a testa franzida:

– Vi o quê?

– Ah... isto – ele disse, entregando-lhe a última edição do *Pariser Zeitung*. – Você está nele.

Para o espanto dele, ela não pareceu surpresa, embora se encolhesse ligeiramente.

– Eu sei. Foi ideia do Busch. Mas não vai me trazer nenhuma vantagem com os locais.

– Provavelmente não – ele concordou e abriu o jornal, começando a ler o artigo, intitulado "Comida como a minha avó costumava fazer".

A proprietária do novo restaurante no bairro charmoso de Batignolles, em Paris, tem uma atitude maravilhosamente despretensiosa em relação a comida: a de que deve ser boa, mas também saudável. Em uma cidade conhecida por sua sofisticação metropolitana, que sempre desdenhou de qualquer coisa considerada provinciana, a atitude de Blanchet é reconfortante. Ela diz que está trazendo a área rural para Paris, cozinhando o tipo de comida que sua avó costumava fazer na Provença.

"Quando eu era pequena, ela possuía em seu vilarejo um pequeno café-restaurante rural e servia apenas uma refeição por dia: almoço. Como freguês, você quase nunca sabia o que ia comer, fazia parte do charme. As pessoas iam porque gostavam da surpresa e da boa comida. Nunca ninguém ficou decepcionado; pelo menos, não que eu saiba."

Ninguém poderia, nem por um momento, imaginar outros países, como aquele do outro lado do oceano, com seu "toad in the *hole",* sendo tão ousados. Essa abordagem arrojada e corajosa do amor pela boa comida é uma característica genuinamente francesa. E agora, exatamente como o café de sua avó em Luberon, não existe menu, apenas uma longa fila de pessoas que vêm ao restaurante de Madame Blanchet sabendo que o que quer que ela decida fazer naquele dia será, sem dúvida, maravilhoso.*

"Nesta cidade, onde um menu pode ter o comprimento do seu braço e, no entanto, algumas pessoas sempre pedem a mesma coisa, quero dar a meus fregueses algo surpreendente."

Bom, podemos dizer com segurança: missão cumprida. Parabéns, Marianne Blanchet, e viva o Luberon.

— É bem lisonjeiro — disse Gilbert, o que era uma espécie de eufemismo. — E também tem uma foto sua.

Marianne riu, franzindo seu lindo narizinho em uma careta.

— Me dá dor de dente, é muito açucarado — ela disse. — Mas eu não podia me negar, exatamente. Quero dizer, veja — ela disse, indicando a fartura —, isto foi mandado por oficiais, com cartões desejando tudo de bom.

Gilbert bufou.

— É mais provável que eles tenham visto sua foto e sua promessa de que você não vai fazer nada esquisito.

Os lábios de Marianne contorceram-se, divertindo-se, mas ela deu de ombros:

— Vai ser bom para os negócios, e, seja como for, primeiro precisamos alimentar os tubarões para poder alimentar os peixes miúdos.

Gilbert revirou os olhos, depois sorriu. Era típico da Marianne dizer aquilo.

---

* Em tradução literal, "sapo no buraco". Trata-se de um prato feito na Grã-Bretanha, que consiste em salsichas envoltas em uma massa parecida com pão, levada ao forno. Nos Estados Unidos, um prato com o mesmo nome consiste em fritar um ovo no meio de um pão através de um buraco redondo aberto no centro. (N.T.)

Nesse exato momento, ouviu-se o barulho de botas entrando na cozinha, e, por um instante, ambos ficaram tensos. Viraram-se e viram Otto Busch parado na entrada, com um jornal dobrado debaixo do braço. Parecia positivamente eufórico.

– Ah, madame, todos estão falando sobre o seu restaurante! Ora, eu não ficaria surpreso se ele fosse tão popular quanto alguns no centro da cidade.

Marianne sorriu, e tinha a força de mil sóis. Gilbert detestava quando ela usava essa força com o alemão.

– O senhor acha? Só quero fazer comida de verdade, nada muito elegante.

Ele riu, jogando a cabeça para trás e revelando seus dentes perfeitos, especialmente os incisivos afiados.

– Mas é por isso que eles virão! Todo mundo está falando nisso. Ah! Até eu fui cumprimentado por ajudar a cultivar tal joia. Mas é fácil quando se tem um diamante. É isso que a senhora é, madame, um diamante!

Gilbert teve que fazer força para não estremecer. Sua mãe, Berthe, sempre dizia que seu rosto era como um mapa do seu mundo interno, ali exposto para todos verem. Ela dizia isso como um alerta. Ele não tinha descoberto como parar com isso, então, passou um bom tempo analisando seus sapatos. Por sorte, Busch mal o notou.

O oficial continuou, entusiasmado, adiantando-se, sem ser convidado, para experimentar o cozido. Levou os dedos aos lábios e os beijou.

– *Magnifique*! A maioria dos nossos rapazes, bom, eles estão mais familiarizados com *bratwurst** e salada de batata do que com cozinha requintada e se descobrirem sua comida estilo rural, como seu *cassoulet* e seu cozido de carne com legumes, vão delirar.

---

* Salsicha típica alemã, feita com carne suína ou com uma mistura de carne suína, bovina e vitela, além de condimentos. (N.T.)

Em seguida, ele tocou no nariz e piscou para os dois, dando um tapa nas costas de Gilbert, que soltou um grasnado que pareceu agradar o oficial. Rindo, ele disse:

– Mas não conte a eles que eu disse isso. Eles estão se esforçando para ser sofisticados.

Marianne riu.

– Será nosso segredo. – Como se eles estivessem conversando sobre adoráveis pirralhos provincianos e não sobre homens de um dos exércitos mais mortíferos do mundo.

Busch inclinou-se à frente e, em um gesto de afeto, tocou o rosto de Marianne, que se encolheu. Só por um instante, Gilbert viu algo reluzir em seus olhos, seu rosto transformar-se em pedra, mas, antes que pudesse piscar, lá estava ela, sorrindo novamente, e ele se perguntou se teria imaginado aquilo.

– Sinto muito, senhor, levei um susto.

Busch não pareceu ter se ofendido. Seus olhos cintilaram com interesse.

Gilbert fechou os punhos.

– Vou dar uma varrida no chão do restaurante agora – disse, dirigindo-se para o armário de vassouras.

– Acho bom. Depois, você pode me ajudar a descascar batatas – sugeriu Marianne.

Busch afastou-se com um sorriso.

– Vocês estão ocupados. Vou deixá-los com seus afazeres. Só vim dar meus cumprimentos – ele disse, deixando um exemplar do jornal sobre o balcão. – Vou mandar emoldurá-lo para a sua parede. Sua primeira resenha.

– Estou honrada – disse Marianne. – Obrigada, senhor. Eu o vejo hoje à noite?

– Ah, infelizmente não, mas amanhã sim. Se a senhora puder reservar sua maior mesa, ficarei grato. Temos algumas pessoas importantes, recém-chegadas à cidade.

– Com certeza.

Na terceira semana em que o Luberon estava aberto, eles finalmente receberam a visita de locais. Eram a mãe de Gilbert, Berthe; seu irmão, Henri; sua vizinha, Fleur Lambert, com a filha Lotte. Só que eles não haviam ido exatamente por iniciativa própria. Tinham sido intimidados por Busch.

Já era bastante ruim que Gilbert tivesse que ver o homem no restaurante quase todos os dias, com seu rosto de lua encarando Marianne com desleixo, mas Busch tinha ido à casa do garoto visitar sua mãe, depois de ter ajudado a providenciar a ida de um médico.

— É irônico — disse Berthe no dia em que esperaram a chegada do médico. — Eu poderia ter um enfarte por causa do estresse dessa visita antes mesmo de ele olhar o meu coração. Sinta — ela acrescentou, pressionando a mão de Gilbert no centro do seu peito, que estava disparado.

— Mãe — ele disse, estremecendo e retirando a mão.

Seu irmão mais novo, de 12 anos, cabelos ruivos brilhantes e olhos verde-escuros, colaborava com os trechos ralos do tapete do corredor com seu vaivém constante. Suas mãozinhas sardentas estavam fechadas em punho.

— Ele não deveria vir *aqui*. É além da conta virem aqui. Já não basta terem tomado a cidade toda, agora vão tomar nossas casas?

Berthe olhou para o filho mais novo e fez um muxoxo.

— Você acha que eles já não tomaram?

Henri ficou aturdido.

— Pensei que eles estivessem ficando em hotéis.

Ela sacudiu a cabeça.

— Nem todos. Algumas famílias estão dividindo seus apartamentos. Como é que você não sabe disso?

— Mãe, basta — replicou Gilbert. Henri já andava tenso pela maneira como as coisas estavam. Respirou fundo e tentou acalmar a situação. — E não se preocupe, isso não vai acontecer. É só a visita de um médico. Nada mais.

— Você não sabe — disse Berthe.

– É, como você pode saber? – ecoou Henri.

– Simplesmente sei.

Quando o médico chegou, pontualmente às onze da manhã, estavam todos discutindo, e o coração da mãe estava apertado. O homem que Gilbert levou até a sala de estar não era o que eles haviam imaginado. Alguém com chifres, talvez? Era alto, magro, de rosto cansado e olhos gentis, cor de avelã. Enquanto a maioria dos alemães parecia fazer tudo rápido – andar, falar, comer –, ele se movia lentamente, como se não tivesse pressa com as palavras, com os pensamentos. Era reconfortante.

– Bom dia – cumprimentou, em um tom gentil e suave, tirando o chapéu respeitosamente enquanto Gilbert o levava para a sala, onde sua mãe esperava. – Sou o Doutor Cordeau. – Ele foi até Berthe. Falava um bom francês, com sotaque alsaciano.

Logicamente, a mãe se surpreendeu com isso de imediato. Sentada em sua poltrona rosa, seus olhos verdes transformaram-se em espetos. Enquanto ele tirava seu estetoscópio e se preparava para examiná-la, ela fazia o mesmo.

– O senhor é da Alsácia? – ela perguntou, erguendo a sobrancelha.

– Sou. Cresci lá, bem na fronteira. Isso pode estar um pouco frio – ele disse, indicando as partes metálicas do estetoscópio. – Se a senhora puder abrir a parte de cima da blusa só um pouquinho, para eu auscultar. A senhora tem problema para respirar?

– Às vezes. Que cidade era?

– Colmar. Quando a senhora acha difícil respirar, logo que acorda ou à noite?

– Ah, lá é lindo, com suas casas meio de madeira, e os canais – ela suspirou, saudosa. – Alemã, agora, imagino? – ela questionou. Depois, respondendo à pergunta dele: – Sempre que me deito.

– Sim – ele respondeu, e seu rosto também estava triste.

A mãe soltou um suspiro de alívio. Assim como eles, aquele era apenas um homem infeliz, pego em uma guerra infeliz.

Ele continuou.

– Faz sentido ser difícil respirar sempre que a senhora se deita. Acredito que seja porque exista certo acúmulo de líquido em seus pulmões. Se vier ao hospital, podemos drenar esse líquido e tratá-la com remédios.

– Meus pulmões? Mas pensei que fosse o meu coração.

– Acho que são os dois. Mas acredito que o procedimento vai ajudar ambos os órgãos a funcionar melhor. No entanto, não é uma experiência agradável – ele preveniu.

Berthe suspirou.

– Alguma vez é?

Desde o procedimento, então, realizado pelo próprio Doutor Cordeau, ela estava se recuperando consideravelmente.

Toda semana, seus comprimidos eram entregues pelo próprio médico, que se tornara um amigo, e ela estava ganhando um pouco de peso com a comida extra que Gilbert levava do restaurante para casa, compartilhada com sua vizinha, Madame Lambert. Tinha ficado chocada ao saber o quanto eram acessíveis as rações extras do novo restaurante e os vales que Marianne conseguia oferecer.

Mas se a família de Gilbert tinha mudado de ideia em relação ao médico, o mesmo não podia ser dito quanto a Busch, que resolveu checar, por conta própria, a recuperação de Berthe. Logo ficou claro que ele tinha outro propósito.

Ele chegou no exato momento em que Fleur Lambert também tinha ido fazer uma visita, e depois de indagar a respeito da saúde de Berthe, foi ao ponto com a maior rapidez: pedia a presença deles no restaurante.

– Não acredito que vocês ainda não foram, Madame Géroux. Não está se sentindo melhor? Não quer conhecer o restaurante em que seu filho trabalha tanto?

Berthe hesitou.

– Si-sim.

– Ótimo. Está combinado. Espalhe a notícia de que nós, alemães, não somos tão terríveis quanto as pessoas acham... – ele disse, sorrindo.

Berthe respondeu com um sorriso sem graça, mas suas mãos agitaram-se até o peito.

– Ah, sim, é claro, senhor.

– Vocês serão meus convidados – ele disse, e sua expressão cordial oscilou por um momento, até todos concordarem com a cabeça, em um gesto de entusiasmo.

Ele bateu palmas, e o som, como o de uma bala, assustou-os.

– Então vejo vocês amanhã à noite, certo? – Seus olhos abarcaram a família Géroux, depois pararam em Madame Lambert. Ergueu uma sobrancelha para ela, que rapidamente respondeu com um aceno.

É claro que depois que ele foi embora houve muitos resmungos. O rosto de Fleur estava quase roxo, mas não houve qualquer dúvida quanto a lhe obedecer. Ainda assim, enquanto estavam lá jantando, descobriram que não era tão ruim quanto tinham imaginado.

– Bem parecido com a visita do médico – Berthe observou quando, ao final, Gilbert os acompanhou até em casa.

– Tenho certeza de que Marianne receberá isso como um elogio – Gilbert disse.

– Ela deveria ser agradecida até por isso – sibilou a calada Madame Lambert, em uma rara demonstração de ressentimento. Mal havia dito uma palavra, só se sentou e mastigou, o rosto feito pedra. Era como uma panela que havia fervilhado em fogo brando a noite toda, e agora começava a ferver.

– Bom, realmente – concordou Berthe.

– Você viu como ela sorria afetadamente para eles, com aqueles lábios cereja, se esfalfando para servi-los como se fossem reis? Foi vergonhoso! – soltou Madame Lambert.

– Eu não diria que ela sorriu afetadamente – disse Gilbert, sempre leal.

Madame Lambert e Berthe se entreolharam.

– Bom, nenhum homem diria – falou a mãe.

– Eu gostei dela – disse Lotte, de 5 anos, esfregando com o punho os olhos sonolentos. Seu longo cabelo loiro estava ligeiramente despenteado no lugar em que ela havia descansado a cabeça na mesa, enquanto os adultos conversavam. – Ela trouxe uma torta de morangos só para mim.

Madame Lambert tocou a cabeça da filha.

– É, isso foi simpático da parte dela – admitiu.

Gilbert escondeu um sorriso. Sabia que ainda viria mais. Assim que voltasse ao restaurante para ajudar na limpeza, sem dúvida elas ficariam acordadas por um tempo, fofocando. Não tinha importância. Busch não era idiota; agora que Madame Lambert e Madame Géroux haviam visitado o restaurante, logo outros locais veriam que era seguro fazer isso.

E ele tinha razão. O fato da calada, reservada e altamente respeitável Madame Lambert ter frequentado o Luberon conseguiu fazer o que o *Pariser Zeitung* não conseguira – espalhar a notícia –, e, na primeira semana do segundo mês do restaurante, outros locais começaram a chegar aos poucos.

Marianne fez questão de se esforçar com eles, demonstrando gentileza e paciência quando eram lacônicos com ela, mesmo quando as palavras eram mordazes, destinadas a machucar. Como a cabeleireira rechonchuda de cabelos escuros, a linda Madame Duchanelle, com seus olhos verdes felinos, que usou seu melhor vestido e elogiou Marianne, depois de ter mandado Gilbert buscá-la para que, segundo ela, "pudesse cumprimentar a *chef*".

Quando Marianne chegou sorrindo com seus lábios vermelhos, os cachos loiros sedosos, Madame Duchanelle era a imagem do charme.

– Bom, Madame Blanchet, dá para perceber que a senhora tem trabalhado muito. Este lugar é um encanto.

– Obrigada, madame – Marianne sorriu, evidentemente deliciada.

– Ah, *oui*, é impossível ter sido fácil conseguir algo assim – ela disse, acenando a mão para o fundo, onde Busch e seus homens estavam sentados, jantando e bebendo, em geral parecendo se divertir muito.

– Ah, bom... – disse Marianne, com um dar de ombros.

– Não seja tão modesta, madame – continuou Madame Duchanelle, com um brilho nos olhos enquanto sorria com doçura. – Deve ter sido trabalhoso passar tanto tempo deitada de costas.

Gilbert arfou.

– Como a senhora se atreve! Ela não fez isso!

Houve um silêncio súbito enquanto todos os presentes viravam-se para olhar. Uma cadeira arrastou-se: Busch virando-se para eles, seu rosto passando em um instante de alegre para cauteloso, como um dedo preparado em um gatilho.

No entanto, Marianne jogou a cabeça para trás e riu. Tocou o braço de Madame Duchanelle e, como se elas fossem as melhores amigas, disse:

– Ah, sua atrevida! A única coisa que doeu foram os meus joelhos ao esfregar este chão. Não se incomode com ela, Gilbert, está só provocando.

Gilbert ficou vermelho, e Marianne dirigiu-lhe um olhar de alerta, seu rosto transformando-se em mármore.

Ele voltou a se lembrar daquela vez em que vira algo mais em seu rosto, quando Busch a tocara e ela havia se encolhido. Como se uma máscara tivesse escorregado.

Ela se curvou para cochichar algo no ouvido da cabeleireira, e então, para surpresa de Gilbert, a mulher soltou uma risada estrondosa. Houve outro arrastar de cadeira, quando Busch acomodou-se em seu lugar, e logo os oficiais voltaram a seus drinques e à diversão. Como se nada tivesse acontecido. A não ser pelos luminosos vermelhos que eram as pontas das orelhas de Madame Duchanelle agora.

***

Quando o restaurante estava em funcionamento havia seis meses, Gilbert juntou-se à divisão de Resistência local, que funcionava na biblioteca de Batignolles, sob o disfarce de um grupo de estudantes de arte. Ele havia sido uma escolha natural de recrutamento, disse a líder, uma jovem judia chamada Sara, por estar tão bem colocado à sombra do restaurante mais popular da área, pouco notado pelos oficiais que frequentavam o restaurante, descartado por ser jovem demais e inexperiente.

Foi isto, mais do que qualquer coisa, que impulsionou Gilbert a se juntar na luta contra eles. Detestava o quanto se sentia impotente. Nem era tanto pela maneira como os soldados lhe davam ordens, como se ele não passasse de um pau para toda obra; era pelo fato de que eles o tratavam como se não tivesse sentimentos. Especialmente Busch, que se achava no direito de entrar na cozinha toda noite, sem ser convidado, para cobiçar Marianne e tocar em seu braço casualmente, ou em seu cabelo, enquanto ele olhava, impotente. Busch parecia saber que aquilo o deixava desconfortável. Na verdade, ele parecia gostar disso tanto quanto gostava de assediar Marianne descontraidamente.

Marianne, é claro, não dava importância a isso.

— Ele só é um tipo afetuoso, nada mais.

Mas ele não era, não que Gilbert notasse. Busch não parecia ter atitudes casuais, apenas calculadas.

— Só tome cuidado, madame. Tente não ficar perto dele sozinha, se puder.

— Gilbert, você se preocupa demais. Mas prometo tomar cuidado.

Por enquanto, isso era tudo que ele podia esperar. Isso e fazer algo com a sensação de angústia e desassossego que roía suas entranhas, o que o levou a se juntar à Resistência quando foi convidado por Sara.

Não tinha contado a Henri, seu irmãozinho, que estava mais do que ansioso para se juntar ao grupo. Henri dizia coisas preocupantes, como querer derrubar os oficiais alemães de suas bicicletas, ou atirar pedras neles. Sua mãe e Gilbert o haviam alertado a não fazer isso porque o risco era grande.

Ainda assim, nem mesmo Gilbert estava satisfeito em só entregar panfletos, o que até então tinha sido sua principal função.

Era algo com o que os outros membros concordavam, pensando que a organização mais antiga da Resistência estaria muito interessada nele, levando-se em conta que ele tinha uma linha direta com alguns dos oficiais mais importantes da cidade, muitos dos quais visitavam o Luberon algumas vezes por semana. De vez em quando, ele conseguia obter alguma informação importante que poderia ser útil. Infelizmente, como a maioria delas era em alemão e ele ainda não falava a língua, uma das suas primeiras tarefas foi começar a estudá-la.

– Temos que ter cuidado, Gilbert – disse Sara. – O lugar está lotado de nazistas, vá com calma. Eles não podem desconfiar de você, ou tudo irá por água abaixo.

Sara era judia, e não era fácil para ela. Gilbert percebia a frustração em seu rosto por ser tratada como uma cidadã de segunda classe. Também era assustador, uma vez que as regras mudavam a todo instante, e sua liberdade ia diminuindo. Este era o principal motivo por ela ter começado aquela específica divisão da Resistência. Mas sua abordagem cuidadosa, que com frequência garantia a segurança de todos, era uma fonte de frustração para outro de seus primeiros recrutas, uma mulher jovem, de traços bem definidos e cabelos escuros, chamada Louisa Tellier.

– E aí, ele deve só guardar a informação se descobrir alguma? Ele está bem ali, embrulhado para presente, e você não quer fazer nada. Nenhum de nós consegue chegar tão perto deles sem que desconfiem, e mesmo assim você quer que seu provável melhor recurso continue entregando panfletos. É ridículo.

– Não, não é. Gilbert é jovem e não é treinado. Aqueles homens são soldados mortíferos de um dos exércitos mais impiedosos do mundo. Diga para mim, você só é impulsiva ou extremamente estúpida? Porque neste exato momento não consigo chegar a uma conclusão.

As duas começaram a discutir, e os outros remexeram-se com desconforto, esperando a explosão. Ninguém gostava de discutir com Sara, que tinha uma inteligência afiada e metódica. Mas para Louisa, aquilo era normal. Não era apenas um choque de vontades, mas também uma questão de confiança. Sara não confiava em Louisa desde que a vira sair com um nazista certa noite. Contou aos outros que havia visto a jovem andando depois da hora de recolher com um oficial bonitão, a mão no braço dele, e que parecia que estavam tendo um caso. Mas Louisa negou com veemência, dizendo que havia perdido a hora enquanto estava de vigia para uma missão em que a Resistência se preparava para bombardear uma estação de energia, mas teve que recuar e se dispersar quando um grupo de nazistas surgiu de repente. Usara sua perspicácia para se safar de ter sido pega após o toque de recolher.

A maioria dos outros achava que Sara havia sido suficientemente desautorizada por Louisa, mas Louisa não era fácil de ser intimidada e não fazia menção de sair do grupo.

Quando os outros membros foram embora, Sara estava parada ao lado de um estudante mais velho, chamado Guillaume, de quem Gilbert gostava. Ela puxou Gilbert de lado e contou que estava preocupada de que houvesse um informante, para ele tomar cuidado.

– Esse é um dos motivos de eu não querer que você faça nada por enquanto, está bem? Desconfio de Louisa. Acho que tem empurrado você para nos expor. Na noite passada, quase fui pega. Juro que parecia que eles estavam ali, me esperando. Ouvi um deles dizer "a moça judia", mas por sorte consegui escapar.

À luz de uma vela, ela mostrou a eles seus braços, cobertos de arranhões profundos por ter escorregado em um aterro para escapar de ser vista, tendo que ficar deitada na lama em silêncio, por horas, até que eles seguiram caminhando.

Gilbert não soube o que dizer. Intimamente, achava que a briga entre Sara e Louisa era uma luta por poder. Não achava que Louisa estivesse realmente contra eles, não fazia sentido.

Mesmo assim concordou, porque Sara estava no comando.

Guillaume olhou para Gilbert e disse:

— Louisa tem razão em uma coisa, Gilbert. Você é um trunfo, mas confie em Sara neste aspecto, vá com muito cuidado, não chame atenção para si, está bem?

Sara concordou.

Guillaume prendeu um cigarro entre os dentes, mas não o acendeu, pois algum dos oficiais podia estar passando e resolver investigar. As janelas estavam cobertas com papelão preto para bloquear a luz, mas seria difícil não perceber cheiros.

— Como vai indo o seu alemão? — ele perguntou.

— Melhor — mentiu Gilbert. Era uma língua danada de difícil de se aprender, especialmente quando não se podia de fato divulgar o que estava fazendo, e ele estava confiando em aprender sozinho, com um manual roubado da biblioteca, que escondia sob uma tábua solta do assoalho de seu quarto — quarto este que dividia com o irmão mais novo.

— Ótimo.

***

Na manhã seguinte, no restaurante, Marianne estava sobrecarregada. Tinha olheiras, e seu sorriso rápido estava mais lento do que o normal. Ela e Gilbert andavam mais ocupados, uma vez que a notícia sobre o restaurante espalhou-se, apesar de eles só servirem duas opções por dia, uma para o almoço, outra para o pessoal que comparecia à noite. Ainda assim, os dois não paravam das oito da manhã até bem depois da meia-noite.

— Acho que está na hora de contratarmos mais uma pessoa — Marianne disse.

— É mesmo? Você consegue arcar com isso?

— Acho que sim. Mas alguém local. Eu estava pensando, que tal seu irmão, Henri?

Gilbert franziu o cenho.

— Não sei, Marianne. Ele é um pouco... rebelde. Minha mãe e eu temos medo de que ele diga algo estúpido, arriscando o pescoço.

– Huum, por que você não o convida para uma experiência? Podemos mantê-lo na cozinha, enquanto você serve. A solução de pessoas esquentadas desse jeito é não deixar que fiquem ociosas. O trabalho ajuda a esfriar a cabeça.

Gilbert olhou para ela, surpreso. Talvez ela tivesse adivinhado que essa era uma de suas maiores preocupações.

– Isso poderia ajudar mesmo.
Ela sorriu.
– Por que o tom de surpresa? Quando é que eu estou errada?
Ele sorriu.
– Bom, na verdade, em se tratando de coentro...
– Ah, bom, nesse caso vamos concordar em discordar. Você acha que ele estaria interessado?
– Claro, posso perguntar. Falo com ele hoje à noite.
Berthe, a mãe de Gilbert, foi totalmente contrária a isso.
Sentou-se em sua poltrona rosa, na sala de visitas, em frente a Madame Lambert, que tricotava na poltrona azul, junto à janela. Lotte fazia um gato para si mesma, com linha amarela, enquanto Gilbert confeccionava, com papel-cartão, um par de olhos arregalados para o bicho, e Henri inventava uma guia com restos de lã colorida. Como sempre, eles eram os súditos leais da menina.

– Não acho que Henri esteja pronto para a tarefa – Berthe disse, dando um gole na beberagem ordinária de chicória, usada para substituir o café, depois estremecendo. Era horrível.

– O que você quer dizer com isso? – gritou Henri, levantando-se.
Ela ergueu uma sobrancelha.
– Bom, é que... Olhe só a sua reação, você não consegue controlar nem um pouco o seu humor.
– Consigo sim!
Até Madame Lambert teve que comprimir os lábios para não rir. Henri pareceu entender a dica, dizendo em um tom mais calmo:
– Consigo, sim, mamãe.
Berthe não pareceu convencida.

– Será? Você consegue se impedir de dizer aos alemães o que realmente pensa, ou resistir a esticar uma perna para um deles tropeçar, como fez na outra semana, quando fomos ao mercado?

Ele soltou um longo suspiro.

– Isso foi dois meses atrás, quando eu tinha 12 anos.

Berthe bufou.

– Então, está dizendo que agora você é um adulto?

– Não, mas não sou tão estúpido para tentar isso em uma sala cheia de oficiais mais velhos.

Ninguém disse nada. Os olhos dele dilataram-se.

– Você me acha tão estúpido assim? – perguntou, parecendo ofendido.

– Você realmente ameaçou derrubá-los das bicicletas – observou Madame Lambert.

– E quis pôr sabão nos degraus para eles caírem – disse Lotte, prestativa.

Henri suspirou.

– Mais uma vez, coisas que eu disse, mas não fiz, percebem? Além disso, mamãe, não seria nada mal um salário extra. Seu remédio não é exatamente barato. – Busch e seus homens tinham ajudado a conseguir o médico para eles, mas o tratamento não era de graça.

– Ele tem razão neste ponto – disse Gilbert, que particularmente achava que, talvez, Henri estivesse amadurecendo, embora minimamente.

Berthe não se convenceu. Olhou para Henri e sacudiu a cabeça.

– Você é muito jovem. Seria pedir demais que ficasse o dia todo junto dos alemães e não dissesse nada. Não acho que esteja preparado para isso.

Gilbert olhou para a mãe, e então viu algo mais. Avaliação. Ah, então isso era psicologia, pensou, e apertou os lábios para não sorrir. Mais tarde, ela cochichou para Gilbert que aquilo só funcionaria se Henri pensasse que a ideia tinha sido dele.

Henri pareceu ofendido.

— Eu estou!

— Hum, vou pensar a respeito — ela disse.

Marianne tinha razão: fazia bem para Henri estar ocupado. Ele tinha conseguido vencer a resistência de Berthe até ela concordar, com relutância, em deixá-lo trabalhar no restaurante, desde que se comportasse. Fazia muito tempo que Gilbert não via o irmão rir, e, após algumas horas em seu primeiro dia de trabalho com Marianne, ele entrou na cozinha e encontrou Henri às gargalhadas. A dupla parecia já ter alguma brincadeira particular que envolvia cantar junto com Edith Piaf, com um mau sotaque alemão. Logo, Gilbert não pôde deixar de se juntar a eles, os três rolando de rir.

Quando Busch entrou, Gilbert e Marianne pararam de rir imediatamente. Henri prosseguiu com sua imitação, e então riu ao perceber Busch.

— Você está caçoando do meu jeito de cantar? — o oficial perguntou. Falava em um tom cordial, mas o ambiente silenciou e Gilbert sentiu o estômago apertar.

— Não o seu, senhor — respondeu Henri, chamando Busch para perto, como se o estivesse incluindo na brincadeira. Levou o oficial até o passa-pratos, onde eles podiam ver um dos outros, de rosto vermelho, completamente bêbado, segurando uma garrafa de vinho enquanto cantava bem desafinado junto com "La Vie en Rose", vindo do gramofone que tinham colocado no restaurante.

Busch observou por um longo momento, e todos prenderam a respiração. Depois, ele começou, bem lentamente, a rir em altos brados.

— Ah, você é um *Dummkopf*, mas seu sotaque é impecável. Acho que fizemos bem em tê-lo aqui. Muito bom, Madame. — Ele ergueu um dedo e sorriu. — Isso é exatamente o que precisamos, mais divertimento, sim. — Então, colocou uma mão suave no ombro de Henri, piscando para ele. Por um momento, Gilbert achou que seus joelhos fossem fraquejar de alívio.

No entanto, Henri não pareceu perceber o risco que correra.

Busch olhou para Gilbert, intrigado.

– Vocês dois são como dia e noite.

– Sim, senhor – ele respondeu.

– Hum – o oficial disse antes de sair, cantando baixinho "La Vie en Rose", e rindo.

***

Depois daquela noite, Henri passou a ser o preferido de Busch. Foi apelidado de *Dummkopf* e convidado a fazer imitações regulares dos oficiais, o que Henri tinha o maior prazer em fazer, tendo, como Busch descobriu, um jeito natural para sotaques e maneirismos. Busch morria de rir, caindo de joelhos e perdendo o fôlego quando, encorajado, Henri o imitava, copiando seus frequentes movimentos de mão, o rosto franco e o sorriso que mostrava a maioria dos dentes.

Gilbert achava que ele estava brincando com fogo.

De início, teve medo de que Henri fosse deixar seu temperamento vir à tona, mas ele não o fez. Pelo menos por enquanto, parecia que ele sabia qual era o limite, e talvez a permissão de que ele caçoasse abertamente dos oficiais neutralizasse algumas de suas emoções.

Logo ficou claro que ele serviria mais como garçom, na frente do restaurante, do que nos fundos, e eles inverteram os papéis, o que funcionou melhor para Gilbert, que nunca gostara de servir. Pelo menos na cozinha ele não precisava se esforçar tanto para controlar suas expressões, que com frequência pareciam preocupadas, graças ao som da voz alta de Henri e ao momento de silêncio antes da risada dos alemães, quando, finalmente, seguia-se o alívio.

Conforme o tempo foi passando, Henri era frequentemente convidado, nas noites com menos movimento, para se juntar a eles nos jogos de baralho. Para Gilbert, isso se revelou muito útil, porque podia escutá-los discutindo seus planos enquanto Henri os mantinha entretidos.

Certa tarde, ele estava parado logo atrás do passa-pratos da cozinha, onde Henri deixava as comandas com os pedidos, em sua maioria de vinho e outras bebidas, uma vez que continuava havendo apenas uma opção de comida. Apesar disso, em uma rara ocasião, um oficial mais graduado pedira outra coisa, como um filé, e Marianne atendeu. Normalmente, Busch avisava antes de levar um convidado importante, e ela conseguia tempo para comprar de antemão quaisquer ingredientes. No entanto, por uma ou duas vezes ela precisara recorrer a um plano, que envolvia Gilbert saindo às pressas para subornar um cozinheiro com um maço de dinheiro – quantia fornecida por Busch a fim de atender ao pedido. Nesses casos, normalmente uma garrafa de vinho ou algumas entradas davam conta do atraso.

Se Marianne chegou a ficar aborrecida alguma vez que os alemães se esqueceram de cumprir as regras, ela nunca o demonstrou.

Naquela ocasião, contudo, o oficial em visita, um homem chamado Harald Vlig, com cabelos escuros emplastrados de brilhantina e olhinhos inescrutáveis, parecia satisfeito em apreciar uma cerveja e discutir o que pareciam planos importantes. Gilbert escutava do passa-pratos, ficando tenso ao ouvir o homem perguntar sobre Henri.

– Tem certeza de que ele não fala alemão?

– Absoluta. É um cabeça quente, e tenho certeza de que, se soubesse que o apelido que dei a ele significa imbecil, não ficaria tão feliz assim.

Ao ouvir a palavra "*Dummkopf*", Henri ergueu a sobrancelha e disse:

– Pois não?

Vlig e os outros reprimiram as risadas por detrás de suas cartas e Vlig respondeu:

– Muito bem.

Gilbert fechou os olhos e continuou lavando uma caneca de cerveja. De jeito nenhum contaria isso a Henri. Também achou levemente alarmante que Busch tivesse percebido o temperamento irritadiço de Henri. Ficou se perguntando quando é que seu irmão dera isto a perceber. Mas logo seus pensamentos foram tomados por Busch e Vlig, que começaram a discutir planos para o que parecia uma operação secreta. Ergueu os olhos ao ouvir algo sobre um mapa. Ficando na ponta dos pés, Gilbert observou quando os dois abaixaram a cabeça. Viu o mapa, e escutou a palavra "*kinder*", que sabia significar "crianças", e então algo que soou como "erradicação".

Esqueceu-se de respirar. Escutou algo sobre uma escola.

Pegou um dos papéis de comandas e começou a anotar.

Aconteceu tão rápido que ele quase soltou um grito. Marianne arrancou o papel da sua mão, depois queimou-o no fogão a gás. Virou cinzas.

– Que diabos você está fazendo? – ele sibilou em um sussurro.

– Salvando sua vida. Não seja idiota – ela respondeu, batendo na lateral da cabeça do garoto.

O rosto dela parecia completamente diferente de sua costumeira disposição solar. Parecia vidro. Os olhos, fogo frio.

– Marianne, você não entende. Eles estão planejando alguma coisa, e tem a ver com crianças. Podem ser crianças judias.

Os judeus na França, assim como no resto da Europa sob a Ocupação nazista, tinham sofrido terrivelmente. Desde serem listados como "indesejáveis" e declarados cidadãos de terceira classe, forçados a se identificar e viver sob toque de recolher, até as constantes deportações para campos de concentração.

Sara morava agora no porão de Guillaume, temendo pela vida. Suas tias e tios já haviam sido levados. Ela só conseguira escapar por ter adormecido na biblioteca na noite anterior e chegado em casa tarde demais. Quando Gilbert soube disso, seu estômago deu um nó. Tinha jurado segredo, não contaria a ninguém, principalmente a Louisa, com o que concordara não por acreditar de fato que Louisa fosse uma ameaça a Sara, mas por sua lealdade a ela. Havia um plano sendo preparado para tirá-la do país pelas montanhas. Não que Sara quisesse ir, ela ainda queria lutar. Falava em acelerar as operações e se militarizar, até comprando munições.

Sempre que podia, Gilbert roubava comida para levar para eles e dizia a ela para não fazer nada estúpido. Parecia que era a sua vez de alertá-la para ter cuidado.

Agora, Marianne puxava-o de lado.

– Ouça. O que eles estão fazendo é imperdoável, *monstruoso*. – O rosto dela reluziu com tal raiva que ele realmente recuou. – Mas você vai ser morto – ela disse, estalando os dedos – se entregar essa informação para a Resistência.

Ele se surpreendeu.

– Você sabe que estou trabalhando para eles?

Ela aumentou o volume do rádio. Depois, disse em um tom falsamente animado:

– Ah, adoro esta daqui! – Era "Paris sera toujours Paris", com Maurice Chevalier. Balançou o quadril. – Você tem razão. Acho que um bom cozido de verão com abobrinhas será ótimo.

Ele franziu a testa, e estava prestes a perguntar se ela tinha ficado maluca quando viu, com o canto do olho, um dos oficiais nazistas dar uma olhada lá dentro antes de soltar um grunhido e voltar para sua mesa.

Marianne esperou, e depois, vendo que o caminho estava livre, fez sinal para o jovem se juntar a ela.

– Este é o único lugar em que eles discutiriam o que você ouviu mais cedo, o que significa que seríamos os principais suspeitos se a informação fosse adiante. Especialmente você, porque ele te viu parado perto do passa-pratos.

– Tenho certeza que não.

– Viu, sim. Não seja *idiota*. Por mais que Otto Busch e o restante dos botas brinquem de ser cavalheiros, acima de tudo são soldados implacáveis, e a primeira coisa que fariam é tomar cuidado com quem escuta.

– Eles não sabem que falo alemão.

– Também não sabem que você não fala. Prometa que isso fica aqui.

Gilbert franziu a testa outra vez. Parecia um grande erro. Finalmente tinha a chance de fazer alguma coisa. Mas, então, pensou naquele oficial de ouvidos atentos, como os de um gato.

Concordou.

Conforme o verão foi passando, surgiram notícias terríveis de uma deportação em massa de judeus; milhares de mulheres, crianças e homens, todos encurralados no coração de Paris e enviados para campos de concentração.

Guillaume conseguiu tirar Sara do país pela Espanha.

Depois, Gilbert não escutou mais nada sobre aquela escola, embora tivesse a notícia de que o oficial mais graduado, besuntado de brilhantina, Harald Vlig, aquele com quem Busch tinha discutido sobre a escola e rido ao chamar seu irmão de *Dummkopf*, sofrera um ataque cardíaco dois dias depois de ter ido ao restaurante. Lembrou-se de se sentir agradecido.

8
SABINE

Paris, 1987

A ESSA ALTURA, MONSIEUR GÉROUX olhava para Sabine com um olhar solene.

— Durante anos, fui assombrado pelo que poderia ter acontecido com aquela escola. Depois, na década de 1970, assisti a uma matéria na televisão sobre uma escola logo nos arredores de Paris, bem perto daquela que eu vira assinalada no mapa, que se acreditava estar abrigando crianças judias. Durante a guerra, ela pegou fogo, e os oficiais acreditavam que todos os alunos tinham morrido no incêndio. No entanto, cientistas forenses analisaram os destroços e ficaram chocados ao descobrir que os ossos tinham mais de trezentos anos. Eles também descobriram que havia uma passagem secreta debaixo da escola, uma série de túneis, e dentro deles artefatos do período da guerra, sapatos e roupas descartados. Ao que parece, alguém enganara os alemães com ossos do antigo cemitério, já que havia sinais de que as campas haviam sido escavadas durante a guerra. Especulavam que, de algum modo, a escola e suas várias crianças judias receberam um alerta, começaram o incêndio e usaram os ossos como uma isca para os alemães, conseguindo escapar do país por meio de uma rede de padres fora da França.

Ele não contou a ela que, depois disso, tinha chorado como um bebê.

Sabine estava inclinada à frente, olhos arregalados enquanto escutava, em um misto de horror e surpresa.

— Você acha que era a mesma escola?

Passava das onze, e Sabine e Monsieur Géroux continuavam no Pistachios, suas refeições pela metade. Ainda estavam presos nos braços do passado.

— Acho, sim. Nunca me esqueci da área que eles apontaram naquele mapa, ainda que fosse apenas um vislumbre. E, depois que aquele documentário foi ao ar, procurei a escola que eles mencionaram. Até então, tinha tido muito medo de fazer isso, medo do que iria encontrar. Acho que de certa forma eu acreditava que, como Harald Vlig tinha sofrido um enfarte, talvez seu plano demoníaco tivesse sido interrompido. Mas, no fundo, eu sempre soube que provavelmente era uma vontade de acreditar. O documentário me fez perceber que, de todo modo, eu precisava saber. O que descobri foi que nenhuma das outras escolas perto daquela que entreouvi os alemães mencionando tinha crianças judias escondidas, nem ao menos registradas, mas não foi isso que me convenceu de que aquela era a mesma escola.

Sabine pestanejou.

— O que foi, então?

— O fato de não haver registros de deportação de crianças judias de nenhum outro lugar perto dali.

— Eles não poderiam ter apenas encoberto isso? Quero dizer, é uma coisa horrorosa, seria compreensível que houvesse certa dose de vergonha envolvida.

— Talvez, mas eram muitas crianças. Seria difícil esconder quando as pessoas fossem investigar depois, como provaram outros registros de escolas que deportaram crianças, então não é provável. Acho mesmo que deve ter sido aquela escola, e que de algum modo elas escaparam.

Sabine arfou.

– Você tem razão. – Depois, olhou para ele. – Você acha que, de algum jeito, ela esteve envolvida nisso?

– Marianne?

Sabine confirmou com a cabeça.

– Como ela lhe disse, vocês eram os únicos que conheciam o plano.

Ele suspirou.

– Não sei. Poderíamos não ser. Seria bom pensar isso, mas foi ela quem me impediu de transmitir à Resistência o plano de ataque àquela escola, e, com tudo que aconteceu depois, me faz pensar diferente.

Sabine suspirou.

– Você tem razão. Acho que é difícil imaginá-la fazendo o que fez, depois do que você me contou até agora.

– Eu sei. – Ele suspirou fundo, esfregando o rosto. – Acredite em mim. Por muitos anos convivi com isso e ainda não sei por que ela envenenou todas aquelas pessoas, inclusive Henri.

Sabine olhou para ele, horrorizada.

– Henri? – ela disse, arfando levemente. – Ah, Monsieur Géroux, eu não sabia.

Ele confirmou com a cabeça, desviando os olhos conforme as lágrimas os encobriam.

– Ele foi um dos infelizes naquela noite.

Sabine apertou a mão dele, sem saber o que dizer. Ele mordeu os lábios.

– E ainda nem chegamos àquela noite – ele disse, engolindo com dificuldade. – Quando ela...

É óbvio que Sabine sabia a que noite ele estava se referindo. A noite em que Marianne decidira matar todas aquelas pessoas.

– Monsieur Géroux, não precisamos chegar a isso, se for difícil demais. Agora percebo que o que eu estava pedindo... é muito.

Ele sacudiu a cabeça e apertou a mão dela, em resposta.

— Uma semana atrás, era assim que eu pensava, mas agora percebo o quanto precisava falar sobre isso. Segurei dentro de mim por muito tempo. Essa minha parcela esteve enterrada na escuridão. Tem alguma coisa de bom em finalmente deixar que ela venha à luz. Falar do meu irmão, me lembrar dele não como uma vítima, mas como uma pessoa. — Ele dirigiu a ela um sorriso hesitante.

— Ele foi uma pessoa maravilhosa, divertida — ela concordou, desviando o olhar, precisando enxugar os olhos. Os dois precisaram.

Quando voltaram a se encarar, ela disse:

— Estou realmente honrada por você me contar sua história.

Ele apertou sua mão outra vez.

Estava ficando tarde, então Monsieur Géroux sugeriu que Sabine passasse na loja na semana seguinte, depois do trabalho, para que ele pudesse continuar, e ela concordou, percebendo que, provavelmente, ele estava esgotado sob o ponto de vista emocional. Ela não tinha vivido aquilo na pele, mas se sentia daquela maneira só de escutá-lo recontar essa época de sua vida.

Antes de se despedirem, Sabine hesitou por um momento, depois disse:

— Achei isto no restaurante. — Deu a ele a pequena tira de papel com o bilhete que havia encontrado entalado atrás da gaveta, escrito no que deduzia ser a letra de Marianne. — Quero dizer, é apenas um fragmento, não sabia se teria algum significado para você.

Ele pegou os óculos no paletó e tentou ler à luz fraca. Não conseguiu nem entender a primeira linha, mesmo firmando a vista. Só via uma mancha.

— Não recomendo ficar velho — ele brincou, e ela riu, enquanto ele tentava ler o pedaço de papel com o braço esticado, mas a tira se embaçava na luz, e aqueles rabiscos ilegíveis não ajudavam.

— Diz que os dias são curtos, mas as horas são longas, e algo sobre a necessidade dela de passar um tempo com seus meninos — disse Sabine. — Pensei que talvez fosse quando sua mãe estava doente.

As sobrancelhas de Monsieur Géroux ergueram-se rapidamente.

– Talvez. Marianne frequentemente nos deixava recados com conselhos, ou lembretes em tiras de papel. Eu tinha me esquecido.
– Ele pareceu triste, e ela desejou nunca ter trazido isso à tona.

Depois disso, eles se despediram e seguiram seus caminhos. Só quando ela estava em casa, aconchegando-se em Antoine, que roncava, e repassando na mente tudo que havia acontecido, foi que percebeu que ele havia ficado com o bilhete de Marianne. Talvez, mesmo agora, parte dele ainda não conseguisse reconciliar a Marianne de suas lembranças com aquela que, mais tarde, fizera o que fez.

***

Na manhã seguinte, cedo demais para Sabine, Antoine lhe trouxe café na cama, depois olhou fixo para ela, de maneira significativa.
– E então?

Claramente, ele estava morrendo de vontade de saber como transcorrera sua noite com Monsieur Géroux e, acima de tudo, sobre aquela noite em que Marianne envenenara seus clientes.

Sabine franziu o cenho.
– Ainda não chegamos lá.

Ele ergueu uma sobrancelha.
– O quê?
– Você não entende. Tem muita história, eles eram pessoas reais, Antoine, e acho que ele sente que, se dividir esta história comigo, preciso saber de tudo.
– Mas?
– Eu não sabia o quanto seria difícil escutar.
– Dá para imaginar.
– Não, na verdade não dá – ela disse, com o rosto solene, atormentado, e então lhe contou tudo.

Antoine arregalava os olhos de pavor, principalmente quando ela chegou à parte da escola. Conversaram a respeito por um bom tempo. No entanto, o marido tinha uma teoria própria e parecia pensar que Marianne tivera algo a ver com a escola, que ela havia arrumado um modo de usar o que eles haviam entreouvido, e foi assim que os judeus puderam escapar pelos túneis.

– Acho que, talvez, ela tenha dado o alerta.

Sabine suspirou.

– Acho que você é um otimista.

– Mas faz sentido – ele argumentou. – Quantos mais sabiam de fato sobre aquela escola? Os oficiais escolheram o restaurante por um motivo. O Batignolles, embora charmoso, não fica no centro de Paris, é fora de mão, e poderia ser considerado um lugar discreto para um encontro a fim de se ter conversas quase impossíveis de acontecer em qualquer outro lugar... É lógico que de algum jeito ela usou essa informação. Ou de que outra maneira isso teria acontecido?

– Estamos especulando. Quem sabe quem mais conhecia o plano na realidade? – argumentou Sabine. – Além disso, como você passa de salvar uma escola infantil a matar seus fregueses de propósito? Acho que a ideia de que ela apenas cruzou os baços e impediu Monsieur Géroux de contar a seus amigos da Resistência se encaixa mais com o que sabemos dela, infelizmente.

Antoine deu um gole em seu café.

– Pode ser. – Em seguida, olhou para ela, e um pensamento pareceu se acender em seus olhos escuros. – Você disse que ele acha que você se parece com ela. Quer ter certeza?

– O que você quer dizer?

– Bom, aquele jornal de propaganda alemã que você mencionou antes, o que trazia o artigo sobre Marianne, sua cozinha e sua avó. Será que conseguimos encontrá-lo?

– Como?

Ele sorriu.

– A bibliotecária é você, então me diga. Eu só trabalho nos correios, lembra?

Ela riu, depois pensou no assunto por um tempo.

– Provavelmente estará na Biblioteca Histórica de Paris. Se existir algum registro em algum lugar, será lá.

– Viu? Era isso que eu estava imaginando, que você pensaria em algo assim – ele disse, e ela riu. – Quer ir no sábado?

Ela concordou.

Naquela noite, Antoine fazia o jantar quando, por acidente, esbarrou no pôster de gato que estava em cima do balcão. O impacto foi grande, e ouviu-se o barulho de vidro quebrando.

Sabine correu para a cozinha.

– Você está bem? – ela exclamou.

– Estou – ele respondeu. – Sinto muito. Me virei para pegar a panela e meu cotovelo o derrubou.

Os dois estremeceram com a bagunça. O pôster estava virado para baixo, em uma quantidade enorme de vidro.

Antoine se pôs a recolher os cacos, juntando-os na mão, depois foi buscar a pequena vassoura e a pá que ficavam penduradas atrás da porta da cozinha. Conforme ele varria à sua volta, Sabine ergueu a moldura, notando que o papel marrom do fundo começava a se rasgar. Também parecia estranhamente volumoso, como se algo tivesse se deslocado na queda. Sentiu a parte de trás e estranhou.

– Esquisito, tem alguma coisa aqui.

Antoine, ocupado em varrer, não levantou os olhos.

Ela se apoiou sobre os calcanhares e apalpou ao longo do fundo. Parecia que algo havia sido colocado debaixo do papel. Curioso. Abriu um pouco mais o pequeno rasgo.

– Que raios... – disse.

– O quê? – Antoine perguntou, levantando os olhos.

Ela sacudiu a cabeça.

– Não sei, mas é alguma coisa. – Rasgou uma tira e abriu mais o papel. Dentro, conseguiu perceber algo duro, que retirou com dificuldade. Para sua surpresa, era um envelope pardo volumoso, que caiu no chão com um ruído surdo. – Que diabos é isto? – ela sussurrou.

– Puta merda – disse Antoine, baixinho.

Os dois encararam aquilo por um longo tempo.

– Você vai abrir?

Sabine mordeu os lábios. É claro que a resposta era sim, mas ela hesitou.

– Eu só... Se saiu daquele pôster... daquele lugar – ela sussurrou, referindo-se ao restaurante –, provavelmente não é nada de bom.

– Você não *sabe*.

Ela concordou em silêncio. A única maneira de saber era abri-lo. Rasgou o alto do envelope e depois o sacudiu, despejando o conteúdo no chão. Várias coisas começaram a cair. Pegou a primeira. Era um bloquinho, encadernado de vermelho e branco. Então, o abriu e ficou surpresa.

– É um livro de receitas.

– O quê? Jura?

– É – ela confirmou, folheando-o. A primeira página tinha uma pequena dedicatória: *Para Ma Petite, todo o meu amor, Grand-mère.*

Conforme ela virava as páginas, a caligrafia, que de início parecia bem infantil e redonda, começou a mudar, tornando-se elegante à medida que as páginas, e talvez a própria autora, evoluíam.

Sabine olhou para aquilo, intrigada.

– Isto parece ser de quando ela era uma garotinha.

Antoine franziu a testa.

– Então era verdade aquela parte de Marianne aprender a cozinhar com a avó? – ele perguntou.

– Deve ter sido – Sabine respondeu, surpresa.

O outro item foi algo que a fez prender o fôlego.

– Isto é... um passaporte?

Era.

– O quê? – perguntou Antoine.

Ela o abriu na página de identificação e fez uma careta.

Era Marianne. Ou, pelo menos, quem ela deduziu que tinha que ser, já que Monsieur Géroux tinha razão; parecia-se muito com Sabine.

Só que não era, de jeito nenhum, Marianne. Sabine olhou para o nome, confusa.

– Elodie Clairmont?

– Quem diabos era Elodie Clairmont? – ecoou Antoine.

***

Sabine não havia contado a Monsieur Géroux sobre o passaporte. Sabia que contaria, mas ainda não encontrara as palavras.

Na manhã de sábado, Antoine ficou surpreso por ela ainda querer ir à Biblioteca Histórica de Paris.

– Isso se parece um pouco com um quebra-cabeça, e se eu conseguir encontrar as outras peças, vai saber, talvez exista alguma coisa por lá.

– Alguma coisa como uma pista que ela possa ter deixado vazar no artigo? – ele perguntou.

Ela suspirou.

– Estou forçando, não estou? Provavelmente não existe nada lá.

– Não necessariamente. Além disso, agora ela é real para você, o que é razão suficiente para ir. Até eu quero ler aquele artigo que os alemães escreveram sobre ela.

– Eu também.

Eles pegaram o metrô até Saint-Paul e caminharam até o Hôtel de Lamoignon, onde se localizava a biblioteca. Abrigava mais de um milhão de documentos sobre a história de Paris, datando desde a antiguidade até os dias atuais, incluindo mapas, fotografias e inúmeras doações ao longo dos anos.

Como bibliotecária, uma parte dela sempre ficava emocionada com a visita, por estar cercada por tantos livros velhos, mas naquele dia era diferente. De certa maneira, era mais significativo.

A biblioteca era enorme e linda. Sabine sentiu-se como se estivesse caminhando dentro de uma história viva. A equipe era solícita e sugeriu que eles usassem a sala de leitura, caso precisassem.

Depois de certa pesquisa, em dez minutos eles descobriram por onde começar: um grande volume encadernado, cheio dos jornais diários alemães daquela época, e outro que continha as edições francesas semanais. Sabine e Antoine levaram os volumes até uma grande mesa e se sentaram atrás das luminárias verdes.

— Eu fico com os alemães — ofereceu Antoine. — Estudei alemão na escola.

Sabine concordou.

Puseram-se a trabalhar, no começo soltando exclamações em quase todos os artigos, que pareciam inclinados a mostrar um viés favorável à Ocupação, insinuando que os nazistas eram por si sós responsáveis por salvar a cultura francesa.

— Sem dúvida eles se esforçaram para elogiar os franceses — disse Sabine, enquanto Antoine lia para ela um artigo elogioso sobre a produção de comida francesa.

— Você não sabia? A lisonja te leva a todo canto.

— Menos com os franceses.

Eles riram.

Havia artigos sobre peças, concertos, clubes noturnos.

— É como se eles estivessem desesperados para fazer parecer que tudo estava normal.

— Sim, como se os franceses não tivessem notado que, de fato, estavam invadidos por estrangeiros.

Sabine bufou.

***

Uma hora depois, Antoine encontrou o artigo de 1942 que eles procuravam.

— Acho que é este! — exclamou.

Sabine inclinou-se e percorreu a página, arfando em bom som enquanto lia a seção apontada por Antoine.

Comida que minha avó costumava fazer.

– Ai, meu Deus, parece mesmo com você – ele disse, com os olhos arregalados.

Sabine prendeu o fôlego. Ele tinha razão. A fotografia era colorida. "Valeu a pena só de ter vindo aqui e visto isto", ela pensou, ao ver uma mulher de cabelos loiros na altura dos ombros, lábios pintados entreabertos em um sorriso calmo. Em uma das mãos segurava um batedor de claras, e na outra uma vasilha. Parecia ter acabado de ser surpreendida.

Abaixo da foto, havia a legenda: "*Marianne Blanchet der Besitzer des neuen Restaurants in Batignolles, genannt Luberon*".

– O que isso quer dizer? – ela perguntou.

– Diz que ela é a proprietária do novo restaurante em Paris, chamado Luberon.

Sem dúvida, a semelhança estava ali, mas o queixo e o nariz eram um pouco diferentes. Sabine ficou cismada olhando para ela, perguntando-se por que teria feito o que fez. O que faria uma mulher mudar de ideia da noite para o dia? Uma mulher que até então parecera gentil e suficientemente corajosa para abrir um restaurante com a ajuda dos alemães, para alimentar os locais a um bom preço?

Antoine traduziu o resto do artigo e o transcreveu para ela em seu caderno.

Sabine leu por cima do ombro dele, mas, quando chegou à parte da avó de Marianne, leu em voz alta enquanto ele escrevia:

A atitude de Blanchet é estimulante. Ela diz que está trazendo o campo para Paris, cozinhando o tipo de comida que sua avó costumava fazer na Provença.

"Quando eu era pequena, ela possuía em seu vilarejo um pequeno café-restaurante rural e servia apenas uma refeição por dia: almoço. Como freguês, você quase nunca sabia o que ia comer, fazia parte do charme. As pessoas iam porque gostavam da surpresa e da boa comida. Nunca ninguém ficou decepcionado; pelo menos, não que eu saiba."

Ninguém poderia, nem por um momento, imaginar outros países, como aquele do outro lado do oceano, com seu "toad in the hole", sendo tão ousado. Essa abordagem arrojada e corajosa do amor pela boa comida é uma característica genuinamente francesa. E agora, exatamente como o café de sua avó em Luberon, não existe menu, apenas uma longa fila de pessoas que vêm ao restaurante de Madame Blanchet sabendo que o que quer que ela decida fazer naquele dia será, sem dúvida, maravilhoso.

– Então, a avó dela também era cozinheira. Na Provença. O que significa que, talvez, ela tenha vindo de lá – ele disse.

Sabine concordou.

– Estava na certidão de nascimento da minha mãe. La-alguma coisa. Ela nasceu em uma abadia.

– Isso explica, no mínimo, o nome "Luberon" – disse Antoine.

– Sim. Pelo menos sabemos que esta parte é verdade, que ela viveu na Provença, e talvez sua avó realmente tenha tido um restaurante, o que justifica o caderno de receitas.

Sabine concordou.

Depois, ele franziu o cenho.

– Sabe o que eu acho surpreendente? É que, mesmo à época, ela era chamada de madame. Ela era casada?

– Na verdade, eu perguntei isto a Monsieur Géroux. Ele disse que, por algum motivo, era só uma tradição chamar uma cozinheira de madame. Ou foi o que Marianne contou a ele.

– E qual era o nome do seu avô? Ele não constava na certidão de nascimento?

Sabine olhou fixo para ele.

– Estava, sim. – Havia um nome ali, mas ela não tinha parado para guardá-lo na memória. Lembrava-se de ter se sentido aliviada por ser um nome francês e por sua mãe ter sido concebida antes da guerra, mas, no meio daquilo tudo, não tinha pensado no avô; para ser sincera, tinha ficado muito consumida por Marianne.

– O que aconteceu com o marido dela?
– Não faço ideia.

***

Assim que abriu a porta, Sabine ouviu o telefone tocando. Correu até ele, mas não deu tempo de atender. Colocou o fone de volta no gancho e, no mesmo instante, ele voltou a tocar. "Que diabos?", ela pensou, preocupada. Voltou a atender, subitamente nervosa.

Do outro lado da linha, uma respiração pesada.

– Alô?

– Madame Dupris! Ah, Madame Dupris, finalmente.

Sabine arregalou os olhos, chocada.

– Monsieur Géroux?

– Sim, ah, sim. Estou tão feliz por você estar em casa. Estou ligando, ligando...

Sabine estranhou. Não era do feitio dele ser tão insistente.

– O senhor está bem?

– Não! Quer dizer, estou, ah, sim, talvez pela primeira vez em anos.

– O quê? Por quê? O que aconteceu?

– Aquele bilhete, aquele que você me deu. Mas antes, por favor, me diga, porque tenho que conferir para ter certeza: você o encontrou lá, no restaurante?

– Foi, estava preso bem no fundo da gaveta.

Houve um gemido, como se ele estivesse lamentando.

Sabine se encolheu.

– Ah, *monsieur*, sinto muito.

– Não, não sinta. Ele é a prova, entende? A prova de que ela nunca teve a intenção de matar o meu irmão.

9
GILBERT

Nove horas antes – Paris, 1987

MONSIEUR GÉROUX ASSISTIU AO SOL nascer em frente à janela do seu quarto. "Hora de levantar", pensou, aliviado. Ergueu-se, e tudo no seu corpo começou a doer. Gemeu, depois tomou um gole de água do copo à mesa de cabeceira.

Tinha passado a maior parte da noite pensando no passado. Quando deixara Sabine no restaurante, estava agradavelmente entorpecido pelo vinho barato, mas ao se deitar na cama seus pensamentos começaram a acelerar; quando realmente adormeceu, todos os seus sonhos foram sobre a mesma coisa. Estava de volta à cozinha do Luberon, e ficava vendo as tiras de comandas acima da estação do garçom. De início, eram dezenas. Tentava pegá-las, e elas se derretiam em nada, até restar apenas uma. Esticou-se na ponta dos pés, mas a tira começou a subir, subir, flutuando em direção ao teto, diminuindo, diminuindo, cada vez mais longe.

Acordou em um sobressalto, depois dormiu de novo, para acabar voltando ao começo do mesmo sonho. Dessa vez, a cozinha estava coberta de tiras. Por toda parte. No balcão, na panela borbulhante.

Quando se virou para olhar para a panela, que sibilava e cuspia, abriu a tampa e dentro havia uma bomba-relógio.

Soltou um uivo e deixou cair a tampa. Uma das tiras de papel voou para o seu rosto. Ele a pegou e viu que estava escrito *Perigo!*

As outras traziam a mesma mensagem. Todo lugar que olhava dizia a mesma coisa

Correu até a panela, mas era tarde demais. Antes que ela explodisse, acordou suando frio, o coração martelando em seus ouvidos.

Passou um tempão ofegando na cama, até que sua respiração voltasse ao normal. Por fim, acendeu a luz e começou a fazer palavras cruzadas, para acalmar os nervos.

Havia muito, descobrira que palavras cruzadas era uma das poucas coisas que o ajudavam a distrair os pensamentos. Seu cérebro ainda estava entorpecido pelo vinho e pela falta de sono, mas quando terminou, uma hora depois, conseguiu adormecer em um sono sem sonhos por uma hora ou duas, até ser acordado antes do amanhecer pela bexiga de Tapete. O cachorro insistia em ser colocado para fora na mesma hora. Quando eles voltaram da ida até a esquina, Monsieur Géroux se aconchegou na cama em busca de calor e com o vago, mas esperançoso, desejo de ainda conseguir dormir um pouco mais, mas foi inútil.

"Café", pensou, depois foi até a cozinha, sentindo como se tivesse envelhecido durante a noite. No entanto, sentia-se mais calmo, embora ainda intrigado com aqueles sonhos. "Seria apenas o choque de ver aquela comanda?", perguntou-se. Aquele pequeno lembrete de vida antes que tudo mudasse.

Não sabia.

Enquanto o café fervia no fogão, achou seus óculos na mesinha da cozinha, onde os havia deixado na véspera. Levantou-se e foi revirar o bolso do seu paletó em busca daquela pequena tira, voltando para a cozinha com sua luz fluorescente. Serviu-se de café, depois se sentou e olhou para a tira de comanda.

Viu o que parecia uma mancha na primeira linha. Esfregou-a, mas ela não cedeu, então foi pegar um cotonete no banheiro, um dos truques do seu ofício para remover manchas e outros materiais parecidos dos livros velhos. Esfregou de leve a primeira linha, até conseguir discernir, de um jeito muito tênue, a tinta por debaixo. Era uma data.

4 de janeiro de 1943

Os dias são curtos, mas as horas podem parecer longas, H. Ela precisa passar estas últimas com seus meninos. Esta é uma ordem.

M.

O coração de Monsieur Géroux começou a golpear. 4 de janeiro de 1943. A véspera dos assassinatos. A véspera do dia em que seu irmão amado e impertinente foi morto.

10
GILBERT

Paris, 1943

SUA MÃE HAVIA PIORADO na primeira semana do ano-novo. Passara todo o mês de dezembro lutando contra uma gripe, e não parecia ter se recuperado muito. Pelo jeito, sua medicação já não estava funcionando como no ano anterior, e o líquido formado em seus pulmões tinha piorado muito.

O Doutor Cordeau pareceu triste ao dar a notícia, olhando para Gilbert e Henri de onde estava ajoelhado, ao lado dela. Sacudiu a cabeça apenas uma vez.

– Acho que vocês dois precisarão se preparar.

Berthe fechou os olhos, mas não antes de eles verem as lágrimas caírem em seu travesseiro.

Gilbert sabia que ela chorava apenas por eles, não por si mesma.

Henri levantou-se para sair, lívido.

– Aonde você vai? – exclamou Gilbert, chocado. – Você não pode deixar a mamãe agora.

Henri olhou para o teto, os lábios trêmulos, as lágrimas rolando.

– Sinto muito, tenho que ir, Gilbert.

Gilbert ficou com dor no coração.

— Espere só um momento. Precisamos ser fortes agora. Mais tarde podemos... — Quis dizer desmoronar, mas não conseguiu terminar a frase, porque as palavras o estavam sufocando. Ajoelhou-se ao lado da cama e enfiou o punho na boca. O som que saiu dele foi brutal.

Henri reprimiu um soluço, passou rapidamente pelo irmão e em segundos saiu pela porta, para a noite gelada de janeiro.

Os olhos do Doutor Cordeau estavam tomados pela compaixão. Adiantou-se e segurou no ombro de Gilbert.

— Tem alguém que eu possa chamar, talvez sua vizinha, Madame Lambert? Ou Marianne?

Gilbert esforçou-se para falar.

— Não... Só Henri. Veja se o senhor consegue encontrá-lo.

O doutor acenou com a cabeça.

— Vou trazê-lo de volta.

Depois que ele saiu, Gilbert serviu-se de um copo de uísque, que bebeu de uma só vez. Era a primeira vez que ingeria álcool, e o líquido desceu queimando, mas ajudou um pouco. Assoou o nariz e voltou para a cabeceira da mãe.

Agora que o médico havia confirmado, ele podia ver o que fingira não perceber: o quanto sua mãe estava perto da morte. Seu rosto querido estava magro e pálido, os lábios esbranquiçados. Cada respiração era um arquejo. Era uma agonia vê-la lutar para respirar. Com o pai morto, ele e Henri seriam órfãos, só teriam um ao outro no mundo.

Gilbert sentou-se na cama da mãe e pegou sua mão. Estava fria, e ele começou a esfregá-la com delicadeza.

— Isto é bom — ela disse. — Me conte das rosas — acrescentou, fechando os olhos. — Nas Tulherias.

Ele sorriu por entre um véu de lágrimas. Aquele era um jogo que eles tinham começado a jogar no inverno, enquanto a mãe ia ficando mais fraca, e era mais difícil para ela sair de casa. Eles se esforçavam para deixar o apartamento aquecido, uma vez que também havia escassez de carvão. No início, ele costumava ler para ela, mas depois começou a lembrá-la de coisas que ela amava. Coisas lindas, de verão.

Berthe fechou os olhos, e ele afastou uma lágrima, começando a descrever sua parte preferida dos jardins.

– As rosas coral estão tão grandes quanto a sua mão. O perfume é inebriante, e, quando o vento sopra, as pétalas espalham-se pelo caminho.

– Onde eu estou?

– Você está sentada naquele banquinho de pedra que você ama, debaixo da cobertura de rosas, com um café nas mãos, da cafeteria.

– Vinho... é de tarde – ela corrigiu, com um leve sorriso.

– Ah, *d'accord*, é de tarde – ele concordou. – O sol do verão está quente, mas não demais. Aos seus pés tem um gato cochilando.

– Eu... gosto...de gatos. – Ela estava ficando ligeiramente mais lenta, cada palavra saindo com um pouco mais de dificuldade, a respiração um pouco mais arquejante.

Ele sabia. Claro que sabia.

– Preto... e... branco – ela completou.

– Não fale – ele disse, mordendo os lábios para se impedir de uivar novamente. Ela suspirou, e ele continuou: – É um pouquinho gordo, mas distinto, um cavalheiro próspero.

Os lábios dela contorceram-se em um sorriso. Gostou daquilo.

– Sua barriga está cheia do leite que você trouxe em um pires.

Ela franziu o cenho levemente, uma pergunta no rosto, e ele sorriu.

– Você conseguiu o leite porque tem um caso com o homem da loja de queijos, rua abaixo.

Ela levantou apenas um dedo para bater nele, repreendendo-o, mas foi um esforço memorável. Recostou-se, exausta, e soltou uma risadinha arquejante. Quando se acomodou, ele seguiu em frente com sua história, evitando qualquer coisa que pudesse excitá-la demais em seu conto imaginário.

Ela adormeceu, enquanto ele descrevia seu livro preferido da infância, *Le Petit Prince*, à luz do sol.

Gilbert ficou com a mãe por um longo tempo, observando-a dormir. Parecia em paz.

Houve uma leve batida à porta. Era o Doutor Cordeau.

– Encontrei Henri. Ele disse que volta daqui a pouco.

Gilbert sentiu-se aliviado.

– Obrigado.

O médico disse:

– Se você não se importar, acho que vou ficar com você, aqui fora.

Ele colocou uma cadeira do lado de fora do quarto de Berthe.

Os lábios de Gilbert tremeram. Ele balançou a cabeça, sem palavras para exprimir o quanto estava grato por aquilo.

As horas passaram-se, e Henri não voltou.

O Doutor Cordeau ofereceu-se para ir atrás dele novamente, mas agora Gilbert estava zangado e foi categórico:

– Não – disse. – Ele já foi avisado duas vezes. – Fechou os olhos. – Está claro que ele não quer estar aqui quando acontecer.

O médico concordou, mas não censurou o menino.

– Tente não levar isso contra ele. Logo, vocês só terão um ao outro.

Gilbert tentou se controlar enquanto as lágrimas começavam a cair mais uma vez.

– Não posso prometer isso, doutor.

***

Eram duas da manhã quando Berthe Géroux morreu. Gilbert estivera olhando para ela e mesmo assim não viu o momento em que aconteceu, mas o Doutor Cordeau sim. Quando ele declarou a morte dela, foi como um choque, e Gilbert agachou-se e chorou, escondendo o rosto nos joelhos.

O médico ficou com ele, que soluçava, e lhe trouxe água e mais uísque devido ao abalo.

Em algum momento antes do amanhecer, ele deve ter adormecido, porque acordou ao som de batidas na porta. Quando a abriu, encontrou Madame Lambert em seu penhoar rosa, o rosto magro contorcido de pena.

– Ah, Gilbert, meu querido...

"O Doutor Cordeau deve ter contado para ela", ele pensou, e seu rosto desabou.

– Obrigado, madame, fico agradecido por ter vindo, mas eu... – Ele engoliu em seco. – Não posso ficar junto de ninguém por agora.

– Alguém já contou a você? – ela prendeu o fôlego, apertando o peito com a mão magra.

Ele não entendeu.

– Contou o quê? Eu estava lá...

– O quê? – ela exclamou. – Você viu? Mas então como você... ainda... está aqui?

Ele olhou para ela sem acreditar. A mulher não estava falando coisa com coisa.

– Ela era minha mãe, madame. Eu não iria deixá-la morrer sozinha. Onde mais eu estaria? Não estou entendendo.

Um princípio de compreensão começou a iluminar o rosto de Fleur Lambert.

– Berthe! – gritou, desmoronando junto à porta. – Ela também se foi?

– Também? Não é por isso que a senhora está aqui?

Ela sacudiu a cabeça e levou a mão à boca, horrorizada. Atrás dela, o som de passos apressados. Era o Doutor Cordeau. Parecia arrasado.

– Ah, Gilbert, tenho notícias terríveis.

Gilbert olhou para ele e para Madame Lambert, confuso. Um nó de ansiedade começava a se formar na boca do seu estômago. A palavra "também" estava se instalando ali, como algo prestes a explodir.

– Ah, meu menino querido – disse Madame Lambert. – Não sei como contar isto a você, especialmente agora, sabendo da querida Berthe...

Ele pestanejou.

– O que foi?

Mas Madame Lambert parecia paralisada, incapaz de dizer em voz alta.

O médico tinha os olhos cheios de compaixão.

– Tenho notícias horrorosas, filho. Parece que houve um incidente no restaurante ontem à noite.

– Um incidente – Gilbert repetiu baixinho, seu coração começando a golpear.

Seu primeiro pensamento foi para seu irmão.

– Henri... ele não estava... ele... – Gilbert parecia não ter as palavras.

– Ele foi encontrado lá, com os outros. Parece que foi envenenado ontem à noite, juntamente com mais cinco.

Gilbert olhou para ele em choque, de certo modo encontrando as palavras em sua ansiedade.

– Envenenado? Mas isto não pode ser verdade, ele não estava trabalhando ontem à noite.

O Doutor Cordeau sacudiu a cabeça.

– Ainda assim, ele estava lá.

Parecia que o mundo estava despencando sob os pés de Gilbert.

– Ele está... ele está bem?

O Doutor Cordeau fechou os olhos só por um segundo, como se não quisesse encará-lo. Depois, sacudiu a cabeça.

– Sinto muito, ele faleceu.

Os joelhos de Gilbert cederam. Na queda, ele escutou, como que através de um túnel, o médico dizer:

– Ninguém sobreviveu.

Os lábios de Gilbert começaram a tremer, ele viu estrelas. Aquilo tudo era apenas um pesadelo medonho. Olhou para cima, em meio a uma névoa de lágrimas, as palavras "ninguém sobreviveu" ecoando em seu crânio.

– E Marianne?

– Ela sumiu.

Em meio a todo o horror e luto, Gilbert levou um instante para entender.

– Ela fugiu depois de envenenar todos – soltou Fleur Lambert, finalmente conseguindo falar. Suas mãos fecharam-se ao lado do corpo, os olhos vítreos, o rosto contorcido de asco.

11
GILBERT

Paris, 1987

MONSIEUR GÉROUX OLHOU para a comanda.

Marianne nunca pretendera que Henri estivesse ali naquela noite. Agora, tinha certeza disso. Estava ali, preto no branco.

Talvez, de alguma maneira, Henri não tivesse recebido o bilhete.

Mesmo assim, não era o que Monsieur Géroux acreditara por anos, e sim que Marianne havia lhe pedido para trabalhar naquela noite. Com o tempo, as últimas palavras de Henri, "Tenho que ir", vieram a significar outra coisa para Gilbert, não uma desculpa para fugir da dor e da tristeza que o aguardavam ao presenciar a morte da mãe, mas algo mais, uma obrigação, talvez?

Durante décadas, Gilbert se torturara com essas palavras e agora, pelo menos, ele sabia que ela de fato não queria Henri ali.

A morte de Henri tinha sido o que mais confundira as autoridades. Foi o que fez com que acreditassem que Marianne surtara de algum modo, ou que fosse algum tipo de sociopata.

Seis pessoas foram envenenadas naquela noite: quatro delas eram oficiais nazistas; duas eram francesas, sendo uma da Resistência,

Louisa, a mulher por quem Sara tinha uma intensa antipatia, uma vez que elas disputavam a liderança de sua divisão; e a outra era Henri.

As autoridades achavam que Louisa era uma colaboradora, o que teria servido de motivação para Marianne, juntamente com os nazistas, mas Henri?

Desde o começo, ela tinha adoração pelo menino. Os dois estavam sempre rindo, e por qualquer motivo ela lhe dava um abraço carinhoso. Gilbert vira isso com bastante frequência e normalmente era incluído em seus grandes abraços de urso. Ele se lembrava de ter contado isso às autoridades no dia seguinte.

Depois de perder a mãe, descobrir o que acontecera com o irmão foi como viver um pesadelo. Nada daquilo parecera real.

Quando um dos policiais perguntou se ele achava possível que Henri fosse um colaborador disfarçado, ele se lembrava de ter caído na risada.

— Eles o chamavam de *Dummkopf*, e pensavam que ele não soubesse o que queria dizer. Mas ele não era idiota. Pode ter chegado a tolerá-los, mas, na verdade, tinha desprezo por eles. É por isso que caçoava deles abertamente.

12
SABINE

Paris, 1987

ANTOINE SERVIU MAIS UMA TAÇA DE VINHO. Já estavam na segunda garrafa.

Tinham levado sua descoberta até o apartamento de Monsieur Géroux, em Batignolles: o passaporte que Sabine havia encontrado escondido no pôster com o estranho nome de Elodie Clairmont, o livro de receitas e a caixa em que ela guardava os outros documentos, como as certidões de nascimento e de adoção da mãe.

Quando Monsieur Géroux telefonara a Sabine para contar sobre sua própria descoberta – o fato de Marianne ter deixado um recado para Henri dizendo-lhe, implicitamente, para não ir ao restaurante na noite em que envenenara aquelas pessoas –, aquilo mudou as coisas.

Tudo que eles pensavam que sabiam pareceu dar meia-volta; era empolgante. Poderia significar que havia muito mais naquela história do que eles haviam se dado conta. Uma versão em que Marianne Blanchet, Elodie Clairmont, ou quem quer que ela fosse, não pretendia, de fato, matar seu jovem amigo.

Porém, isso ainda não respondia à pergunta sobre o que havia acontecido, ou o motivo de ter querido matar aquelas pessoas. Mas eles tiveram uma boa ideia. Graças a Monsieur Géroux.

Logo depois de o casal chegar, e de Sabine ter apresentado Antoine, o velho os levou à sua sala de visitas, onde havia uma pasta aberta sobre a mesinha de centro de madeira escura. Tirou algo para lhes mostrar.

– Este é um recorte de imprensa daquela noite. É o único que guardei. Saiu alguns anos atrás, quando um jornalista escreveu um artigo a respeito para o jornal local. Não sei por que guardei, na verdade, talvez por ter fotografias das pessoas que morreram. Pareceu errado jogar fora... Mas não li, não consegui – ele admitiu.

Sabine arregalou os olhos.

– Posso? – perguntou.

Ele concordou, e ela se ajoelhou em frente ao artigo.

DANDO UM ROSTO ÀS VÍTIMAS DO RESTAURANTE DO ASSASSINATO

Mais de trinta anos atrás, no restaurante Luberon, agora conhecido pela maioria de nós na localidade como "Restaurante do Assassinato", aberto durante a Ocupação de Paris, em 1942, a proprietária, Marianne Blanchet, envenenou e matou seis pessoas. Mais tarde, ela foi executada por seus crimes. Trata-se de uma história que a maioria das pessoas de Batignolles conhece, ainda que não saibam de todos os detalhes, como quem foi morto. Eram franceses locais: Henri Géroux, 13 anos, e Louisa Tellier, 22; e oficiais alemães: Otto Busch, 30, oficial de ligação cultural para Paris; Karl Lange, nazista mais velho, oficial de relações-públicas para Paris; Hans Winkler, seu oficial júnior; e Frederik Latz, secretário de Busch.

Até hoje, nunca se entendeu o motivo de Marianne Blanchet ter feito o que fez. Pedimos a opinião de alguns locais.

"Acho que foi pura maldade", disse Eva Moulin, 49 anos. "Todos nós tentamos entender coisas como esta, mas com frequência não existe nenhum outro motivo, senão este."

Da mesma maneira, Paul Dupont, o padeiro local, 73 anos, observa que provavelmente ela estava apenas com uma perturbação na cabeça, ou no útero. "Histeria pura e simples, muito provavelmente uma alteração no útero. Que pessoa em sã consciência mataria uma criança?"

Embora os cientistas modernos já não acreditem no diagnóstico de histeria, ou em condições do útero que afetem o cérebro, a ideia de que Madame Blanchet estivesse clinicamente insana persiste. O Doutor Samuel Allard, que vive no local, concorda: "Os sinais de fato parecem apontar para algo como esquizofrenia. Ao que parece, aquela mulher serviu, em sua maioria, os mesmos clientes por mais de um ano, sem incidentes, até algo dar errado, talvez em sua mente. É preciso lembrar que, naquela época, o tratamento para tais transtornos não era muito conhecido".

Sabine parou de ler.

— Está claro que todos eles pensavam a mesma coisa.

— Que ela tinha uma doença mental — disse Antoine, lendo por cima do ombro dela.

— Sim — concordou Monsieur Géroux. — Mas eu nunca acreditei nisso.

— Por que não? — perguntou Sabine.

— Estive com ela todos os dias, e, se fosse verdade, teria havido sinais, particularmente nos dias anteriores ao que aconteceu. O irmão da minha mulher, Giles, sofria dessa doença, e dava para perceber sempre que ele estava sem medicação ou quando precisava que ela fosse ajustada. Ele começava a dizer coisas estranhas, frequentemente exibindo sinais de paranoia ou agindo como se estivesse em algum delírio. Ou seja, não sou um entendido, mas não havia nada parecido. Acho que por isso é mais difícil para mim. Se ao menos eu pudesse acreditar que ela teve uma crise como Giles costumava ter, eu poderia perdoá-la. Saberia que ela não estava no seu normal, que, jamais teria feito o que a acusavam de ter feito. Mas nunca senti que fosse isso. Foi muito... frio. Também tem o fato de ela ter fugido. Se estivesse doente, não tenho certeza de que teria a autopreservação de fugir... Giles não conseguiria. Não é que todos sejam iguais, é claro, mas, mesmo assim, isso nunca me pareceu verdade.

– Concordo – disse Sabine. – Pessoalmente, se o caso fosse esse, se ela estivesse doente, de certo modo me sentiria melhor a respeito. Hoje em dia, as coisas estão mudando na saúde mental. Devagar, é claro. – Ela revirou os olhos, enquanto murmurava: – Histeria, uma alteração no útero, pelo amor de Deus. Mas o passaporte, sem dúvida, me faz pensar que fosse outra coisa, e não saúde mental.

Antoine concordou.

– Eu também.

Sabine olhou para as fotografias das vítimas.

– Não acredito que esteja vendo eles.

Busch era loiro, com olhos claros. Seus traços eram simétricos, e poderia ser considerado bonito. Não era seu tipo, mas havia nele uma espécie de masculinidade saudável de rapaz rural que atrairia muita gente. Os outros homens tinham cabelos castanhos. As feições de Latz eram acentuadas, os olhos escuros. Lange parecia mais velho, com bigode e os olhos claros. O cabelo de Winkler era ondulado, e seus olhos fundos pareciam ligeiramente ameaçadores.

Louisa Tellier era morena, com um rosto inteligente e forte. Tinha a boca pequena e pintada, e olhos grandes, realçados com rímel preto.

O pior, no entanto, foi ver Henri. Seus olhos enrugavam-se nos cantos, e era sardento. Estava rindo. Sabine tocou na imagem e mordeu o lábio. Era um rosto agradável. Podia ver Monsieur Géroux nele.

Monsieur Géroux veio para perto dela. Seu olhar ficou triste ao olhar o rosto do irmão.

– Também andei pensando em mais uma coisa que poderia ter sido a motivação. Não para Henri, mas em termos desta mulher – ele disse, apontando para a francesa, Louisa. – Ela estava comigo na

Resistência, mas, por muito tempo, a líder de nossa divisão, Sara, acreditava que fosse uma informante.

O casal ficou sem fala.

– Veja, alguém delatou minha amiga Sara. Por sorte ela escapou a tempo, com alguém em quem podia confiar, Guillaume, um amigo nosso. Mas, quando fui levar comida para eles, ela me contou que tinha medo de que houvesse um informante. Insinuou que poderia ser Louisa, mas Guillaume descartou isso como uma rivalidade feminina. Elas nunca se deram bem, e não havia uma reunião em que as duas não discordassem ou entrassem em alguma espécie de bate-boca. Apesar de Sara ser a líder e de confiarmos nela, não a levávamos a sério nesse aspecto. Ela não tinha uma prova real, além de um dia ter visto Louisa falando com um nazista de um jeito sedutor, o que Louisa negou com veemência, dizendo só ter pedido a um deles fogo para seu cigarro. Louisa pode não ter sido nosso membro preferido, mas nunca tivemos um motivo concreto para acreditar que fosse uma informante. Mas e se fosse?

– É possível – disse Sabine. – E talvez Marianne soubesse disso.

– Mas isso não explica Henri.

– Não – concordou Sabine. – Mas pode ter sido apenas um dano colateral.

– Pode ser – concordou Monsieur Géroux, embora a ideia lhe causasse dor.

Sabine tirou as coisas que havia trazido.

– Talvez isso nos dê algumas pistas?

Primeiro, ela mostrou o passaporte inglês para Monsieur Géroux. Depois, deu um gole no vinho enquanto andava de cá para lá na sala de visitas.

– Então, qual nome seria o verdadeiro? – perguntou. – O do passaporte, Elodie Clairmont, ou o da certidão de nascimento da minha avó, Marianne Blanchet, pelo qual o senhor a conhecia?

– Posso ver a certidão de nascimento? – perguntou Monsieur Géroux.

Sabine tirou o documento da caixa com suas recentes descobertas. Parecera natural levar tudo aquilo, e agora estava satisfeita por ter tido essa ideia.

Monsieur Géroux colocou os óculos e olhou para a certidão por um tempo. Antoine inclinou-se para olhar mais de perto.

Mas é claro que o nome Marianne Blanchet continuava ali, e não lhes dizia nada, além de confirmar a confusão em que estavam.

Monsieur Géroux soltou um "Huumm".

– O que foi? – perguntou Sabine.

– Aqui diz que sua mãe nasceu na Abadia de Saint-Michel, em Lamarin. Bom, eu estava pensando, se a abadia ainda estiver funcionando, talvez alguém lá possa jogar alguma luz. Marianne me contou que cresceu na Provença. Talvez essa parte fosse verdade, talvez não ficasse longe dessa abadia?

– É possível – disse Antoine. – A abadia tratou da adoção?

Sabine remexeu na caixa até achar a certidão de adoção, e então confirmou.

– Sim, eles também constam aqui.

Antoine pegou a certidão e deu uma olhada.

– Interessante – disse.

– O quê? – perguntou Sabine.

– As datas da certidão de nascimento e da adoção são bem distantes. Sua mãe nasceu em 1938, mas só foi adotada em 1944. Você acha que Marianne cuidou dela até lá?

– Não enquanto tinha o restaurante, que foi de 1942 a 1943 – respondeu Monsieur Géroux com uma careta.

– Talvez a abadia saiba alguma coisa a respeito. Por sorte, eles ainda estão funcionando. Amanhã de manhã vou ver se eles constam da lista telefônica e tentar ligar para lá.

– Cruzem os dedos – disse Monsieur Géroux. – Assim que descobrirem, vocês me avisam?

– Sim, com certeza. O senhor merece saber a verdade, Monsieur Géroux. Trata-se de descobrir a sua história, tanto quanto a minha.

PARTE DOIS

13

Provença, 1926

O ROLLS-ROYCE CREME ACELEROU pela área rural da Provença em direção a uma longínqua velha casa de fazenda, de um lado cercada por videiras, do outro por ciprestes altos. A luz que se infiltrava pela janela do carro tinha um intenso tom limão ao alcançar a menina sentada em silêncio no banco de trás, o rosto de costas para a paisagem, o cabelo dourado em uma confusão de nós, como um ninho de tecelão.

O motorista olhou para trás com uma expressão preocupada, como vinha fazendo a cada meia hora.

Ela não podia ser muito mais velha do que sua própria filha, por volta de 9 ou 10 anos, ele pensou, imaginando o que ela estaria pensando, como fizera a maior parte de sua longa viagem. Ela não dissera uma palavra. Nem mesmo quando ele chegou, um completo estranho, para buscá-la e levá-la para uma nova casa, após a morte da mãe.

Muda, aparentemente, explicara uma vizinha, que cuidara dela até que as providências pudessem ser tomadas, quando ele apareceu à sua porta em Montmartre, a área elegante de Paris que lhe lembrava um vilarejo, com belas construções, ruas calçadas com pedras, bistrôs e uma basílica. Um mundo de distância de sua casa em Hertfordshire.

Ele bateu à porta do apartamento, em um prédio de desbotada cor salmão, e uma francesa magra, de rosto amigável, cabelo e olhos escuros e uma elegância esmaecida, levemente maculada por dentes manchados de fumante, atendeu.

Ele se apresentou como o chofer, tirando o quepe.

– Sou Jacob Bell. Estou aqui para buscar a jovem senhorita.

– Madame Gour – ela disse, apertando sua mão. – Vou chamá-la.

Ele soltou um suspiro de alívio por ela ter falado inglês. Seu francês era terrível, e, o pouco que sabia, ficara feliz de esquecer depois da guerra.

– Elodie, *viens vite, l'homme est là*!

A criança veio rápido, como se o estivesse esperando. Era pequena, cabelo loiro-claro e olhos azuis intensos que o deixaram perplexo. Eram olhos dos Clairmont, com certeza.

– Olá – ele tentou.

Mas a criança continuou olhando fixo.

Madame Gour abanou a mão, como se estivesse afastando esta possibilidade.

– Ela não vai responder; não é pessoal.

Então, com a mesma rapidez com a qual chegou, a menininha desapareceu.

– Foi buscar as coisas dela – Madame Gour explicou quando ele pareceu atônito, pensando por um momento que ela havia fugido.

Ele teve um vislumbre do interior do apartamento: assoalho em espinha de peixe, um tapete persa gasto e uma mesa dourada com um vaso pintado contendo flores extraordinárias, em um intenso rosa avermelhado que ele não soube nomear.

– Sabe – ela disse, acendendo um cigarro fino, depois dando uma longa tragada. Ao soprar a fumaça, soltou-a para longe do rosto dele –, ela não disse uma palavra desde o acontecido. Nenhuma –

enfatizou, levantando o dedo indicador. – Nós a encontramos ali, com o corpo da mãe – disse, apontando para cima com o cigarro, para um apartamento à esquerda.

– Ah, não – disse Jacob, encolhendo-se. Ele não conhecia os detalhes.

Madame Gour apertou os lábios.

– *Oui*. Ela não queria deixá-la, ficava cutucando-a como se pensasse que ela fosse acordar. – Ela fez o gesto, e ele se encolheu.

– Isso é... bom, isso é horrível.

– *Oui, très horrible*. Tenho tentado fazer o melhor para ela, mas ela grita demais quando tento pentear seu cabelo. Talvez eu seja mais bruta do que a mãe. Eu mesma só tive meninos, entende? Pobrezinha.

Jacob, então, começou a ficar nervoso, agora que estava ali, frente a frente com sua missão. Pareceu-lhe muito estranho que Lorde Clairmont não quisesse vir junto, para ele mesmo ver a filha. A empregada da casa, Mrs. Harris, havia dito que, a última vez que ele a vira, ela não passava de um bebê.

Mas não lhe cabia questionar seus patrões; a mãe de Jacob lhe lembrara isso inúmeras vezes quando ele assumiu o cargo. Ela havia passado a vida a serviço deles, então sabia melhor do que ninguém o que esperar.

Ainda assim, parecia cruel ele ter deixado essa tarefa para um empregado, especialmente considerando que a mãe da menina tinha acabado de morrer. Jacob nem mesmo a estava levando para Lorde Clairmont; o patrão a mandara para a avó, no campo, para passar o verão. Provavelmente, não queria estragar seus próprios planos de férias com uma criança ilegítima, de um caso que tivera durante a guerra, o que já lhe causara confusão suficiente em seu casamento. Pelo menos foi isso que Mrs. Harris especulou, ao saber do combinado. Jacob estava inclinado a concordar.

Ele nunca entendera os patrões, suas supostas "superioridades", verdade seja dita. Em sua opinião, seu pai, que nunca aprendera a ler ou escrever e nunca tivera muito mais do que um centavo em seu nome, tinha mais dignidade e nobreza do que todos eles juntos. Principalmente agora, quando ele pensava naquela pobre criança e em tudo que ela havia passado.

Não é que eles não estivessem cientes de que a mãe da menina não andava bem. Aparentemente, ela escrevera cartas, muito provavelmente para evitar aquela exata situação. Ainda assim, como sempre, Lorde Clairmont não se apressou. Não que fosse contar nada *disso* a Madame Gour. Mas queria. Sentia como se precisasse pedir desculpas, porém, é claro, não pediria.

— Então... ela não fala... nada?

— Nada de nada. Mas não se preocupe, ela não vai lhe dar muito trabalho.

Aquela seria a primeira, ele não pôde deixar de pensar, em se tratando dos Clairmont.

Elodie voltou com uma malinha gasta e uma boneca de tricô debaixo do braço. A vizinha apertou seus ombros brevemente, depois a encaminhou com delicadeza até a porta.

— Me mande notícias, está bem?

A menina simplesmente franziu a testa.

— Eu transmito o recado. Pedirei a avó dela que escreva, tenho seus dados — Jacob prontificou-se.

— Obrigada — disse Madame Gour.

— Meu nome é Jacob — ele disse, virando-se para a criança. — Vou levar você para a sua avó, no interior. Tenho certeza de que você vai gostar de lá.

Ela olhou fixamente para ele, com uma expressão confusa.

— Seu pai me mandou — ele explicou, olhando com hesitação de Elodie para Madame Gour.

Elodie ainda parecia perplexa.

— Ela não entende você — disse a vizinha, finalmente apagando o cigarro em um cinzeiro na mesa de mármore. — Ainda não aprendeu inglês. — Ela se pôs então a traduzir para a criança, que acenou com a cabeça quando foi mencionada a palavra "pai".

A criança estendeu a mão em uma pergunta. Madame Gour pareceu adivinhar o que ela queria saber.

– *Ton papa?* – disse ela, e a menina confirmou com a cabeça. Virando-se para Jacob, Madame Gour perguntou: – O pai dela vai estar lá, no lugar aonde você a está levando?

Jacob deu suas desculpas.

– Ah, bom – disse a vizinha, estalando a língua e transmitindo a notícia para a criança. – Tenho certeza de que não deu para evitar – falou generosamente a Jacob. Depois, voltando-se para a criança: – Eu não sabia que você ainda tinha uma avó viva – disse primeiro em francês, depois em inglês para que ele entendesse.

A criança deu de ombros. Parecia ser uma novidade também para ela.

– Onde ela mora?

– Na Provença – Jacob respondeu.

– Ah, bom – ela disse. – É uma parte adorável do mundo.

Jacob engoliu com dificuldade, sentindo-se desconfortável, lembrando a si mesmo que estava simplesmente fazendo seu trabalho e que isso significava não questionar a maneira como o patrão escolhia empregar seu tempo.

– Bom, vá com ele, *chérie* – Madame Gour disse, dando um último aperto na menina. – Para uma nova vida. Espero que seja mais feliz.

Jacob pegou a mala da menina e conduziu-a escada abaixo.

A criança pareceu hesitar, dando uma última olhada para a escada, seus olhos vagando por Madame Gour, talvez se dirigindo para sua velha casa. Mordeu o lábio, suspirou, e então seguiu.

Pareceu surpresa quando ele a dirigiu para o carro parado na rua, em frente a uma florista. Um grupo de senhoras parisienses abastadas, com vestidos de comprimento médio e cabelos na moda, fazia hora por perto, talvez para ver quem era o dono daquele carro chamativo.

No entanto, a menina pareceu um pouco temerosa. Ele imaginou que ela nunca havia estado em um automóvel.

– É perfeitamente seguro – ele disse ao abrir a porta, gesticulando para que ela entrasse.

Ela vacilou para entrar, os nós dos dedos de suas mãozinhas ficando brancos enquanto agarravam a mala das mãos do motorista, levando-a junto ao peito. Jacob tentou tirá-la dela, mas ela sacudiu a cabeça. Ele deu de ombros, abriu a porta e, depois de uma pausa, ela entrou e sentou-se. Ele fechou a porta.

A primeira parte da viagem transcorreu em relativo silêncio, quebrado apenas por Jacob, volta e meia esquecendo-se de que ela não podia entender o que ele falava. Os dois passaram a noite em um pequeno estabelecimento na estrada, onde a esposa do dono da pousada veio em seu socorro, cuidando de Elodie, ajudando-a a se arrumar para dormir enquanto ele se retirava para um quarto frio, perto da área do estábulo.

Na manhã seguinte, eles começaram cedo. Elodie instalou-se em seu lugar costumeiro e apoiou a cabeça na janela do carro enquanto Jacob dirigia.

Conforme a área rural começou a mudar, o sol se intensificou, e Jacob teve que enrolar as mangas da camisa e afrouxar o colarinho. Ficava indicando o quanto aquilo era bonito ao passarem por videiras e campos repletos de flores silvestres rosa e brancas, aldeias empoleiradas no alto de colinas feitas de pedras cor de mel, cheias de carneiros e outros animais. Mas é claro que ela não entendia nada do que ele dizia e mal olhava pela janela.

Por fim, chegaram, e ele parou antes de entrar no longo caminho coberto de areia. A casa tinha venezianas azuis, como olhos semicerrados, e os muros de pedra aos pedaços pareciam ser mantidos pelas raízes de lavandas e rosas que vagavam por todo o perímetro.

– Não é nada parecido com a Mansão Clairmont – ele disse baixinho, já que ela não podia entendê-lo e ele não iria repetir. – Mas vou te contar um segredo. Acho que, se eu estivesse no seu lugar, preferiria aqui. É encantador – ele abriu um largo sorriso.

Encantador não era uma descrição que se aplicaria à mansão. As palavras usadas para descrevê-la incluiriam "grandiosa", "austera" e "imponente". E, reconhecidamente, bela.

– Você ficará bem aqui, tenho certeza. – Talvez ele estivesse tentando convencer a si mesmo.

A criança abraçou sua boneca de tricô junto ao peito e não olhou para ele, nem demonstrou curiosidade sobre onde estavam. Jacob percebeu que, para ela, sem a mãe, não importava onde estivesse. Ela fechou os olhos e recostou a cabeça no interior do carro.

Jacob sentiu seu coração ir até ela. Nunca tinha visto uma criança parecer tão desamparada. Desejou falar sua língua, poder lhe dar alguma esperança... mas, ainda assim, não tinha certeza do quanto ajudaria.

Estacionou no longo caminho de cascalhos e os dois saíram do carro. Logo depois, uma mulher magra e pequena saiu às pressas da casa, usando um vestido simples, azul. Tinha cabelos prateados, em corte reto, e vestia um avental com babados, salpicado de farinha.

Jacob endireitou a postura e tirou o quepe. Por um momento, temeu que não o estivesse esperando, até ela correr em frente com um sorriso em seu rosto bronzeado ao ver Elodie.

– *Ma petite!* – exclamou, envolvendo a criança em um abraço. – Finalmente pude conhecer você.

De início, Elodie ficou como uma estátua. Mas depois, conforme a senhora continuava segurando-a, relaxou, aspirando o perfume de farinha e lilases.

A mulher olhou para Jacob e sorriu, depois estendeu a mão, enfeitada com vários anéis de prata.

– Sou Marguerite Renaux – disse, com um sotaque agradável. – Muito obrigada por me trazer minha neta. – Seus olhos castanhos eram amigáveis, e ele ficou agradecido por ver bondade neles.

– O prazer foi meu – disse Jacob, com sinceridade, sentindo, pela primeira vez em dois dias, que estava fazendo a coisa certa. Entregou a mala a Madame Renaux, que a pegou com as duas mãos.

– Quer entrar, tomar alguma coisa? – convidou. – Ou comer? Tenho *cassoulet*.

Ele sacudiu a cabeça.

– Não posso, estão me esperando. – Ele deveria levar o carro até Cannes, onde seu patrão passava o verão.

Mas hesitou, lembrando-se a tempo de sua promessa para a vizinha da criança, Madame Gour. Abriu uma caderneta que usava para registrar a quilometragem de gasolina, folheou até uma página em branco e escreveu o nome e o endereço da vizinha. Depois arrancou-a e entregou-a a Madame Renaux, explicando o que a vizinha dissera sobre o mutismo da criança. Deixou de fora a parte sobre a criança agarrando-se ao corpo da mãe. Ninguém gostaria de ter aquela imagem queimando no cérebro.

– Ela não fala?

Ele sacudiu a cabeça.

– Nem uma palavra, nem mesmo nos dois dias que levamos para chegar aqui. Achei que a senhora deveria saber. A vizinha, Madame Gour, perguntou se a senhora não se incomodaria de dar notícias sobre a menina.

– Farei isso – prometeu Marguerite.

Marguerite olhou para a menina enquanto, com uma expressão perdida, ela observava o motorista ir embora.

– Ele era bonzinho? – ela perguntou à criança.

Elodie confirmou em silêncio.

– Também achei.

Elodie a olhou com curiosidade, talvez pela avó ter passado tão pouco tempo com ele, em comparação a ela, e a velha senhora deu de ombros.

– Quanto mais velha a gente fica, mais aprende a perceber as coisas.

A menina apenas continuou olhando-a fixamente com aqueles intensos olhos azuis.

– Então, quantos anos você tem, 9?

Ela sacudiu a cabeça, depois acenou com um dedo, indicando mais.

– Dez? – imaginou Marguerite.

Elodie confirmou.

– Você sabe ler, escrever?

Novamente, a menina confirmou com a cabeça.

Marguerite teve que morder o lábio para conter sua emoção; é claro que Brigitte, sua falecida filha, tinha tratado de ensiná-la por conta própria.

Marguerite ficou feliz ao ver que, pelo menos, a menina era receptiva. Parecia tão curiosa em relação à avó, estendendo o braço para o seu rosto, quanto Marguerite era em relação a ela. Se Jacob ainda estivesse lá, teria ficado espantado, considerando o quanto estivera na defensiva na maior parte do tempo em que passaram juntos.

Instintivamente, Marguerite inclinou-se, e os dedos da menina flutuaram pelas suas faces, como uma borboleta ou uma pessoa estudando um mapa.

– Somos parecidas? – imaginou Marguerite. – Eu e a sua mamãe?

A criança assentiu com uma expressão de surpresa nos olhos, que pareciam à beira das lágrimas.

Por um segundo, Marguerite precisou desviar o olhar para, disfarçadamente, passar uma ponta do avental debaixo dos olhos. Ao voltar-se para a criança, seu rosto tinha relaxado, e ela afivelou seu sorriso mais valente, depois bateu palmas.

– Você gosta de bolo?

A menina franziu a testa, depois confirmou.

– Bom, entre, entre, comecei a fazer um agorinha. Podemos terminar juntas. – Então, Marguerite pegou a neta olhando para ela. – O que foi?

Elodie sacudiu a cabeça. Mesmo que quisesse, não saberia explicar o sentimento que se abateu sobre ela, como entrar em um banho depois de um longo dia, ou avistar um terreno familiar depois de vagar por um deserto aparentemente infindável.

Era alívio.

***

Marguerite não era como a vizinha que a levara para morar com ela após a morte da mãe. Madame tinha pressionado, tentando fazê-la falar, chegando certa vez a vir por trás, para assustá-la e levá-la a fazer isso.

A avó simplesmente deixava que ficasse triste. Talvez por também estar triste. Mas era um jeito diferente de tristeza.

Anos depois, Elodie perceberia que era porque, para Marguerite, a perda da filha ocorrera muitos anos antes, quando Brigitte fugira de casa com um homem que a mãe sabia que nunca se casaria com ela. Ele a instalara em uma casa em Paris depois do nascimento de Elodie. Marguerite não sentiu a menor satisfação ao saber que estava certa.

Na primeira tarde, ela levou Elodie para a cozinha, um cômodo grande com reluzentes panelas de cobre penduradas em ganchos, um sólido fogão azul no canto e uma grande mesa de madeira, cheia de arranhões dos anos de uso. Havia ervas nos peitoris das janelas e vistas deslumbrantes ao longo das videiras. Era um lugar acolhedor e alegre.

Marguerite colocou a mala de Elodie junto à porta.

— Vamos cuidar disto depois — disse com uma piscadela e depois a convidou para lavar as mãos, de modo que, juntas, pudessem terminar de fazer o bolo.

Depois de Elodie ter lavado as mãos, Marguerite mediu os ingredientes e passou-os à neta para serem acrescentados a uma tigela, mostrando-lhe como quebrar um ovo de lado e distribuir seu conteúdo sem deixar cair nenhuma casquinha dentro. Quando Elodie tentou, o ovo escorregou dos seus dedos e caiu no chão.

Marguerite riu ao ver Elodie com os olhos arregalados e chocados.

— Não se preocupe, *ma petite*, faz parte de ser uma cozinheira. Não é um trabalho para alguém que não goste de bagunça — disse e rapidamente recolheu o ovo e o jogou fora. — Agora começa a mágica, enquanto esperamos o bolo crescer.

Elodie viu-se começando a sorrir e rapidamente fechou a cara. Sacudiu a cabeça com violência e foi se sentar à longa mesa de madeira, com o rosto entre as mãos.

— O que foi? Não está se sentindo bem? — Marguerite perguntou.

Logicamente, Elodie não disse nada. Parecia errado se sentir daquele jeito. Era como se estivesse traindo a mãe. Como poderia achar, mesmo por um momento, que tudo iria dar certo, quando mamãe estava morta? Enxugou os olhos.

Marguerite pôs a mão em seu ombro, depois imaginou qual poderia ser o problema, amaldiçoando-se. Sua vontade era tornar especial a primeira noite da menina ali. Era óbvio que estava passando do ponto.

— Sente falta da sua mamãe?

Elodie assentiu.

— Você acha que talvez seja errado se divertir quando ela não está aqui?

Elodie mordeu o lábio, fechou os olhos e confirmou em silêncio.

— Ela gostava quando você se divertia?

A menina levantou os olhos, com o cenho franzido, mas não respondeu.

— Acho que ela gostava, não é?

Elodie concordou levemente.

— Acho que ela iria querer isso para você, *ma petite*. Sabe, eu e minha filha não tivemos uma relação fácil, mas tem uma coisa sobre ela que eu sei com certeza.

Elodie olhou para ela com expectativa.

Marguerite puxou uma cadeira e sentou-se ao lado da neta.

— Brigitte nunca iria querer que alguém se sentisse mal. Se você estiver triste, então está triste, tudo bem. Mas tudo bem também se algumas vezes se sentir um pouco melhor. É como... — Ela parou para pensar, depois apontou lá para fora. — Está vendo aquela nuvem ali?

Elodie olhou com um franzir de sobrancelhas.

— Bom, hoje está um dia lindo de sol, certo? Mas, quando aquela nuvem passar por cima da casa, por um tempo vai ficar um pouco sombreado. Ela vai seguir, e o resto da tarde ainda será ensolarado até o cair da noite. O mesmo acontece com os seus sentimentos. Você está triste porque ela se foi, certo? Mas não precisa ficar triste o dia todo. Para você, é possível que aconteça o contrário, um pouquinho de sol vindo tomar o lugar daquelas nuvens. Foi por isso que pensei que a gente poderia assar alguma coisa. Assim você pode sentir um pouco da luz do sol e se lembrar dela ao mesmo tempo.

Elodie acenou com a cabeça. Não tinha pensado nisso daquele jeito. Para ser sincera, ultimamente sua vida não fora outra coisa senão nuvens. Mas ela entendeu o que Marguerite quis dizer. Mamãe não gostaria que ela lutasse contra ser feliz; ela sempre tentara limpar suas lágrimas com beijos.

— Você sabia que ela adorava fazer coisas no forno quando era criança?

A neta olhou para a avó, surpresa. Depois, sacudiu a cabeça.

— Ah, sim, adorava. Acho que ela ficaria muito feliz por você estar aprendendo a fazer isso.

Elodie não havia pensado nisso. Ficou um pouco mais feliz com essa ideia.

O bolo de mel ficou leve e aerado, e Marguerite cortou uma grande fatia para a neta. Elodie deu algumas mordidas, escutando enquanto a avó lhe contava o que fariam nos próximos meses e sobre como ainda não estava decidido o que se passava com seu pai, se ele iria buscá-la ou não naquele ano. A ideia de que ainda pudesse se mudar, mais uma vez, e ter seu futuro incerto, fez com que a ansiedade aflorasse e a sufocasse, e Elodie achou que poderia ficar enjoada. Engoliu com dificuldade, largando o restante da fatia de bolo no prato. Tudo era muito incerto. Tudo era demais. Sua cabeça começou a fervilhar.

Marguerite olhou, desanimada, quando a criança saltou da cadeira e levou o bolo para a pia. Aproximou-se para afagar seu cabelo, tirando-o do rosto. Sentiu a testa da menina e esfregou suas costas.

— Você está se sentindo mal? Devo chamar o médico?

Elodie sacudiu a cabeça.

– Acho que eu deveria. Você deve estar começando a ter alguma coisa.

Elodie voltou a sacudir a cabeça, depois acenou com as mãos trêmulas.

– Não entendo – disse Marguerite.

Elodie suspirou e tentou explicar sem palavras, batendo em seu coração e na cabeça, o que pareceu deixar Marguerite ainda mais em pânico.

– Você tem um problema... O seu coração?

Elodie suspirou mais uma vez. Estava ficando cansada e gostaria, simplesmente, que sua boca estúpida funcionasse. Abriu os lábios, mas só saiu uma lufada de ar. Então, segurou os punhos juntos, frente ao rosto, e apertou como se estivesse nervosa.

– Não entendo. Você está brava?

Ela sacudiu a cabeça, acenou as mãos loucamente, bateu duas vezes no coração, depois tornou a fechar os punhos na frente do rosto.

– Você está... nervosa? – adivinhou Marguerite.

Ela confirmou.

Marguerite levou um tempo para entender e se sentiu péssima.

– Acontece, quando a pessoa fica ansiosa – ela percebeu, sentindo-se pior. Sem dúvida era por estar tagarelando, nervosa, sobre o pai da menina e suas providências de vida. Queria ser honesta, mas agora percebia que não era o melhor momento.

Gostaria de criar Elodie como se fosse sua, mas o pai não concordara. Tinha prometido à filha dela, Brigitte, cuidar da criança, e parecia relutante em desonrar aquela memória. Ao que parecia, tinha amado Brigitte à sua maneira. Se já não fosse casado, ele poderia muito bem ter se casado com ela. O que só lhe dificultava as coisas em casa. O fato de ter traído seu casamento, tendo um caso com uma enfermeira francesa, resultando em uma criança ilegítima concebida durante a guerra, era um assunto polêmico entre eles.

Tinha deixado claro para Marguerite seu desejo de que a criança fosse criada como inglesa, e era esta sua intenção final. No entanto, por enquanto, estava disposto a deixá-la se recuperar com a avó materna até que os arranjos pudessem ser feitos legalmente, porque tinha direitos sobre a criança e a sustentara enquanto Brigitte era viva. Era seu guardião. Marguerite não tinha direitos, o que lhe doía. Desejava, como desejara tantas vezes com o passar dos anos, que sua linda filha, teimosa e cabeça-dura, tivesse voltado para casa. Mas na última briga que tiveram, quando a prevenira de que ele nunca deixaria a esposa, abrira uma fenda que Brigitte não estava propensa a consertar, mesmo quando sua mãe provou estar certa, ou especialmente por isso. Marguerite sofria muito por não ter estado por perto quando a filha ficou doente, mas ela era assim: teimosa e impiedosa até o fim.

– Acho que está na hora de ir para a cama. Informação demais, cedo demais. Acho que este é sempre o meu jeito, mas vamos devagar de agora em diante, *d'accord*? Nada está decidido, e amanhã podemos ter um dia calmo.

Elodie concordou. Devagar parecia bom, assim como calmo. Só queria dormir, ter um sono sem sonhos.

Marguerite serviu-lhe um copo de água, pegou a mala deixada junto à porta e levou a neta até um quarto no fim do corredor, que dava para os vinhedos. Lá fora, o sol de final de verão finalmente começava a se pôr, em tons cereja e pêssego.

Havia uma cama de solteiro com um acolchoado de linho claro, e sob a janela, um grande jarro cheio de lavandas secas deixava o ar fresco e límpido.

Em poucos instantes, Elodie enfiou-se debaixo dos lençóis, cansada da viagem e do peso emocional de tantas mudanças. Caiu em um sono pesado e conseguiu seu desejo, porque nenhum pesadelo perturbou seu descanso.

***

De manhã cedinho, Marguerite acordou Elodie com uma xícara de chá e perguntou:

– Você sabe nadar?

O sol estava dourado, mesmo àquela hora do dia, muito mais brilhante do que em Paris. Incidia sobre a cama da menina, fazendo-a se sentir lânguida e sonolenta, mudança agradável da ansiedade que tinha sido sua companheira constante desde a morte da mãe. Isso e os pesadelos.

Elodie esfregou os olhos, sentou-se e, lentamente, sacudiu a cabeça. Seu cabelo estava ainda mais embaraçado, inclinando-se para o lado, um ninho de tecelão considerado insatisfatório e agora semidemolido.

– Você gostaria de ir nadar?

Elodie pensou por um momento, depois franziu o rosto e ergueu os ombros, como que dizendo: "Não tenho certeza".

– Bom, se você for hoje, terá que ser com suas roupas de baixo, mas esta noite eu posso te fazer um maiô.

Em silêncio, a senhora jurou que parte das atividades do dia incluiriam enfrentar o cabelo da menina. Com tesoura de poda, se fosse preciso.

Elodie ainda parecia indecisa. Marguerite deu de ombros.

– Você é quem decide. Eu disse mesmo que iríamos devagar, mas imaginei que dar uma nadada no rio, talvez com um bom *pain au chocolat* depois, não seria ir depressa... Ou você prefere ficar em seu quarto o dia todo?

A menina sacudiu a cabeça rapidamente. Ela tinha um fraco por chocolate.

– Um pouco de ar livre e um exercício leve te farão bem. Você vai ver.

Elodie fingiu indiferença. Parecia bom. O problema era que, apesar do que a avó dissera, parecia errado fazer qualquer coisa que pudesse levá-la a esquecer-se da mãe. Mas sabia que a mãe lhe diria para ir nadar, então era isso que faria.

Jogou as pernas para fora da cama e, ainda sentada, deu um gole no chá. Fez uma careta e pousou a xícara.

– Você prefere água?

Ela sacudiu a cabeça; preferia café, mas sabia que algumas pessoas desaprovavam. A mãe achara divertido, então havia permitido, mas algumas de suas amigas tinham ficado chocadas. Elodie achava que talvez fosse melhor ainda não testar aquelas águas, e mesmo que quisesse, não tinha as palavras. Havia tentado nas últimas semanas, mas não saía nada; sua garganta parecia fechada e inflamada, talvez por causa da gritaria constante que se alojara ali, sem saída, desde a morte da mãe.

– Sei que você ainda não fala, e tudo bem – disse Marguerite. – A seu tempo, *d'accord*? Mas, quando falar, eu gostaria que me chamasse de vovó, está bem?

Elodie concordou.

Elas desceram caminhando até o riozinho que corria no fundo do jardim. Elodie enfiou um dedo n'água e imediatamente o retirou. Estava fria!

A avó tirou o vestido e entrou na água com uma roupa de banho vermelha que chegava até os joelhos. Era magra, de braços fortes e pele bronzeada.

– Venha, não seja medrosa – disse a Elodie.

A menina hesitou, depois cedeu, colocando os pés na água rasa, estremecendo novamente com a temperatura.

– Estenda os braços – disse a avó.

Elodie fez o que foi dito, e Marguerite agarrou-os na mesma hora, ajudando-a a entrar um pouco mais no fundo enquanto suas pernas tremiam de medo e frio. A avó esperou até ter certeza de que ela podia ficar em pé com facilidade.

– A melhor coisa a fazer é se molhar completamente e rápido. – Por um momento, ela soltou as mãos de Elodie, antes de mergulhar. Veio à tona arfando, mas disse: – Ah, está uma delícia!

Elodie pareceu em dúvida, e a avó riu.

– Faça a mesma coisa.

A menina sacudiu a cabeça com energia.

– Vamos lá. Eu seguro sua mão, só dobre os joelhos, é, assim, e se abaixe. Vamos fazer isso juntas.

Elodie seguiu as instruções, afundando as coxas até o pescoço ficar submerso.

– Agora, levante os pés e deite-se para trás.

Houve mais uma sacudida violenta de cabeça.

– Veja, eu seguro você – disse Marguerite, vindo por trás dela e pousando a mão em suas costas.

Elodie engoliu com dificuldade, depois ergueu os pés, e automaticamente seu corpo começou a se erguer. Entrou em pânico, perdeu o equilíbrio, mas a avó a segurou antes que ela pudesse cair para trás, ajudando-a a se manter firme sobre os pés.

– Vamos tentar de novo. Você quase conseguiu.

Elodie olhou para ela em dúvida, mas aceitou. Dessa vez, conforme seus pés levantaram-se e ela se inclinou para trás, sentiu as mãos da avó em suas costas, apoiando-a.

– Só deite para trás, relaxe e boie.

Elodie sentiu os braços fortes da avó sob ela, e seu corpo relaxou. Estava silencioso com seus ouvidos sob a água. Acima de sua cabeça, o sol de verão salpicava por entre os salgueiros, que acenavam seus dedos compridos ao longo das margens. Enquanto ela contemplava o céu azul, suas mãos deslizavam sobre a água e ela voltava a sentir aquela sensação de paz.

Mais tarde, quando haviam juntado suas coisas, Elodie, envolta em uma grande toalha felpuda que já fora lavada várias vezes, deu-se conta de que estava faminta.

– Abre o apetite, não é? – disse a avó, rindo, ao ouvir os ruídos que vinham da barriga da neta. – Venha. Vamos fazer uma omelete.

Elodie arregalou os olhos e concordou com um sorrisinho, como uma fresta de céu azul.

– Você gosta de omelete? – perguntou a avó.

Elodie confirmou.

– Ótimo, então vamos fazer isso. Aí, depois do café da manhã, vamos enfrentar isto – ela disse, pousando a mão no cabelo de Elodie.

A menina fez uma careta.

– Não se preocupe, tenho um truque para acabar com os embaraçados – Marguerite falou enquanto as duas entravam na cozinha.

Ela começou a reunir os ingredientes.

– Quebre os ovos em uma tigela para mim – pediu a avó, e Elodie começou a quebrá-los, batendo levemente a casca na lateral, depois abrindo-o em dois, como tinha visto na véspera. Um pedacinho de casca caiu na mistura, e a avó lhe mostrou como recolhê-lo com a própria casca em sua mão. – Funciona quase como um imã, é curioso – ela disse. – Amanhã, quando eu abrir o restaurante, você vai conhecer uma cozinha de verdade.

Elodie pareceu confusa. Abriu as mãos, como que dizendo: "Isto não *é de verdade?*".

– Ah, claro que é, mas é muito menor. – Ela pegou o batedor de claras e apontou. Elodie acompanhou com o olhar o lugar que ela indicava, além da janela, e viu a distância uma construção com o formato de um celeiro, feita de pedra.

– Aquele é o meu restaurante – disse a avó. – É um lugar simples, que serve os moradores aqui em volta. Só abro para o almoço durante a semana. Quando o antigo dono faleceu, decidi assumir. Não sou uma cozinheira formada, mas imaginei que, bom, ainda não morri, meu marido se foi, então não preciso pedir permissão para ninguém. Monsieur Blanchet cuida do vinhedo, então o que devo fazer com o meu tempo? Tricotar?

Elodie sorriu.

***

Depois do café da manhã, Marguerite desembaraçou todo o cabelo de Elodie junto ao calor do fogão da cozinha. Havia algo de relaxante em suas mãos sobre a cabeça. Fazia a menina se lembrar da mãe; até o cheiro era parecido.

À noite, a avó cortou um pouco de um velho tecido e começou a fazer uma roupa de banho para a neta, em tons de azul marinho e vermelho. A máquina de costura zunia enquanto a chuva de verão batia rapidamente contra o vidro.

Quando Elodie foi para a cama, sonhou com o rio, em que ela boiava, a corrente suave levando-a sob os salgueiros onde podia ver o sol, o céu e os passarinhos. Ficou daquela maneira por muito tempo, até que seus dedos começaram a amolecer, cresceram tecidos, e lentamente, muito lentamente, ela foi se transformando em um peixe, nadando até o mar, onde sua mãe a esperava, indicando o que pareciam ser ostras, mas que, de fato, eram bolinhos.

Na manhã seguinte, cedo, a avó a levou até o vilarejo. Chamava-se Lamarin, empoleirado em uma colina, rodeado de casas de pedra cor de mel, com venezianas em tons azul-claros e cereja. Era cercado por um oceano de lavandas, com campos de flores roxas até onde a vista podia alcançar. De tirar o fôlego. Elodie ficou chocada por não ter visto aquilo no dia de sua chegada. Estava concentrada em não olhar para fora da janela do carro.

Elas estavam ali para visitar o mercado local, um lugar movimentado no vilarejo, cheio de barracas, desde queijeiros até pessoas vendendo tapetes de retalhos e galinhas. A avó só estava interessada nos alimentos frescos: tomates, melões tão maduros que davam água na boca, saladas crocantes umedecidas e cavalinhas recém-pescadas em Marselha. Marguerite encomendou várias coisas, que pediu que fossem entregues no restaurante.

– A primeira coisa para uma boa comida é usar o que está na estação – ela disse. – Isso é o básico. Use apenas o que for da melhor qualidade. Não é possível consertar algo ruim com um molho. É como se fosse uma mulher tentando disfarçar quem é com maquiagem, em vez de usá-la para realçar o que já possui.

Elodie arregalou os olhos.

Depois, a avó a levou para o restaurante. Era pequeno; uma construção de tijolos reformada que já fora um abrigo de porcos, foi o que disse a avó quando voltaram, as mãos carregadas de sacolas de cordões cheias de mantimentos.

– Não é elegante, mas gosto dele.

Elodie também gostou. Conforme a manhã foi passando, ela ajudou não atrapalhando, observando, fascinada, a dança das mãos de Marguerite picando, batendo e criando pratos apetitosos.

Na metade da manhã, os fregueses começaram a fazer fila do lado de fora, e Elodie viu a avó anotar os pratos do dia em uma lousa ao ar livre. Ela explicou que, como trabalhava sozinha, não dispondo de uma equipe, só servia uma opção de almoço, escrita na lousa para que se alguém não quisesse aquilo pudesse ir a outro lugar.

Marguerite ergueu uma sobrancelha.

– Mas é claro que ninguém se atreve.

Elodie viu que era verdade, uma vez que a maioria das pessoas passava direto pelo aviso, sem se dar ao trabalho de checar o que estava sendo oferecido. Percebeu que ali, na França rural, a comida era levada tão a sério quanto em Paris. E mais, as pessoas gostavam de ser surpreendidas.

No decorrer da primeira semana, ela assistiu à sua avó alimentar muitos dos fazendeiros locais, lojistas e suas esposas, do vilarejo e dos arredores. Muitos deles mostraram-se curiosos em relação à menina que tinha ido morar com Marguerite Renaux. Alguns lembravam-se de sua mãe, Brigitte. Alguns, principalmente os mais velhos, aproximaram-se para apertar suas bochechas e dizer o quanto as duas eram parecidas.

Logo Elodie aprendeu a desaparecer quando um deles vinha em sua direção com certa expressão nos olhos, os dedos como se fossem pinças de lagosta. Quando, um dia, vendo-a recuar lentamente, Marguerite perguntou o que ela estava fazendo, Elodie juntou o polegar com o indicador e disfarçadamente indicou uma mulher mais velha que vinha em direção a elas, os dedos estalando.

Compreendendo, Marguerite teve que se segurar para não cair na risada.

***

Logo, a vida em Lamarin tomou um ritmo; elas se levantavam cedo e iam nadar no rio antes de começarem o dia. No final da primeira semana, Elodie já dominava o nado cachorrinho de um jeito bem razoável, e elas ficavam deitadas de costas, palmilhando a água, observando a luz se infiltrar pelos vastos salgueiros.

Depois, frequentemente tomavam o café da manhã como se fosse um piquenique, enquanto se aqueciam à margem do rio, deitadas em toalhas sobre um grande cobertor verde. A comida era simples, mas deliciosa. As massas folhadas não eram tão sofisticadas quanto as de Paris, ou tão delicadas, mas eram tão boas quanto, e era incrível o gosto que um ovo cozido podia ter depois de uma nadada vigorosa. Ou como era gostosa uma simples baguete fresca, quando elas voltavam da padaria. Elodie viu que era costumeiro quebrar a ponta e comê-la a caminho de casa.

Também descobriu que a vida na Provença era muito diferente do que em Paris. Era mais lenta ali, e as coisas eram mais saboreadas. Todos se cumprimentavam com um sorriso.

Com o passar das semanas, Elodie aprendeu a cortar cebola, cozinhar batatas, fazer omelete. E logo, estando em uma cozinha com a avó, rádio ligado, balançando o corpo enquanto Marguerite cantava, ela percebeu que, a certa altura, tinha parado de se repreender por estar se divertindo e a dor de perder a mãe, embora ainda fosse penosa, já não era tão brutal.

14

Algumas semanas depois – Provença, 1926

ELODIE ENCONTROU SUA VOZ em uma tarde de sábado, enquanto a avó tomava café com uma amiga em uma cafeteria de pedra no vilarejo, com rosas subindo pelas paredes. A menina havia perambulado ao ar livre, em direção ao gramado, entediada, e viu um grupo de homens jogando *pétanque* sob o sol quente de verão, as mangas das camisas enroladas enquanto jogavam a bolinha na terra.

Ao longo do perímetro daquela quadra havia outros homens, fazendeiros e comerciantes, alguns bem barrigudos, a maioria com bigodes e boinas, todos parados em volta e assistindo. Elodie sentiu cheiro de anis ao vê-los tomar dedais de um líquido turvo. Olhou para os copinhos com curiosidade.

– É *pastis* – disse um menino com cerca de 10, 11 anos. Tinha a pele cor de noz, cabelos e olhos castanho-claro e um sorriso que repuxava um pouco de lado, como se estivesse lhe contando um segredo. Em seu ombro, havia uma gralha que inclinou a cabeça para ela, com interesse.

Ela olhou para a gralha e depois de volta para o menino.

– Tem um pouco de gosto de alcaçuz...

– Alcaçuz? – perguntou ela, percebendo logo depois, com certa surpresa, que havia dito aquilo em voz alta.

Ele confirmou com a cabeça.

– Da semente de anis. Quer experimentar?

Ela arregalou os olhos, e ele sorriu.

– Só um pouquinho. Vou pedir ao papai, espere um pouco.

Ele saiu para falar com um homem mais velho, de cabelo escuro e com um bigode enorme, e logo voltou com um copinho cheio do líquido claro, estendendo-o para ela. A gralha desceu pelo braço dele, como que para dar uma olhada melhor na menina.

– Este aqui é o Huginn – disse, apresentando o pássaro.

– Huginn?

– Dei o nome por causa dos corvos de Odin.

Elodie não sabia quem era Odin, mas sabia que aquilo não era um corvo.

– Mas é uma gralha.

– Eu sei. Eu tinha duas se empoleirando no meu jardim, então dei um nome a eles. A companheira dele era a Muninn, mas ela foi se instalar em outro lugar, achou outro parceiro. Na verdade, foi um certo drama. O pobre Huginn ficou bem nervoso.

Elodie olhou para o pássaro com simpatia.

– Vamos lá, dê um gole – encorajou o menino desconhecido.

Ela deu um golezinho, depois tossiu.

– É forte, mas doce. – "Esquisito", pensou.

– Você gostou?

– Só dá para jogar se a pessoa gostar disso? – ela perguntou, vendo todos os homens jogando e bebendo suas doses de *pastis*.

O menino riu.

– Talvez. Você sabe jogar?

Ela negou com a cabeça.

– Mas gosto disto – disse.

– Bom, então está resolvido. Huginn e eu vamos te ensinar a jogar *pétanque*, se você quiser.

– É assim que o jogo se chama?

– É. Vamos lá – ele disse, e então pegou uma bola de *pétanque* extra perto do pai.

Ela foi atrás do menino e do pássaro, que por um momento voltou a se instalar no ombro dele antes de decidir sair voando e investigar alguma comida interessante do outro lado da margem.

– Ele volta – o menino disse, apontando uma pequena área de grama, distante do resto. Depois, explicou as regras do jogo, que eram praticamente tentar jogar a bola o mais longe possível, e depois marcar aquela distância do jogador que tinha jogado antes.

Agora, Elodie entendia por que eles conseguiam beber álcool e jogar.

Mais tarde, quando Marguerite veio buscá-la, acompanhada do pai do menino – Monsieur Blanchet, que cuidava do seu vinhedo –, encontraram os dois jogando e rindo, e pela primeira vez a avó ouviu a voz da neta, que acusava o menino de trapacear, mas com um sorriso no rosto.

– Não, veja, vou usar meu braço esquerdo, já que é o mais fraco – ele disse.

– Como é que eu posso saber se isso é verdade? – ela perguntou, e ele ergueu a manga da camisa para mostrar o braço e a mão, que eram ligeiramente menores e pareciam rígidos. – Tive pólio quando era pequeno – ele explicou. – O braço funciona bem, mas não é tão forte quanto o outro.

Elodie, que não sabia o que era pólio, tocou nele de mansinho, e concordou.

– *D'accord*, parece justo. – Depois completou: – A não ser que doa.

– Não, tudo bem.

Marguerite engoliu em seco. O pai do menino a olhou com curiosidade, e ela passou rapidamente um dedo sob os olhos marejados.

— Me desculpe, *monsieur*, é que é a primeira vez que ela fala desde que veio morar comigo. Acho que seu filho, Jacques, pode ter sido enviado pelas fadas.

O rosto dele suavizou-se e seus lábios se contraíram.

— A gente sempre diz que foram os pássaros, porque ele está sempre com eles.

Os dois observaram uma gralha vindo se instalar no ombro do menino, que encorajou o pássaro a pular do seu ombro para o de Elodie. O sorriso da menina quando a gralha pousou nela fez Marguerite ficar sem fôlego.

— Tive medo de que ela não fosse fazer nenhum amigo neste verão.

— Ah, bom, Jacques faz amigos aonde quer que vá, não se preocupe. Mas vai ser bom um deles ser humano, para variar – ele admitiu.

***

À medida que os longos dias de verão foram passando, os braços e pernas de Elodie ficaram bronzeados e fortes pelas nadadas calmas no rio, e ela começou a ganhar peso com a comida saudável e farta. Seu rosto recuperou a cor e seu longo cabelo loiro ganhou brilho.

Marguerite descobriu que assim que Elodie começou a falar, não parou mais, divagando, a um quilômetro por minuto, sobre todas as coisas que estava morrendo de vontade de saber. Entrava na cozinha do restaurante como um rodamoinho, carregando montes de ervas colhidas no *potager*, a horta de Marguerite, e perguntava o nome de tudo com um grande sorriso no rosto.

— Esta aqui, vovó – disse, empunhando um ramo e deslizando-o por debaixo do nariz da senhora, como um cavaleiro com uma espada, para então cheirá-lo ela mesma. – Não é divino? O que é?

A avó, acostumando-se com esses voos da imaginação, sorriu. Mas, antes que pudesse responder, uma gralha bateu na janela e Elodie ergueu os olhos para ver Huginn, e atrás dele, o menino.

– Jacques! – ela disse.

– É tomilho-limão – disse a avó. – Funciona muito bem com cozidos de lentilha.

Mas a menina já havia saído porta afora, correndo atrás da gralha e do menino, que esperava por ela.

Marguerite revirou os olhos, mas sorriu.

– Elodie! – gritou. – Volte ao meio-dia para servir.

– *D'accord*! – ela gritou de volta, e Marguerite riu ao ver os dois indo embora.

O velho gato, Pattou, que pertencera ao antigo dono do restaurante, entrou com seu andar macio, e Marguerite disse:

– Fomos abandonados. Imagino que você não queira ajudar a descascar batatas, não é?

Em resposta, Pattou foi dormir no peitoril da janela.

***

Jacques empunhou a rede de borboletas enquanto explicava:

– Então, nós vamos capturá-las e colocá-las em um pote com buracos.

Huginn pulou do ombro dele e desceu pelo braço para olhar melhor. Tinha um olhar tão humano e curioso que parecia estar pensando a mesma coisa que Elodie... E estava igualmente surpreso.

– Você vai *matar* elas? – perguntou a garota, sem conseguir disfarçar o choque em sua voz.

– Não – ele respondeu, olhando-a com uma expressão de *quem você pensa que eu sou?*, a boca em seu meio-sorriso familiar. – Vou *desenhar* elas – disse, tirando um caderno de desenho da sua sacola, juntamente com um rolo de lona que tinha encaixes para seus lápis. – Mas, às vezes, é preciso capturá-las para poder desenhar com perfeição. Depois de fazer um esboço e anotar as cores, eu solto. Às vezes, elas se demoram, e não é nem preciso capturá-las. Mas em geral elas saem voando assim que olho para elas.

– Ah – Elodie suspirou de alívio. Não que ficasse incomodada com a ideia de matar insetos, podia fazer isso, caso fosse preciso... Pensou na vespa que investira em Pattou poucos dias antes, que ela matou instintivamente. O que a fez sentir-se daquele jeito foi a ideia de que Jacques, que parecia amar a natureza com tanta intensidade, machucasse algo tão inocente.

Descobriu que caçar borboletas era difícil, especialmente se não quisesse matá-las. Era preciso tomar cuidado para não as machucar.

– Seja lá o que você faça, não toque nas asas – Jacques alertou. – São muito delicadas, podem rasgar com facilidade.

Em sua primeira tentativa junto ao rio, quando eles avistaram um pequeno espécime azul-claro, que Jacques disse chamar-se Azul Provençal da Colina de Giz, ele murmurou algo mais em uma língua diferente: *Polyommatus hispanus*.

– Pollyomato espasmo? O que isso quer dizer?

Ele riu, depois repetiu lentamente:

– *Polyommatus hispanus*. É o nome em latim, o nome científico. Eles sempre usam latim para o mundo natural.

– Por que usam o latim para nomes científicos? – ela perguntou, e ele explicou.

– Para simplificar as coisas, o que soa estranho, porque ninguém mais fala latim, mas é meio por isso que funciona. Muitas plantas e animais têm uma grande variedade de nomes, mas, se tivermos um nome comum para as coisas, ele é entendido no mundo todo. Por exemplo, em alemão, borboleta é *Schmetterling*.

– É mesmo? Como você sabe?

– Minha mãe era de Lorena, que fica na fronteira. A família dela falava alemão e francês em casa. Quando eu era pequeno, ela me ensinou a língua.

Elodie, então, avistou a borboleta junto a um canteiro de flores silvestres. Foi à caça dela, mas caiu ao lado da margem do rio, e a borboleta saiu voando. Quando finalmente se levantou, estava coberta de lama até a cintura.

Jacques a ajudou a sair dali, mas não pôde deixar de rir, principalmente quando ela olhou zangada para ele e acabou prendendo o sapato na lama, caindo de bunda de novo e finalmente juntando-se ao riso.

Os dois riram ainda mais quando um dos moradores passou por eles e lhes deu uma segunda olhada.

Quando ela enfim saiu dali, eles se sentaram debaixo de um grande salgueiro e Jacques abriu seu caderno de desenhos, fazendo, de memória, um esboço rápido da borboleta e anotando sua tonalidade. Elodie o viu escrever a lápis que ela era mais clara do que as outras que havia visto. Quando ele terminou, ela esfregou as mãos na grama para se livrar do barro e perguntou se poderia dar uma olhada. Ele lhe passou o caderno.

— São maravilhosos! — exclamou.

O caderno estava cheio de desenhos, ilustrações e observações da natureza, principalmente pássaros.

— Tantos pássaros — ela disse, depois riu alto ao ver que muitos deles não tinham nenhum nome sofisticado em latim. — Geoff? — perguntou com um sorriso rasgado. — Aimée? Não podem ser seus nomes científicos, podem?

Ele sorriu em resposta.

— Não, mas são todos amigos, está vendo? — E então ele explicou como sua mãe tinha lhe ensinado a fazer amizade com os pássaros, criando um lugar acolhedor em seu jardim e em sua casa.

Era a segunda vez que ele mencionava a mãe, mas Elodie tinha certeza de que nunca a tinha visto na casa.

— Ela...?

— Ela morreu — ele disse, confirmando. Uma sombra passou pelos seus olhos. — Um ano e meio atrás.

Jacques pegou o caderno de desenho que estava com Elodie, depois virou as páginas até chegar a uma ilustração colorida de uma mulher com um longo cabelo castanho, como o dele. Estava sentada no jardim de seu chalé, e por toda a sua volta havia pássaros. Um chapim estava pousado em seu colo. Ao lado do desenho, ele tinha registrado um poema.

– Era o preferido da minha mãe. Do poeta judeu-alemão Heinrich Heine.

Ele disse as palavras em alemão, depois traduziu para ela:

Ali está o calor do verão,
Na bela arte do seu rosto:
Ali está o frio do inverno
Dentro do seu pequeno coração.
Isso mudará, amada,
O fim não é como o começo!
Inverno no seu rosto, então,
Verão em seu coração.

Elodie tocou o poema.

– É lindo. Eu não sabia que ela havia morrido, Jacques. Sinto muito.

– Quando eu soube que você também tinha perdido sua mãe, vim te procurar naquele dia em frente ao café do vilarejo.

– O quê? Por quê? – ela perguntou baixinho.

– Porque pensei que, sei lá... Talvez eu pudesse ajudar de alguma forma.

Elodie ficou mais comovida do que conseguiu expressar.

– Ajudou – disse.

– Fico feliz.

Ainda havia vezes em que ela acordava em lágrimas, porque em seus sonhos ainda estava com a mãe, mas, por causa da avó e de Jacques, parecia que poderia conviver com a dor, sempre presente, o pequeno inverno sempre em seu coração.

– Quando ficou melhor para você? Fica melhor? – ela perguntou.

Ele pegou um seixo e brincou com ele. Huginn gritou para Jacques, então foi arranhar o chão. Eles o viram desenterrar feliz uma minhoca, depois engoli-la, e ficaram observando-o por um momento.

– Levou um bom tempo. Papai ajudou, mas ele também estava sofrendo. Descobri que era bom me manter ocupado; criei um jardim para ela, cheio de suas flores preferidas, com áreas para os pássaros. Passei a maior parte do tempo observando-os, aproveitando para conhecê-los. Eu não queria mesmo estar junto com as pessoas, a não ser com papai. Bom, isso até conhecer você – ele disse, quase com timidez.

Ela desviou o olhar, corando ligeiramente. Feliz por poder, pelo menos, ajudá-lo também.

***

Alguns dias depois, Jacques mostrou a Elodie o jardim que criara para a mãe. Ficava ao lado da casa da fazenda que compartilhava com o pai. Havia uma clareira cheia de flores silvestres cor-de-rosa e roxas, entremeadas com rosas brancas e cereja, e por toda parte viam-se pilares e colunas com bacias para banho de passarinhos e caixas para ninhos. Na lateral, havia um banco, onde eles se sentaram.

– Papai me ajudou a fazer as caixas para os passarinhos se aninharem – ele explicou.

Huginn voou do seu ombro para investigar um dos comedouros de pássaros.

– Nunca conheci ninguém que amasse pássaros como você – ela disse. – Para ser sincera, até te conhecer, nunca pensei que eles tivessem personalidade, como Huginn.

– Todos eles são muito diferentes. Um dia, vou estudá-los profissionalmente. Quero ser como Heinrich Gätke. Ele escreveu meu livro preferido, *Heligoland, um observatório ornitológico*, e era pintor. Em 1841, foi morar na ilha Heligoland, no Mar do Norte. Enquanto esteve lá, ficou fascinado por pássaros, percebendo que ali era uma área importante para a migração das aves. Quando eu for mais velho, gostaria de ir para lá estudar no Instituto de Pesquisa Aviária.

Elodie tocou em uma papoula, sentindo suas dobras macias, e disse:

— Você não vai cuidar das vinhas, como o seu pai?

Jacques sacudiu a cabeça, depois fez uma careta.

— Não... E não estou ansioso para dar essa notícia para ele.

A menina ficou surpresa.

— Ele não sabe que é isso que você quer?

Ele tornou a sacudir a cabeça.

— *Sabe*. Mas ele também acha que é uma fase, que vou superar. — Jacques suspirou. — Meu pai vive falando: "Um dia, quando você for mais velho e administrar a fazenda...". Tentei fazer com que ele percebesse que isso poderia não acontecer, mas... — O garoto deu de ombros. — É como se ele não quisesse escutar.

Elodie não soube o que dizer, senão:

— Mas ele vai querer que você seja feliz.

— Não sei. Um dia terei que enfrentá-lo, mas agora não. — Então, ele olhou para ela, ergueu uma sobrancelha e disse: — *Pétanque*?

Ela aceitou. No que lhe dizia respeito, *Pétanque* era sempre uma boa ideia.

***

Na mudança do verão para o outono, eles passavam a maior parte das tardes juntos, saindo para longas caminhadas a esmo, em geral acompanhados por Huginn, embora às vezes outros pássaros também comparecessem, alguns que Jacques cuidara ao longo dos anos, como um grande chapim chamado Charlie, e Sofia, uma estorninho cuja asa ele ajudara a consertar.

Elodie contou a ele sobre Paris, sobre como a cidade nunca dormia, como era viver com a mãe, que tinha muitos amigos e costumava frequentar cafés, ir a festas, e era muito divertida.

– Vejo a vovó nela, com esse lado divertido.

Mais tarde, porém, ela perceberia que o lado divertido da mãe era muito mais desenfreado, um traço de rebeldia que beirava a irresponsabilidade. Mas a Elodie de 10 anos só se lembrava da farra, das festas, das noites intermináveis, das pessoas lindas e requintadas. A avó era divertida de um jeito mais pé no chão.

Certa manhã de inverno em que o mistral, o famoso vento noroeste que soprava do sul, fez-se presente, Elodie estava aconchegada na cozinha da casa da fazenda, junto ao fogão aquecido, com Pattou no colo. Os bigodes dele estremeciam durante o sono, e ela tentava resistir à vontade de sentir as almofadas macias debaixo de suas patas.

– Tenho uma coisa para você – disse a avó, vindo da sala de visitas com algo atrás das costas, os lábios curvando-se de lado, como se estivesse compartilhando um segredo.

– O quê? – perguntou Elodie.

– Isto – respondeu a avó, mostrando um caderninho coberto com tecido xadrez vermelho e branco. Estava amarrado com uma fita vermelha.

– O que é? – perguntou a neta, surpresa.

– Abra.

Elodie abriu e viu que na primeira página estava escrito: *Receitas*. Abaixo, havia uma dedicatória da avó:

> *Para ma petite, com amor. Um brinde a uma vida cheia de boa comida e boa companhia, para que você seja mais rica do que um rei tendo estas para saborear.*

Quando a neta folheou o caderno, no entanto, estava cheio de folhas em branco. Ela levantou os olhos, surpresa.

– Mas... está vazio?

A avó sorriu.

– Por enquanto. Bom, tenho algumas novidades. Ainda não é oficial, então não vamos nos empolgar, mas é provável que você fique comigo por mais tempo.

O sorriso de Elodie aumentou. Era só isso que ela queria. Embora a ideia do seu pai fosse intrigante – tinha ouvido histórias sobre ele quando era pequena, histórias de um soldado lindo e impetuoso –, mesmo na narrativa animada de sua mãe, ela não conseguia afastar a imagem de alguém esquivo e ligeiramente frio, imagem que, infelizmente, só havia se acentuado depois que ele deixara de ir buscá-la após a morte da mãe...

Queria conhecê-lo, mas a verdade era que amava aquele lugar.

– Pensei que, já que você vai ficar por mais tempo, talvez eu pudesse começar a ensiná-la, oficialmente. Assim, talvez, quando você for mais velha, quem sabe você pudesse assumir ou...

– Trabalhar com você?

A avó sorriu.

– Sim.

– Eu gostaria – disse Elodie, com os olhos brilhando.

A avó falava sério quanto a ensiná-la a cozinhar.

– Quando eu era jovem, aprendi da maneira que um monte de mulheres aprende: com a minha mãe, que aprendeu com a dela, e daí por diante. Mas o que vou fazer de diferente com você é começar da maneira que aprendi quando fui trabalhar para o velho dono do restaurante, o *chef* Du Val.

Elodie ficou espantada.

– Você foi trabalhar com o antigo dono?

– Ah, fui. Ele estava ficando velho e precisava de mais ajuda, e eu sabia fazer comida caseira, mas nada... profissional. Ele me educou no processo. Mas o que eu descobri foi que grande parte do que eu sabia, meio por instinto e por anos de cozinha, tinha um motivo, uma explicação. Falo de saber, instintivamente, quando um prato precisa de algo ácido, ou salgado, ou mais aromático, para complementar o sabor, entende?

Não, Elodie não entendia, mas mesmo assim confirmou com a cabeça.

— Então, qual você acha que é a primeira coisa para ser uma boa *chef*?

— Ter imaginação? — Elodie supôs, pensando no que ela tinha acabado de dizer, e também em como sua avó conseguia transformar produtos simples e cotidianos em dezenas de pratos saborosos.

— É, creio que sim — respondeu Marguerite, com uma risada. — Mas o que eu ia dizer é que a primeira coisa a saber é um pouco chata, mas necessária. Chama-se *mise en place*, tudo no lugar. Trata-se de assegurar que você tenha todo o necessário antes de começar. Reunir seus ingredientes e seus utensílios. Então, hoje, vamos fazer um cozido rural simples, algo para esquentar os ossos. Venha comigo.

Elodie seguiu a avó até a despensa, onde ela buscou os vegetais da sua reserva, escolhendo cebolas, cenouras, batatas-doces e tomates enlatados. Das prateleiras, pegou lentilhas e ervas de seu *potager*, que haviam secado no verão — tomilho, manjericão e orégano. Colocou tudo em cima da grande mesa de madeira. Quando Elodie começou a trabalhar picando uma cebola, Marguerite exclamou surpresa, porque a neta havia escondido o polegar e escolhido a maior faca à mostra para picar mais rápido e com mais eficiência.

— Como é que você sabia disso? — ela perguntou, precipitando-se para segurar as mãozinhas da garota.

— Vejo você fazer isso todos os dias, vovó — respondeu Elodie. A avó sorriu.

— *Touché*. Mas olhar não é o mesmo que fazer. — Ela ergueu um dedo indicador e mostrou a Elodie uma cicatriz. — Consegui isto por ir depressa demais, então vá com calma para poder ir rápido. — A menina descobriria, mais tarde, que este era um dos lemas de vida da avó.

— O que isso quer dizer?

– Quer dizer que devagar e sempre se ganha a corrida. Se você for rápido demais e, digamos, cortar um dedo fora, bom, vai acabar levando o dobro do tempo, percebe?

Elodie sorriu.

– Mas eu poderia ir rápido e com cuidado.

– Para mim bastaria você tomar cuidado, para começar.

Elodie deu de ombros, embora jurasse que um dia picaria ainda mais rápido do que a avó.

Quando o caudaloso cozido de lentilha perfumou o ar, despertando Pattou de seu sono, a avó fazia planos para elas prepararem os cinco molhos básicos, contando a Elodie sobre o famoso *chef* francês Escoffier, criador de todos eles. Despenteou o cabelo loiro da neta e disse:

– *Ma petite*, em pouco tempo você será a melhor *chef* da Provença.

15

Provença, 1926 – final do inverno

COUCHON, O GRANDE PORCO MALHADO, premiado caçador de trufas de Monsieur Blanchet, saiu em disparada como um sabujo, soltando um guincho de tanta excitação e interesse que era quase indecente de se presenciar. Jacques e Elodie riram enquanto seguiam pela floresta. Mal havia amanhecido, e a única luz que os guiava vinha da lua persistente.

A primavera estava a caminho, mas ainda fazia frio, e ondas de vapor saíam de suas bocas quando respiravam. Debaixo dos enormes carvalhos, Elodie pisava com suas botas em folhas grossas apodrecidas, escorregadias e molhadas, uma vez que a água e a lama afluíam sob eles.

Mirabeau, o porco preto menor, correu para se juntar a Couchon na base de uma árvore imensa. Os animas pressionaram seus focinhos nas folhas e estremeceram de alegria. Monsieur Blanchet gritou, depois afastou Couchon, recolhendo uma trufa do tamanho do punho de Elodie e colocando-a no cesto reserva.

Houve comemorações de Jacques e Huginn, que soltou um grasnado estridente do alto enquanto voava.

Monsieur Blanchet partiu um pedaço de linguiça para o porco como recompensa, depois o deixou farejar o tentador cheiro da trufa e deu um tapa vigoroso em seu traseiro, de modo a fazê-lo arrancar para um novo lugar provável.

Elodie sabia que era uma honra estar ali. Os caçadores de trufas eram uma tribo fechada, mantendo para si mesmos seus lugares secretos, cheios do ouro negro. Por segurança, Jacques mantivera as mãos sobre os olhos dela durante o trajeto na van. Só depois de terem dirigido por vários quilômetros, chegando a uma densa floresta, foi que Monsieur Blanchet fez sinal ao filho para que a deixasse olhar.

Ela não fazia ideia de onde estavam, mas ainda parecia ser dentro de Luberon, região que continha seu vilarejo, dentre outros, bem como áreas de beleza natural como florestas e regiões montanhosas, embora não pudesse ter certeza.

Logo estava ajudando Couchon e os outros, empurrando os porcos grandes para chegarem até as trufas, que eram colocadas no cesto de Monsieur Blanchet.

Quando o sol nasceu, todos eles eram só sorrisos. Mais uma vez, as mãos de Jacques cobriram os olhos de Elodie na viagem de volta, e ela pôde sentir o cheiro de trufa nos dedos dele. Ela se remexeu em seu assento, e Jacques, por um momento, tirou as mãos.

— Não, não, não, deixe-as aí. Não posso ter sua avó por aqui, roubando minhas trufas para o restaurante dela — disse Monsieur Blanchet.

Elodie sorriu.

— Aha! Porque ela faria isso, não faria? — observou ele, vendo o sorriso da garota pelo retrovisor.

Elodie deu de ombros. Era provável. A avó era uma ótima pessoa, mas podia ser um tanto interesseira em se tratando de bons produtos.

Em seu bolso, como recompensa, havia uma pequena trufa, do tamanho de dois botões, que lhe foi dada por Monsieur Blanchet.

Elodie ficou chocada ao descobrir que aquilo podia valer mais de dez francos, mas não tinha intenção de vendê-la.

– Então, o que você vai fazer com essa trufa? – perguntou Monsieur Blanchet depois de finalmente permitir que Jacques tirasse as mãos, já que estavam próximos da casa de Marguerite.

– Vou surpreender a vovó com um café da manhã na cama. Vou fazer uma omelete.

Monsieur Blanchet beijou os dedos.

– Perfeito – disse.

***

Quando estacionaram em frente à casa, Elodie viu que a porta principal estava aberta e que a avó já estava acordada. Subiu correndo o caminho enquanto Monsieur Blanchet e Jacques iam embora na van, levando os porcos premiados, que haviam conseguido seu café da manhã.

Elodie acenou, depois entrou com um sorriso escancarado, pegando a trufa no bolso e disparando em francês:

– Vovó! A caçada de trufas é o máximo! Prometi pela minha vida não revelar os lugares secretos de Monsieur Blanchet, assim vou poder sempre acompanhar seus porcos incríveis, Couchon e Mirabeau. Ah, foi tão maravilhoso! Tenho uma trufa toda minha, dá para acreditar? Pensei em fazer para nós uma omelete de café da manhã, o que acha?

– Acho que não – exclamou uma voz masculina abalada, em um forte sotaque inglês.

Elodie empalideceu, virando-se lentamente. Do outro lado do corredor, na sala de estar à direita, estava um homem alto, com cabelo loiro-escuro e olhos muito azuis. Ao seu lado havia uma mulher vestida com elegância, em um lindo vestido amarelo. Seu cabelo parecia saído de uma revista, enrolado ao redor da orelha em ondas perfeitas. Ela colocou uma mão cautelosa sobre a dele e disse-lhe algo em outra língua. Ele sacudiu a cabeça e se virou para encarar Marguerite.

– É isso que ela anda fazendo? Gritando pela casa como uma alma penada, correndo atrás dos porcos de algum fazendeiro e *cozinhando* como uma... uma empregada qualquer? – Seus olhos saltavam da cabeça.

– Sim – respondeu a avó, simplesmente. – Não vou me desculpar pela nossa vida aqui. É assim que as coisas são. Você sabia disso quando conheceu Brigitte.

Ele parecia furioso.

A outra mulher olhou para Elodie. Ela não sorria. O que via parecia lhe causar dor.

– Olhos de Clairmont – sussurrou, mas em outra língua, e Elodie não entendeu.

Ao olhar para a mulher, o homem pareceu subitamente envergonhado, e tornou a falar com ela em outra língua. Seu tom era apaziguador, conciliatório, desprovido da exibição de raiva. A mulher não pareceu relaxada. Longe disso. Seu rosto parecia ter sido esculpido em mármore.

Elodie olhou dela para o homem, e depois para a avó. Começava a tomar consciência de quem era ele, e isso, longe de empolgá-la, estava enchendo-a de medo.

Marguerite deu um passo à frente.

– Elodie, este é seu pai – disse em francês, confirmando o pior.

O homem a olhava como se ela fosse uma espécie de inseto desagradável, com quem ele não queria lidar particularmente.

Ela se encolheu e foi para junto da avó.

A outra mulher disse algo em inglês, dirigindo-se a Elodie, que não entendeu uma palavra. A garota a olhou fixamente:

– *Pardon?*

A mulher arregalou os olhos.

– Você não entendeu o que eu disse? – perguntou em francês.

– Não, me desculpe. Não falo inglês.

— Esta é a esposa do seu pai, Lady Clairmont – disse a avó, apresentando-a.

Isso chocou a mulher, que disse sarcasticamente:

— Ela não fala inglês? Ora, foi criada como uma perfeita pagã, embora eu não saiba por que estou surpresa.

O pai de Elodie fechou a cara para Lady Clairmont.

— Bom, isso poderia ter sido evitado se ao menos você tivesse permitido...

— Charles – disse Lady Clairmont numa voz gélida. – Agora não.

Ele desviou o olhar e praguejou baixinho. Depois, olhou para Elodie e começou a piorar as coisas.

— É impressionante a falta de noção da sua mãe. Por que insistiu tanto para que eu a recebesse se nem mesmo se deu ao trabalho de garantir que você tivesse uma chance de se desenvolver? A mesma e velha Brigitte, não é? Com tanto bom senso quanto uma ervilha...

Os olhos de Elodie faiscaram.

— *Não* fale assim da minha mãe – advertiu.

— Ele pode falar o que quiser sobre uma... – começou Lady Clairmont, interrompida por Marguerite, cujos alegres olhos castanhos haviam se transformado em pedra.

— Cuidado, madame. Está falando da minha filha, e esta é a minha casa. Posso lhe pedir para manter uma linguagem civilizada?

Foi a vez dos olhos de Lady Clairmont faiscarem.

— Deveríamos manter uma linguagem civilizada. Por Deus, foi esplêndido quando ela entrou aqui grasnando como uma vendedora de peixes.

— Isso é diferente. Ela não foi grosseira.

— Grosseira? Como se atreve?

Mas aquilo foi demais para Elodie. Havia anos que ansiava conhecer o pai... e aquele era ele? Aquela pessoa pomposa, que tinha vindo à casa da avó e gritado com ela? Cujo primeiro olhar para a própria filha não foi cheio de bondade ou amor, mas de decepção? Como a avó se atrevia? Como ele se atrevia! Para Elodie, pouco importava quem ele fosse, ou o seu título – aquilo não tinha nenhum significado para ela. Estava enlouquecida, tomada de fúria, como se tudo que tivesse passado nos últimos meses fervilhasse por dentro. Voou para cima dele com raiva e chutou sua canela.

Todos se viraram para ela, em choque.

– Elodie – a avó disse baixinho, surpresa.

Lorde Clairmont estufou-se como um urso, parecendo pronto para esganá-la.

Passando por baixo de seus braços abertos, a menina disparou para fora da casa. Com o sangue golpeando em seus ouvidos, correu o mais rápido e para o mais longe que suas pernas permitiram.

Dentro de casa, Marguerite tentava acalmar os Clairmont.

– Vamos respirar fundo.

– A senhora ficou maluca? – retrucou Lady Clairmont. – O comportamento dela é chocante. Os olhos podem ser Clairmont, mas aquilo é sangue francês. Ela é rebelde.

Marguerite cerrou os dentes, rezando para ter forças.

– Ela vai se acalmar, não se preocupe.

Mas Elodie não se acalmou.

Naquela noite, às dez horas, Lorde Clairmont começou a parecer um pouco preocupado. Marguerite havia chamado os vizinhos, inclusive Monsieur Blanchet e Jacques, passando a se preocupar de verdade quando eles disseram que ela não estava lá.

– Tem certeza de que você não sabe onde ela está? – perguntou ao menino. – Sei que ela é sua amiga, mas isso é sério.

– Tenho – ele respondeu, seus olhos escuros ansiosos. – Bem que eu *queria* estar escondendo ela.

– Jacques – exclamou o pai, asperamente.

– Não – ele se retraiu. – Só quis dizer que então eu saberia que ela está segura.

Marguerite tocou na cabeça do menino e assentiu. Conseguia entender aquilo.

Eles percorreram os campos e as construções ao redor de toda a fazenda de Marguerite, até acharem-na escondida, sem que ninguém soubesse, com os porcos, no celeiro do pai de Jacques. Estava deitada ao lado de Couchon, profundamente adormecida.

Seu pai ficou mortificado.

– Como minha esposa disse, uma perfeita pagã.

Lady Clairmont não disse uma palavra, só concordou com a cabeça, as sobrancelhas erguidas.

Marguerite olhou para os dois.

– Escutem, talvez seja melhor se ela ficar comigo.

– Para que você continue a criá-la desse jeito? – Lorde Clairmont replicou bruscamente.

– Concordo – disse Lady Clairmont. – É preciso fazer alguma coisa. – Depois, olhou para Marguerite e disse friamente: – Amanhã de manhã viremos buscá-la. Por favor, garanta que ela esteja pronta.

– Mas... Não, por favor, Charles, você prometeu – exclamou Marguerite, olhando de canto para Lorde Clairmont. – Disse que talvez no próximo ano.

– É Lorde Clairmont, Madame Renaux, e prometi que deixaria que ela ficasse com você até se recuperar. Quando cheguei, não vi uma criança de luto. O que encontrei foi alguém que não fala inglês e que tem os modos de um rato de esgoto. Assim, a não ser que você queira garantir que ela nunca mais a veja, sugiro que providencie para que ela esteja vestida e pronta, e com um temperamento mais receptivo, quando partirmos amanhã de manhã.

16

Colégio de Moças Farrendale, Oxford, 1927

O PRÉDIO ERA FEITO DE PEDRA CINZA e parecia um túmulo, erguendo-se do chão para o céu cinzento. Elodie sentiu um calafrio que pouco tinha a ver com o tempo gelado e chuvoso. Esfregou uma panturrilha nua na outra, arrepiadas por causa do frio. Vestia um uniforme. Era cinzento demais.

Refletiu: se tantas coisas na Inglaterra eram cinzentas daquele jeito, por que escolhiam usar essa mesma cor? Mas esse pensamento foi eliminado de sua mente ao ver uma mulher corpulenta sair pelas portas duplas de carvalho da entrada, marchando a seu encontro.

Jacob Bell, o chofer que mais uma vez viera para levá-la à sua nova vida, virou-se para Elodie:

– Você ficará bem, *miss*, aguente firme – disse, embora, é óbvio, não lhe coubesse afirmar isso. Ela não entendeu o que ele disse de fato, mas pelo menos pegou o espírito.

Não conseguiu concordar.

Deixar Lamarin e sua vida na Provença tinha sido quase impossível de suportar. Quando a avó lhe deu a notícia de que ela teria que ir embora, Elodie chorou a noite toda. Seu pai não parecia gostar dela de maneira alguma, então por que queria que ela fosse?

– Não posso ficar aqui? Não vou causar problemas, prometo – ela implorou.

Com os olhos marejados, Marguerite colocou a cabeça sobre a da neta.

– Ah, eu sei disso, *ma petite*. Eu também gostaria que você pudesse ficar, mas infelizmente seu pai é seu guardião legal. Ele prometeu à sua mãe que cuidaria de você. Então, para ele, isso significa educá-la como uma verdadeira dama inglesa, algo que está convencido ser necessário depois do que aconteceu ontem.

Elodie fechou a cara.

– Mas nem tudo é má notícia, *ma petite*. Ele prometeu que você poderá vir me visitar no verão.

Elodie soltou-se do abraço da avó.

– Eu posso voltar?

– Sim, ele prometeu, mas...

– O quê? – ela segurou o fôlego.

Marguerite suspirou.

– Ele disse que, se você causar qualquer problema, não deixará que volte aqui.

Elodie engoliu com dificuldade.

– Então, você precisa tentar controlar seu pavio curto, *ma petite*. – Os olhos de Marguerite suavizaram-se. – Eu nem sabia que você tinha um até te ver chutar seu pai daquele jeito – ela disse com um quase sorriso.

Elodie mordeu o lábio e suspirou. Ela sabia. Fazia muito tempo que não ficava tão brava, não desde quando vivia com a mãe, que às vezes costumava deixá-la sozinha quando saía com algum dos seus namorados... Mas ela não contou isso à avó, porque apenas a faria sofrer.

O pai foi buscá-la cedo na manhã seguinte, então ela não teve a chance de se despedir de Jacques, o que foi como uma traição dupla. A avó prometera, ao lhe dar um último abraço lacrimoso, que contaria a ele.

Depois da travessia de balsa em Dover, Elodie passou apenas duas noites na casa do pai, uma propriedade enorme, espaçosa, com colunas neocoloniais e jardins que pareciam tão precisos geometricamente que poderiam ter sido medidos com réguas.

Foi lá que ela conheceu seus meios-irmãos mais velhos, Freddie e Harriet. Os dois falavam francês e foram muito mais acolhedores do que seus pais.

Freddie tinha 17 anos e em setembro começaria a frequentar Oxford. Parecia uma versão de Lorde Clairmont, embora com um bom toque a mais de empatia.

– Que horrível tudo isso – ele havia dito quando os três foram deixados a sós em um belo cômodo antigo, cheio de livros, sofás de veludo e uma lareira flamejante. – Deve ter sido sinistro deixar a França; um puxão violento, eu imagino.

– Não dá para acreditar no papai – concordou Harriet, tomando um gole de vinho. Tinha cabelos claros e um rosto mais parecido com o da mãe. – Arrancando você de tudo aquilo.

Elodie não soube o que dizer. Até eles serem apresentados, ela nem sequer sabia que tinha irmãos.

– Perguntei à mamãe se a gente não podia só te arrumar uma governanta, mas ela foi inflexível quanto a Farrendale. É dirigido pela antiga governanta dela, entende? – disse Freddie.

Foi assim que ela descobriu que nem ficaria na casa, e sim em um internato para meninas.

– Fica perto da minha faculdade, então eu poderia ir te visitar, se você quiser – ofereceu Freddie.

– Eu gostaria – ela disse, com sinceridade. Naquele novo mundo, não tinha a garantia de um rosto amigo.

Na manhã seguinte, suas malas estavam feitas, e mandaram-na vestir seu novo uniforme. Depois, ela foi levada para sua nova escola. Como Lady Clairmont não aparecera para se despedir, Elodie percebeu que, provavelmente, aquele era um arranjo que satisfaria a todos.

Ela ainda não conseguia entender por que estava ali se eles não a queriam por perto. Com certeza poderia ter aprendido inglês em uma escola em Lamarin.

Agora, enquanto estava parada em frente à entrada austera da escola, a mulher robusta e de aparência autoritária que viera até eles apresentou-se como Mrs. Knight. Tinha cabelo cor de linho e feições definidas. Consultou um relógio preso em sua túnica. Era parecida com o uniforme de Elodie.

– Eu levo isto – disse, pegando a mala da menina. Estava cheia de roupas novas, nenhuma das quais lhe foi dada a chance de escolher.

Quando Elodie virou-se para se despedir do motorista, com um aceno tímido e triste, a mulher disse, em tom de censura:

– Venha comigo. – Seu francês era perfeito, com algum sotaque, e ela se dirigiu para dentro. Elodie correu para alcançá-la. – Sei que ainda não fala inglês. Você vai dormir com nossas melhores meninas. Uma delas é fluente em francês, e ensinará você...

– Ah, tem outra menina francesa aqui, como eu? – perguntou Elodie, animando-se ligeiramente com a ideia.

– Claro que não, o pai dela é um lorde.

– O meu também – disse Elodie, sem entender o que isso tinha a ver com o resto.

– Só que ela é uma *lady*, e você não – retrucou Mrs. Knight, comprimindo os lábios; pretendia ofendê-la claramente com suas palavras.

Elodie não se importou. Sua mãe lhe contara que ela não herdaria um título porque eles nunca haviam sido casados, mas isso não a incomodava.

– Tudo bem, seja como for. Ninguém tem títulos na França. Ninguém vivo, pelo menos. Por causa da Revolução, entende? – Ela fez um gesto como se cortasse o pescoço, à guisa de explicação.

Os olhos de Mrs. Knight arregalaram-se de horror. Mudou de assunto rapidamente, mas tudo o que disse depois tinha a intenção de disparar farpas. Após um tempo, Elodie começou a contá-las para que não a magoassem.

– Nos primeiros meses, você só terá aulas de inglês. Está um pouco velha para aprender agora. – *Farpa*. – Mas Mrs. Hammond jurou que consegue fazer milagres, dos quais você precisará. Sem dúvida, com sua falta de educação, estará bem atrasada. – *Farpa, farpa, farpa*. – No entanto, é esperado que você se esforce.

Quando lhe foi mostrado o dormitório, tudo que Elodie queria era que Mrs. Knight não soubesse tão bem francês. Precisou segurar a língua várias vezes, lembrando-se das palavras da avó para controlar seu humor em relação à mulher rude e odiosa.

O dormitório dava para um grande campo e abrigava mais seis camas. Elodie foi informada de que o café da manhã era às sete horas "em ponto", o almoço ao meio-dia e meia, e o jantar às seis.

– As luzes se apagam às nove. Percebo que isso será bem diferente da sua experiência. Sei que você tinha liberdade para viver à solta. – *Farpa*.

– Só um pouco – reconheceu Elodie. Parecia muito regrado, muito diferente de Lamarin. Ela sentiu uma pontada tão forte que teve que apertar o estômago.

Mrs. Knight ergueu uma sobrancelha.

– Você não vai vomitar, vai? Não vai querer decepcionar sua família. Anime-se. – *Farpa*.

Elodie sentiu a conhecida onda de pânico, mas a reprimiu.

– O quê? – perguntou Mrs. Knight, olhando finalmente para ela, sentindo que a encarava. Parecia desconfortável.

Elodie não disse nada. Só estava admirando a rapidez com que tinha passado a odiá-la.

Depois de pousar a mala e desocupá-la, foi levada para baixo, para conhecer sua tutora.

A sala de aula era agradável, com várias carteiras e cadeiras de madeira dispostas em filas. Janelas enormes, em arco, davam para o parque, e à frente da sala estava uma mulher em traje verde-floresta. Seu cabelo castanho médio formava uma onda e tinha o corte reto. E seus olhos brilharam quando as duas entraram.

– Ah, a francesa – disse, estendendo a mão para apertar a de Elodie. Seus olhos verdes irradiavam simpatia.

– Sim – disse a supervisora, como se estivesse entregando um item desagradável. – Esta é Elodie Clairmont. Ela não fala uma palavra de inglês. Você terá trabalho, Olívia. O olhar que recebi quando expliquei a ela como funcionavam as coisas... – ela disse, com afetação. – Bom, o desafio é esse. Dá para ver logo de cara.

– Obrigada, Mrs. Knight. Sei que ela ainda não fala inglês. Tenho certeza de que podemos nos virar a partir daqui.

Assim que a diretora saiu do recinto, os lábios de Mrs. Hammond se contraíram.

– Quer dizer que você a olhou torto, é? Bom, eu não incentivaria isso, mas ela poderia provocar um *santo* até o ponto da violência.

Elodie bufou.

Mrs. Hammond espanou suas roupas.

– Mas eu vou negar ter dito isso. É o nosso segredo, está bem?

Elodie assentiu.

– Então, quanto você sabe de inglês?

Elodie fez uma careta.

– Pouco assim, é?

Ela confirmou com a cabeça.

– Tudo bem. Olhe, vamos ter um pouco de trabalho, mas a gente chega lá. – Então, convidou Elodie a se sentar e buscou cadernos e livros.

Ao final do seu primeiro dia, Elodie estava morta de cansaço. Nunca tinha passado tanto tempo em uma escola. Quando era pequena, a própria mãe havia lhe ensinado a ler e escrever, além de noções simples de matemática e lições de história e geografia.

Mas não passou disso e, em geral, as lições duravam apenas algumas horas por dia.

Aquilo era diferente, um aprendizado concentrado em uma única matéria. Mrs. Hammond era firme, mas gentil.

Elodie havia conhecido as outras meninas no almoço. Eram seis, todas internas como ela, e pareciam um grupo coeso. Infelizmente, aquela que melhor sabia falar francês pareceu a menos interessada nela. Era alta, com sobrancelhas grossas e pretas e um olhar penetrante. Não foi grosseira, mas deixou claro que não havia gostado da incumbência de fazê-la se sentir acolhida. Ao que parece, a principal objeção a Elodie era o fato de ela ser filha ilegítima. A menina lhe explicou tudo com relutância, como o funcionamento da rotina noturna, onde colocar a roupa suja e como dobrar as roupas.

Uma das outras, uma menina rechonchuda e de rosto simpático chamada Kitty, tentou fazê-la se sentir bem-vinda. Acontece que ela também era considerada um pouco intrusa, porque, ao contrário das outras, seu pai não era nobre, e sim um banqueiro.

– Que importância tem isso? – Elodie perguntou quando a menina confidenciou isso a ela, em um sussurro, durante o café da manhã do dia seguinte.

Kitty serviu-se de uma fatia de torrada e começou a passar manteiga.

– Não deveria importar, mas aqui... Bom, aqui importa.

– Na França, não – disse Elodie e contou a ela um pouco da sua vida na Provença. Mas logo ficou claro que Kitty não conseguia entender grande coisa do que ela dizia.

– Sinto muito – ela se desculpou. – Meus tempos verbais estão atrapalhados, sou um fracasso em francês, mas agora que você está aqui, vou tentar melhorar – ela disse efusivamente, incentivada a aprender agora que havia uma chance real de ter uma amiga.

Elodie ficou sensibilizada.

– Não se preocupe. Sou eu quem tem que aprender inglês.

As meninas ao redor conversavam em inglês e lhe dirigiam olhares dissimulados. Ficou claro que falavam dela. Irritou-a não poder entender.

– Ajudaria. Sou uma ignorante em línguas. Todas elas acham que você nunca será realmente boa.

Elodie franziu o cenho.

– Uma delas disse que, a não ser que você aprenda uma língua quando for bem pequena, jamais será fluente – continuou Kitty. – Então, provavelmente, você sempre será vista um pouco como estrangeira.

A menina em questão na verdade havia dito que provavelmente ela sempre teria um sotaque, mas Kitty não soube como dizer isso em francês. No entanto, suas palavras fizeram com que uma sementinha de determinação crescesse no coração de Elodie.

Jurou que mostraria a elas.

***

– Isso é ridículo, não faz sentido – exclamou Elodie.

À sua frente havia um quadro-negro cheio de verbos em diferentes tempos verbais. Não tinha problema com eles, mas com as palavras: as centenas de palavras aparentemente iguais, quase idênticas, mas que significavam coisas diferentes.

– Como é que vocês podem ter tantas palavras tão parecidas entre si? *Through, thorough, tough*? Por que ninguém pensou nessas coisas?

Mrs. Hammond suspirou.

– Eu sei, é de enlouquecer. De qualquer modo, está na hora de uma pausa, mas anime-se. Pode ser que você não perceba, mas seu inglês está melhorando.

Elodie bufou. Estava melhorando porque elas andavam trabalhando nisso sem parar. Não tinha aulas de mais nada. Descobriu que era por isso que havia começado naquela data, e não em setembro, para poder aprender a língua antes de se juntar às outras no novo ano letivo. O resultado era que nem mesmo poderia ir à Provença durante todo o verão. Iria apenas em agosto, e até lá continuaria suas aulas particulares com Mrs. Hammond. Quando descobriu isso, foi como um murro no peito. Mas concentrou-se na miragem tremeluzente que era agosto, como se fosse uma joia preciosa.

Depois de três meses, Elodie conseguia se comunicar bem o suficiente para ter uma boa compreensão do que todos diziam. Depois de seis, se saía bem na maioria das conversas. O fato de ser jovem e de ter uma atividade diária tinha ajudado, bem como a disposição resoluta de se encaixar e não deixar que a fizessem se sentir como uma estranha. As outras meninas haviam se aproximado bem mais, e agora Elodie tinha Kitty e mais duas outras amigas.

Um mês antes de sua partida para a Provença, seu meio-irmão, Freddie, foi visitá-la, para ver como ela estava se saindo. Elodie descobriu que gostava dele. Era bonito, e provocou uma boa agitação nas outras meninas quando o viram da janela, atravessando o parque.

Freddie sugeriu que eles dessem uma caminhada, talvez para escapar dos vários olhares que, subitamente, haviam se voltado para ele assim que entrou na escola. Kitty e as outras meninas o haviam espiado da escada logo que ele apareceu no saguão de visitantes, bem ao lado de onde elas estavam.

Os irmãos caminharam pelos jardins da escola, e Freddie pareceu impressionado pelo domínio que Elodie tinha do inglês.

– Incrível, Elodie, você quase parece inglesa. Tive que parar por um momento, quando me lembrei que é francesa. Você conseguiu com a maior facilidade.

***

Quando finalmente chegou agosto, Elodie estava tão empolgada em voltar para a Provença que mal conseguia dormir. Ficou mais empolgada do que nunca ao ver Jacob Bell, o motorista, surpreso ao encontrar a garotinha que conhecera mais de um ano antes, agora tão mudada.

E, quando finalmente eles chegaram à velha casa da fazenda, Elodie pulou para fora do carro, agradecendo imensamente ao motorista, depois correndo para a avó, que a esperava sob o sol do final do verão.

Enquanto a velha senhora a abraçava com força, Elodie sentiu o cheiro de farinha e lilases e fechou os olhos, aliviada.

Estava em casa.

17

Provença, 1927

Elodie estava trançando a massa para uma *tarte tatin* de damasco quando ouviu uma batidinha à porta. Virou-se e viu Jacques, agora mais alto do que da última vez que o vira, e mais magro, com o cabelo castanho despenteado clareado pelo sol, os olhos escuros enrugando-se nos cantos, encantado.

– Então é verdade.

– Jacques! – ela exclamou, adiantando-se, depois parando sem jeito, por estar prestes a abraçá-lo.

O rapaz parecia estar no mesmo dilema, embora olhasse fixamente para ela, como alguém faria ao admirar o nascer do sol, maravilhado.

Ela então notou a cor em suas faces, a poeira em suas roupas e em seus sapatos.

– É verdade – declarou, com um sorriso tão escancarado que a sensação era de que seu rosto iria se esticar em dois. – Sou eu.

Jacques se apoiou no batente da porta e suspirou, feliz. Houve um crocitar no alto, e Huginn veio pousar em seu ombro. Deu um pulinho, como se não pudesse acreditar que ela estivesse ali. Elodie se aproximou e acariciou suas penas brilhantes.

Sentiu por dentro uma ebulição de alegria. Não tinha palavras para expressar o quanto sentira falta do amigo. Que felicidade era falar sua própria língua e ser compreendida. Não ter que suportar repreensões constantes: "Endireite as costas", "Fale mais devagar", "Tenha calma"... Ali, ela podia ser ela mesma.

– Temos tanta coisa para pôr em dia – ele disse, em um amplo sorriso. – Como Luc, um gaio-azul com muita personalidade. Você tem que conhecê-lo, apesar de ser um grande ladrão, devo avisar. Alguns meses atrás, ajudei a consertar sua asa, e ele me retribuiu roubando os botões de todas as minhas camisas. Também tem Couchon, ela teve filhotes.

– Espere aí, o quê? Couchon é fêmea?

Ele fez um muxoxo.

– Que menina da cidade! Você não reparou nas tetas dela?

Elodie ficou cismada. Pensando bem, talvez tivesse reparado.

– Além disso, papai disse que tem uma nova área, segredo total, para caçar trufas. – Jacques mexeu o nariz. – Ele disse que você pode vir junto.

Elodie sentiu um baque. Antes de seu mundo desmoronar pela segunda vez, ela estivera animada para fazer sua primeira omelete de trufa. Esquecendo-se dos bons modos, agarrou a mão de Jacques.

– Senti sua falta! – disse, entregue.

Ele sorriu, exibindo suas covinhas.

– Agora você vai ficar para sempre?

– Só vou ficar este mês.

– Um mês?! – ele exclamou.

Elodie franziu o cenho com tristeza.

– Eu sei, é péssimo, mas a partir do ano que vem, eles prometeram que vou ter todo o verão, todos os anos.

– Todos os anos – ele repetiu, como uma bênção. – É melhor do que nada.

Ela concordou.

– O que você está fazendo?

– *Tarte tatin*. Quer ajudar?

– Claro.

Eles se puseram a trabalhar, fazendo um entrelaçado para a torta de cabeça para baixo.

– Então, Madame Renaux ainda está ensinando você a cozinhar? – ele perguntou.

– Está – respondeu Elodie, pondo-o a par dos planos das duas. – Não sei como dizer a você o quanto é maravilhoso estar de volta aqui, nesta cozinha. A comida na Inglaterra... Bom, digamos que não é como na Provença – ela disse, pensando em algumas das suas refeições.

– O que você comeu lá? – ele perguntou, curioso.

Ela lhe contou sobre costeletas de porco secas e insossas, batatas cozidas sem tempero, batatas recheadas requentadas com feijões... Pratos possíveis de serem comidos, mas não exatamente refeições gostosas.

Nesse momento, a avó entrou enxugando as mãos no avental, tendo acabado de alimentar as galinhas.

– Jacques – ela disse. – Eu estava imaginando quanto tempo levaria para você aparecer.

O menino analisou uma sarda em seu pulso.

– Ah, cerca de um segundo depois que papai me contou que Elodie estava aqui.

Todos sorriram.

– Foi a mesma coisa com esta daqui. Tive que impedi-la de ir acordá-lo assim que amanheceu.

– É mesmo? – ele perguntou. Parecia completamente encantado.

Elodie confirmou. Marguerite não pôde evitar de se comover com eles.

– Sabe – Jacques disse –, Elodie estava me contando o que os ingleses comem depois de eu contar a ela sobre o nosso plano de ir caçar trufas de novo. Você sabia que eles comem soldados no café da manhã?

Elodie bufou enquanto punha a torta para assar.

Os olhos de Marguerite ficaram enormes.

– Eles são canibais?

Elodie riu.

– Não, vovó, são *toast soldiers*, umas torradas cortadas em tiras, a que chamam de *soldiers*, ou soldados, que eles mergulham em ovos quentes.

– Ah, mas os ingleses são obcecados por guerra, não são? – ela observou.

– Acho que não mais do que os franceses, pelo que posso dizer. Na verdade, são muito gostosas. Vou fazer para você – disse Elodie.

– Está bem – concordou a avó, sempre disposta a uma aventura culinária.

– O que mais eles fazem? – perguntou Jacques, pegando um lugar à mesa. Huginn, no entanto, sabia que para ele isso era ir longe demais, e voou pela janela enquanto a avó erguia uma sobrancelha. Não concordava em ter uma gralha à mesa do jantar.

– Tem o *toad in the hole* – ela disse, traduzindo as palavras em inglês para o alívio de Jacques: sapo no buraco.

Jacques e Marguerite empalideceram, e Elodie teve que rir.

– Um sapo inteiro? – perguntou Jacques, soltando o ar.

– Então por que eles não chamam de *frogs*, rãs? – perguntou a avó.

– *Toad in the hole* – corrigiu Elodie, rindo. – Não é um sapo de verdade.

A avó começou a rir.

– Ah, bom, que alívio! Embora você saiba que eles nos chamam de "rãs" porque comemos pernas de rãs.

Elodie fez uma careta, Jacques também.

– Crianças. Puxa, vocês dois foram mimados. Elas são mesmo gostosas.

– E a senhora arranca as pernas das rãs? – perguntou Jacques, horrorizado.

– Ultimamente não, acho que estou velha demais para capturá-las – e os três voltaram a rir. Marguerite continuou: – Então, o que os ingleses fazem, se não são sapos de verdade?

– São linguiças preparadas em uma massa com molho.

– Parece repugnante.

– Não, eu gostei.

– Tome cuidado – avisou Jacques. – Eles ainda podem transformar você em uma inglesa.

Ela bateu nele com um pano de prato.

– Não vai acontecer.

***

Os dias se atropelavam, um borrão ensolarado entre nadar, explorar o campo, observar pássaros, cozinhar e visitar o vilarejo com Jacques. Em uma tarde ensolarada, eles jogaram *pétanque* e roubaram uma garrafa de *pastis* de Monsieur Blanchet, ficando cada vez mais zonzos com o passar do dia. Adormeceram no jardim de flores silvestres da mãe de Jacques, o menino cochilando preguiçosamente ao lado dela.

Quando Marguerite e Monsieur Blanchet encontraram os dois, eles pagaram caro. Elodie acordou com a discussão entre eles, e o mundo começou a rodar. Teve que vomitar.

O castigo que tiveram foi implacável. No dia seguinte, tiveram que se levantar logo ao amanhecer e passar o dia todo realizando trabalhos braçais. À tarde, Elodie parecia um zumbi. Quando Jacques chegou, parecia tão mal quanto.

– Papai me fez trabalhar nos vinhedos, sob o sol quente, a manhã toda – ele disse, parecendo verde.

– Juro que, enquanto for viva, nunca mais vou beber – ela disse a Jacques.

Entreouvindo isso, Marguerite não pôde conter uma risada. Ela e Monsieur Blanchet tinham combinado juntos a punição, e não havia nada que fizesse alguém se afastar tanto da bebida quanto uma ressaca sob o sol quente.

Mas o mês deles terminou rápido demais. Ao final, Elodie chorou tanto quanto havia chorado naquela primeira noite em que descobriu que iria embora.

– Quando é que vai ficar fácil ir embora? – perguntou à avó, que lhe deu uns tapinhas nas costas, tentando engolir as próprias lágrimas.

– Acho que isso só vai acontecer quando você começar a ver sua escola e sua vida lá como o seu lar.

– Então, nunca – ela disse, com um sorriso lacrimoso.

Na manhã seguinte, antes de ir embora, ela se esgueirou para a casa de Jacques, batendo à sua janela. Ele já estava acordado, junto com os pássaros. Abriu a janela do quarto com um sorriso, e ela entrou.

– Sou como um dos seus pássaros – disse, olhando admirada quando um chapim-azul voou janela afora, incomodado com a sua chegada. Huginn, no entanto, pulou para cumprimentá-la, e ela acariciou suas penas macias. Ele suportou isso por um momento, depois foi atrás do chapim-azul em busca de café da manhã e, talvez, de atormentar sua antiga parceira, Muninn.

– Um pássaro de verão – ele aceitou, depois suspirou. A ideia o deixou triste.

Elodie mordeu o lábio, os olhos marejando.

– Eu poderia me esconder de novo com Couchon.

Ele riu, depois veio lhe dar um abraço.

– Não me provoque.

Ela colocou a mão no ombro dele.

– Vou escrever – disse.

– É bom mesmo.

18

Provença, 1930

QUANDO ELODIE ESTAVA COM 15 ANOS, passara o ano todo, como de costume, ansiosa para voltar para casa no verão. Para estar, finalmente, com a avó em Lamarin, com o sol da Provença nos ombros enquanto caminhava pelas lindas ruas pavimentadas com pedra e, é claro, talvez acima de tudo, para passar um tempo com Jacques.

No entanto, no primeiro dia de seu retorno, ao caminhar para a loja do vilarejo, pensando em fazer um piquenique para eles, de modo a colocarem o papo em dia, ela o viu ensacando mantimentos para uma menina que não conhecia, com longos cabelos castanhos e membros bronzeados. Ela ficava tocando em seu braço. Os dois riam, as cabeças a um fiapo de distância uma da outra.

Elodie ficou cravada no chão, depois rapidamente virou as costas e foi embora antes que ele a visse.

Estava furiosa, sem saber por quê. Mas, enquanto golpeava a rua com suas pernas raivosas, descobriu um motivo.

Sentia-se traída.

Decidida, no entanto, disse a si mesma que não se sentia assim por pensar em Jacques como sendo dela – embora pensasse, é claro. Era pela traição da amizade.

– Amizade – disse em voz alta, assustando uma pomba que se banhava ao sol a um metro de distância. – É, é isso, uma traição da amizade – sibilou, indo mais a fundo. Todas as cartas que ele havia escrito ao longo dos anos, todos os seus relatos sobre os vários animais amigos, e nem uma vez, jamais, havia mencionado aquela menina de pernas muito compridas.

– O que é uma traição de amizade? – perguntou uma voz curiosa.

Elodie virou-se rapidamente. Uma freira estava parada atrás dela. Tinha o rosto doce, redondo, e seu hábito longo era branco e azul. Fiapos de cabelo ruivo despontavam discretos em suas têmporas.

Elodie percebeu que involuntariamente pegara o caminho para a abadia. Era uma bela construção antiga, cor de mel, com um jardim à moda antiga cheio de rosas que bordejavam os campos de lavanda. As irmãs usavam a lavanda para fazer todo tipo de produtos curativos, de sabonetes a mel e perfumes.

– Ah, me desculpe, irmã – disse Elodie, ficando ainda mais corada, seu rosto vermelho-sangue.

– Não precisa se desculpar – respondeu a irmã. – Você parece encalorada. Sou a Irmã Augustine. Aceita uma limonada rosa? – Ela estava com luvas de jardinagem e segurava tesouras de poda. Até o desabafo de Elodie, estava aparando as roseiras ao redor.

Elodie aceitou. Não tinha a menor vontade de voltar direto para Lamarin. Na verdade, pela primeira vez desde os seus 11 anos, não queria estar na Provença de maneira alguma.

A irmã a levou até uma mesa debaixo de um amplo guarda-sol, tirou as luvas e colocou a tesoura de jardinagem por cima. Ali era um lugar tranquilo, com uma ampla vista das lavandas à direita e dos jardins da abadia à esquerda. A própria abadia era linda, com um maravilhoso trabalho de cantaria e janelas em arco.

Elodie viu outras irmãs caminhando pelos jardins e dentro do prédio, mas, naquele momento, ela e a Irmã Augustine estavam a sós.

Tudo era adorável, mas Elodie não conseguia apreciar, não com suas emoções todas bagunçadas.

A freira serviu-lhe um copo cheio de limonada. Elodie deu um gole. Estava doce e deliciosa, mas não faria diferença se tivesse sido feita de areia.

– Então, o que foi aquilo sobre amizade e traição? – a irmã perguntou.

Elodie suspirou.

– Não foi nada.

– Não foi o que pareceu. O que pareceu foi que, se continuasse daquele jeito, você poderia acabar sendo hospitalizada.

Elodie olhou para ela em choque, e, para sua surpresa, a freira riu, dando uma piscadela.

– Quer me contar? – convidou.

Elodie respirou fundo e então contou.

– Bom, é que meu amigo Jacques...

– Ele é seu namorado?

– Não, é meu melhor amigo.

– Certo, continue.

– Então, é que somos amigos há anos e contamos tudo um para o outro, e agora... Bom, é como se eu não o conhecesse de jeito nenhum! – Suas narinas dilataram-se. – Sabe, ele é obcecado por pássaros, obcecado, me manda cartas em inglês cheias de observações, com desenhos e padrões detalhados de migração. Eu poderia lhe contar cada detalhezinho de fofoca sobre pássaros que existe em Lamarin, mas ele usou ao menos uma frase para me contar sobre sua nova amizade humana? Desde quando ele tem amigos humanos?

Irmã Augustine deu um gole na limonada.

– Então, até agora, ele nunca tinha tido um amigo a não ser você?

Elodie franziu a testa.

— Bom, não, tem alguns meninos do vilarejo com quem ele se dá bem, e ele tem os primos.

Os lábios da freira se contraíram.

— Então essa amizade é uma menina?

— Sim, mas não é isso que está me incomodando.

— Certo, é porque...?

— Porque ele não me contou.

— Ah, sim, de fato. Então não é porque você está com ciúme?

Elodie piscou.

— Não estou com ciúme. — Foi quando ela percebeu que estava. Loucamente.

A freira deu mais um gole na limonada.

— Acho que se vocês têm uma boa amizade, não deixe que isso a estrague. Mas os dois estão crescendo também, e as coisas estão fadadas a mudar.

Elodie não queria que nada mudasse.

— Quantos anos ele tem?

— Dezesseis.

Irmã Augustine acenou com a cabeça.

Elodie sentiu o sangue subir-lhe aos ouvidos.

— Você acha... Está dizendo que ela poderia ser namorada dele?

— Não sei. É possível.

As mãos de Elodie tremeram enquanto ela dava outro gole na limonada.

— Pensei que falar com uma freira fazia as pessoas se sentirem melhor.

Irmã Augustine riu.

— Eu normalmente digo que é como remédio: às vezes você se sente pior antes de começar a se sentir melhor. Meu conselho é que fale com ele.

Conselho que Elodie ignorou.

***

Jacques levou três dias para enfim encontrar Elodie sozinha. Ela fez questão de nunca estar a sós com ele. Sempre que o rapaz estava por perto, a menina arrumava uma desculpa, como dizer que estava ocupada ajudando a avó no restaurante, ou fazendo suas tarefas.

Na terceira manhã, Jacques decidiu resolver o assunto indo visitá-la pouco antes do amanhecer. Deu uma batidinha em sua janela, e foi com certa relutância que ela a abriu e o deixou entrar.

– Você não está velho demais para ficar escalando a minha janela?

Ele sorriu.

– Acho que não. Além disso, é você quem costuma me visitar.

Ela deu um passo para trás e passou os braços em torno de si mesma.

– Acho que a vovó não gostaria disso.

– Desde quando você se importa?

Ela fechou a cara.

– Sempre me importei com o que ela pensa – sibilou.

Jacques olhou fixamente para ela, depois sacudiu a cabeça.

– Qual é o problema?

– Nenhum. Só não acho que você deveria estar aqui.

– Tem alguma coisa errada. Você anda me evitando e agora não me quer aqui.

– Eu não ando evitando você.

Ele a encarou.

– Faz quatro anos que eu a conheço. Em geral, é você quem me acorda ao amanhecer, assim que volta da escola. O que aconteceu?

– Ando ocupada, só isso.

– Ocupada. Ok. Eu não sabia que estávamos ocupados demais um para o outro. – Ele pareceu magoado.

O lábio dela tremeu.

– Nem eu, mas é óbvio que você também anda ocupado.

Ele pareceu confuso.

– Não, não ando. A não ser que você se refira àquele trabalho na loja do vilarejo.

– Sim, e também às suas novas amizades.

Ele pareceu novamente confuso.

– Novas amizades?

Aquilo era demais. Agora ele estava mentindo para ela!

– Sim! Eu vi você com a sua namorada. Como é que você pôde nem ao menos me contar sobre ela? Pensei que a gente contasse tudo um para o outro.

– Nova namorada? – ele repetiu, sem entender. Então, subitamente, seu rosto desanuviou e ele disse: – Você está falando da Josianne?

Josianne. O nome deslizou pela sua alma. Ela olhou fixamente para ele.

– Como é que eu ia saber o nome dela? Como eu disse, você nunca nem me contou sobre ela!

Jacques olhou para ela, depois piscou. De repente, um sorriso de entendimento e puro prazer abriu-se em seu rosto.

– Ela só trabalha lá às segundas-feiras. Então foi isso que aconteceu, você a viu e pensou... o quê?

– Eu a vi e pensei – ela corou, a garganta ficando seca – que você estivesse escondendo de mim uma parte importante da sua vida, e pensei, bom, como somos muito amigos, eu fiquei surpresa...

– Ah, você ficou surpresa?

Ela fechou a cara para ele.

– Tudo bem, fiquei magoada.

– Magoada?

– Dá para você parar de repetir tudo o que eu digo? – ela sibilou.

– Então, você ficou com ciúme? – ele perguntou, olhando-a de lado.

– Não! Quero dizer, sim, não... Por que você está me olhando desse jeito? – ela perguntou rispidamente.

– Que jeito?

– Sei lá... Você parece tão... tão... feliz.

– Estou empolgado – ele disse, com um sorriso tão rasgado que suas covinhas apareceram. Seus olhos castanhos dançavam. Elodie se perguntou quando foi que ele havia se tornado tão bonito. Isso também a perturbou.

– Você está empolgado? Por eu sentir ciúme?

– Estou. A propósito, Josianne não é minha namorada.

Então ele foi em frente e a beijou.

Ela pestanejou, tocando os lábios, sem fala.

– Faz um tempão que estou esperando você perceber.

– Perceber? – repetiu ela.

Ele tocou em seu rosto, e ela se viu inclinando-se para o toque, como se estivesse sendo puxada por um ímã.

– Perceber que você estava apaixonada por mim.

– Mas isso não é... Eu não... Espere – ela se atrapalhou. – Você esteve esperando, por quê?

– Porque, ao contrário de você, eu soube que estava apaixonado desde o dia em que a conheci.

19

Provença, 1932

— LÊ DE NOVO PARA MIM?

Elodie e Jacques estavam deitados na campina de flores silvestres, que com o passar dos anos ficara ainda maior. Observavam Huginn, que tentava ensinar seus filhotes a procurar amendoins. Em grande parte, aquilo envolvia implorar aos humanos.

Jacques sorriu, então começou:

> *Caro Monsieur Blanchet,*
> *É com grande prazer que gostaríamos de lhe oferecer a vaga de pesquisador-aprendiz, sob a orientação do Doutor Franz Goethe, no respeitado Observatório de Pássaros de Heligoland, um dos primeiros observatórios ornitológicos do mundo. Estamos bastante impressionados com seu estudo independente dos padrões de migração dos pássaros do Mediterrâneo. Sua função, caso escolha aceitar, será ajudar o Doutor Goethe em sua pesquisa sobre migração de pássaros e contribuir para o relatório anual.*

Elodie sorriu.

— Você conseguiu, Jacques. Você de fato conseguiu transformar seu sonho em realidade.

— Pelo menos um deles — ele disse, pegando na mão dela. Beijando sua palma, fechou a mão sobre a dela. Um beijo para ela guardar.

Ele não a tinha pedido em casamento, mas ela sabia que pediria. Assim que ela finalmente terminasse a escola. Eles tinham tempo de sobra.

— A única parte disso que me deixa triste é que nossos verões serão abreviados — ele disse. — Não vou conseguir passar mais de duas semanas com você. Aparentemente, será nossa estação agitada.

Ela se apoiou nos cotovelos, depois se inclinou à frente e pôs a cabeça no ombro dele.

— Não será para sempre. — Então suspirou. — Embora a sensação seja esta.

Ele brincou com uma mecha do cabelo dela, a qual Huginn decidiu investigar.

— Xô — Jacques disse, rindo.

— Você contou para o seu pai? — ela perguntou.

Por um momento, ele colocou a cabeça sobre os joelhos.

— Não. Tenho que dar a notícia hoje à noite.

Ela deu um tapinha em suas costas.

— Boa sorte.

***

Jacques tinha motivo para ficar apreensivo. Monsieur Blanchet não recebeu nada bem a notícia. Elodie os ouviu brigando no vinhedo, próximo à casa da avó, e mais tarde, naquela manhã, quando desceu para ajudar no restaurante. O velho ficava puxando os cabelos ralos, gritando palavras como "dever" e "meu único filho".

— Então a coisa não correu bem? — perguntou a avó, entregando o avental à neta e olhando em seu rosto.

Elodie sacudiu a cabeça, depois foi lavar as verduras que Marguerite deixara perto da pia.

– Hoje estamos fazendo faisão assado com legumes de verão – ela disse.

Elodie acenou com a cabeça e começou a picar os legumes. Contou a avó o que Monsieur Blanchet gritara a céu aberto. A avó interrompeu o preparo dos faisões.

– Ah, George – murmurou. – Vou conversar com ele. Ele não vai querer repetir o meu erro.

Elodie olhou a avó com curiosidade, e o rosto dela assumiu uma expressão grave.

– Quando sua mãe fugiu com o seu pai, usei palavras como essas. Bom, a gente sabe no que resultou: ela nunca voltou para casa. Não vale a pena.

– Acho que Jacques é diferente – Elodie disse.

– A diferença é que ele tem você.

***

Elodie levou morangos frescos do *potager* da avó para as freiras da Abadia de Saint-Michel. Irmã Augustine trabalhava no jardim quando a viu chegando.

– Ah, esperava ver você – disse, sorrindo ao recebê-la.

As duas haviam se tornado boas amigas desde que Elodie descobrira que os sentimentos que tinha por seu melhor amigo poderiam ser mais do que ela barganhava.

– Trouxe morangos.

– Maravilha. Está disposta a ajudar uma velha com a jardinagem?

Elodie sorriu. A freira era apenas poucos anos mais velha do que ela.

– Claro.

Enquanto as duas se punham a podar as rosas, Irmã Augustine olhou para a garota.

— Então, me conte.

— O quê?

— O motivo de você estar aqui.

— Não tenho um motivo. Queria vê-la.

A freira esperou.

— Você sempre me procura quando tem um problema. Não me importo, eu gosto de me sentir necessária. Pense nisso como a minha função.

— Mas você não é um padre.

— É uma pena.

Elodie olhou para ela, chocada.

— O quê? Só você pode ter um pecado? Sinto lhe decepcionar.

Elodie ficou espantada.

— Então, se você pudesse, seria um padre?

— Com certeza. Não quero ser homem, mas seria bom ter os mesmos encargos de um padre. Acho que eu faria um bom sermão.

— Sei que faria.

A freira sorriu.

— Mas tudo bem. Estou satisfeita aqui, com o meu trabalho, mas gosto mesmo de ajudar, então sinta-se à vontade para compartilhar o que a está incomodando.

Elodie sorriu. Tinha algo em Irmã Augustine, uma sensação de que não estava realmente sendo julgada, que lhe permitia ser mais humana, mais sincera com ela do que com a maioria das pessoas.

Contou sobre suas preocupações com Jacques e o pai dele, e sobre seus próprios problemas.

— Eu disse a ele que não me incomodaria vê-lo só duas semanas por ano, mas, sinceramente, a ideia me deixa doente. Já temos tão pouco tempo juntos!

— O que mais você disse a ele?

— Que me sentia feliz por ele e que sobreviveríamos a isso. Ele já tem coisas demais para se preocupar.

A freira concordou.

— Vocês vão sobreviver a isso. — Então, pegou uma laranja. — Coma alguma coisa.

Elodie ergueu uma sobrancelha.

— Os padres esquecem-se de coisas como comida.

— Esquecem?

— Ah, sim.

Elodie pegou um gomo de laranja, e, de certo modo, isso a fez se sentir ligeiramente melhor.

20

Provença, 1933

ERA MARÇO QUANDO MARGUERITE acordou com o cheiro de algo assando no forno. Uma sombra passou por seus olhos fechados, bloqueando a tênue luz do sol de primavera que se infiltrava pelas venezianas semifechadas.

Franziu a testa ao abrir os olhos e ver Elodie a encarando com seus olhos azuis-violeta sob o sol do começo da manhã. Usava um vestido de verão cor creme e um cardigã de jardinagem de Marguerite. Seu sorriso iluminou o quarto.

– Elodie? – disse baixinho.

– Surpresa!

Marguerite saiu rapidamente da cama e a envolveu em um abraço.

– *Ma petite*! Ah, que maravilha ver você! Mas... Como é que você está aqui, agora?

Elodie a abraçou de volta, fechando os olhos como se estivesse inalando a velha senhora. Marguerite deu uma olhada na porta aberta atrás delas e na bagagem no corredor.

– É um montão de bagagem – disse, afastando-se um pouco para encarar a neta.

Elodie concordou em silêncio, depois sorriu, colocando as mãos nos ombros da avó.

– Tomei uma decisão.

Marguerite ergueu uma sobrancelha.

– O quê?

– Decidi que já chega de escola. Eu vou me mudar para cá. Quero dizer, se você me aceitar, é óbvio.

Marguerite teve um sobressalto.

– Elodie! O que aconteceu? Você está encrencada?

Elodie sacudiu a cabeça.

– Não, nada do tipo, não se preocupe. Bom, veja, a coisa foi assim: foi meu aniversário...

– Sim, é claro, na semana passada. Recebeu meu presente?

– Recebi – respondeu Elodie, seu sorriso aumentando ao mostrar o pequeno cordão de prata com dois pingentes, uma colher e uma espátula. Apertou-o junto ao peito. – Adorei!

Marguerite sorriu.

– Fico feliz.

– Mas, veja, foi isso que mudou tudo.

– Há? Como? – perguntou, sentando-se na cama e convidando a neta a se juntar a ela. Elodie sentou-se sobre a colcha de retalhos azuis e brancos, de pernas cruzadas, ao pé da cama.

– Bom, então, o presente chegou no sábado, enquanto eu estava na biblioteca da escola com algumas colegas. Estava chovendo. Era uma dessas semanas em que parece que nunca vai parar de chover, e então, de repente, chegou o correio, e lá estava este raiozinho de sol vindo de você. Algumas das meninas se juntaram em volta para ver o que eu tinha recebido, largando seus livros e jogos, qualquer desculpa para um pouco de distração. Quando tirei o cordão, perdi o fôlego de contentamento. A maioria delas ficou curiosa, mas isso diminuiu quando descobriram que não vinha de um menino. – Ela sorriu.

Marguerite soltou uma risadinha.

– Seja como for, uma menina ficou rindo daquilo, da ideia de ser uma colher e uma espátula de prata. Disse que talvez na França as pessoas nasçam com uma colher e uma espátula de prata porque é preciso usar isso para cozinhar para todo mundo.

Marguerite estremeceu.

– Ah!

– Não, não, tudo bem. De certa forma foi divertido, ou poderia ter sido se ela tivesse dito isso de um jeito um pouco melhor, eu imagino. Essa menina tenta provocar todo mundo. Eu já mal reparo nisso. Mas o que me deixou nervosa mesmo foram as minhas amigas.

– Ah, não, sinto muito. Elas foram cruéis?

– Não, nada disso. Foram até bem agradáveis. Foi o ar educado de confusão no rosto delas que me causou alguma coisa. Nenhuma delas entendeu por que você me mandou esse cordão. E enquanto eu olhava para elas, que tentavam encontrar as palavras certas e não rir da piada da menina, percebi que, depois de todos esses anos, elas ainda não sabem quem eu sou, entende? Quero dizer, ouviram as histórias, mas este lugar não se tornou real para elas, e simplesmente deduziram que eu cresceria e me tornaria igual a elas: iria para a universidade, talvez arrumasse um emprego num escritório, tivesse um marido, filhos, e tudo debaixo daquele céu cinza-escuro. O que *não* é o meu plano de jeito nenhum. E eu pensei: posso culpá-las por pensar isso quando aqui estou eu, fazendo exatamente o que todo mundo quer para a minha vida, menos eu mesma? Pensei: o que eu estou fazendo aqui? Por que ainda estou aqui, agora? Quando eu tinha 11 anos, bom, não tinha escolha... Mas agora? Agora eu tenho. Então me levantei, sorri e disse: "Bom, acho que, na verdade, vou embora agora", e fui para o meu quarto, fiz as malas, me despedi de todas e dei o fora dali.

– O quê? – exclamou Marguerite.

Elodie mordeu o canto da unha e então sorriu abertamente.

— Eu sei! Simplesmente pensei que a vida é curta, vovó. — Seu olhar era solene. — Deveríamos passá-la fazendo o que nos traz significado, com as pessoas que amamos.

Os olhos de Marguerite encheram-se de lágrimas, e ela acenou uma vez com a cabeça.

— Você tem razão. — Então, beijou Elodie nas duas faces, apertando-as em suas mãos. — Mas... e o seu pai?

Elodie suspirou.

— Bom, pois é, ele ficou previsivelmente ultrajado...

A avó fez uma careta.

— Então você falou com ele?

— Falei. Por telefone. Ele ameaçou me deserdar, me alertou sobre estar jogando fora as minhas chances de um bom casamento etc. Sinceramente, acho que é melhor romper agora. Aquela não é a vida que eu quero, é a vida que outras pessoas planejaram para mim, a começar pela minha mãe. Então, peguei um trem para Londres, até Freddie, meu meio-irmão, sabe?

— Ah, sim, sei. — Ao longo dos anos, Marguerite escutara a respeito dele. Era uma espécie de personagem.

Elodie sorriu.

— Freddie me deu algum dinheiro para que eu pudesse chegar aqui. Quero dizer, no começo ele tentou me fazer desistir de vir — ela admitiu —, seguir em frente, ir para a universidade e tudo mais. Mas, quando viu que eu estava decidida, cedeu.

Com o tempo, Freddie tinha se tornado um verdadeiro amigo, além de um irmão. Ela riu, lembrando-se do rosto dele quando lhe contou por que queria, por que precisava ir para a Provença. Depois de descrever Lamarin, o restaurante, o vilarejo... e Jacques. Ele passou um tempo olhando para ela por cima do bule de chá Earl Grey, que eles tinham pedido em uma casa de chá minúscula perto de Westminster, onde ele trabalhava como secretário-júnior no gabinete do primeiro-ministro.

— Caramba, El, agora eu também quero ir — murmurou com um sorriso, seus olhos azuis-escuros, muito parecidos com os dela, faiscando.

— Você tem que ir! — ela retrucou.

Agora, Elodie contava à avó:

— Na verdade, ele disse que gostaria de fazer uma visita. Tudo bem?

— Claro. Foi bom ele ter ajudado você.

Elodie concordou.

— Ele também disse que vai tentar conversar com o nosso pai, mas não conto com isso.

Então, ela olhou para Marguerite, percebendo que não tinha exatamente lhe pedido permissão.

— Tudo bem eu ter vindo? Quero dizer, para ajudar a senhora... Não para ser um fardo ou coisa assim.

Marguerite pegou a mão da neta e a apertou.

— Está mais do que bem. — Sorriu. — Então você fez mesmo isso. — Marguerite não conseguiu mais se segurar. Levantou-se de um pulo, gritou e começou a se balançar sobre os pés. Para ser sincera, era tudo o que ela queria.

— Fiz!

As duas puseram-se a dançar, saltitando no chão de lajotas.

— Vamos comemorar com uma nadada? — perguntou a avó.

— Vamos! Depois a gente pode comer *croissants*. Acabei de assar alguns.

Elas correram para trocar de roupa e, com os braços ao redor uma da outra, foram até o rio, sob o sol do início da primavera.

***

A gralha se pôs a segui-la na maioria dos dias. Estava ali ao amanhecer, quando ela e a avó iam nadar, voando para dentro dos salgueiros às margens do rio, depois saindo para se juntar a ela no restaurante, à tarde, na esperança eterna de algum bocadinho que a menina tivesse para oferecer.

Sempre que a via, Elodie abria um sorriso. Era como ter Jacques consigo. Imaginava-o com frequência naquela ilhazinha. Podia visualizá-lo nos pântanos, enquanto fazia suas observações, desenhando a um mundo de distância do deles. Mas lá também era primavera, e os dois sonhavam sob a mesma lua. Isso sempre trazia conforto.

As cartas dele ajudavam, embora as notícias que vinham da Alemanha também a fizessem se preocupar com ele, por causa daquele novo líder do país que vinha causando todo tipo de problemas, especialmente para o povo judeu. Esperava que Jacques estivesse sendo cuidadoso. Em suas cartas, o rapaz nunca mencionava o continente e, quando ela perguntava, ele sempre se apressava em dizer o quão pequeno era o papel que a ilha exercia nesses assuntos, o que trazia algum alívio. Mas Elodie mal podia esperar que ele voltasse para casa.

Freddie fez uma visita na primeira semana de maio, trazendo o primeiro prenúncio de verão. Chegou vestindo short de linho, seus joelhos ossudos e brancos, com um chapéu de palha na mão, a bagagem na outra e uma expressão de encantamento enquanto contemplava as rosas e lavandas que abraçavam as paredes da casa da fazenda.

— Bom, isso aqui é o paraíso. Não é de se estranhar que você tenha fugido.

Elodie sorriu e foi abraçá-lo.

— Acho que nunca vi você sem terno — observou.

Ele olhou para seus joelhos ossudos.

— É, bom... Nasci vestido com um, sabe?

Ela riu e chamou Marguerite:

— Vovó, venha rápido, temos visita!

Marguerite veio às pressas, limpando a farinha das mãos no avental; depois, seus acolhedores olhos cor de âmbar enrugaram-se nos cantos, formando um sorriso.

— Ah! Você deve ser o Freddie — disse, calorosa. — Bem-vindo.

– Vovó! – ele disse, largando a mala e lhe dando um abraço de urso nada inglês.

Marguerite riu e o abraçou também.

Em poucos minutos, tornaram-se velhos amigos.

***

Elodie nunca havia passado mais do que algumas horas por vez com Freddie, mas sempre as aproveitou enormemente. Seus encontros tinham consistido sobretudo nas vezes em que ele aparecera em sua antiga escola, enquanto suas colegas esticavam o pescoço para dar uma olhada naquele loiro alto e bonito. Às vezes, os irmãos costumavam almoçar em Oxford para depois caminharem ao longo dos canais, contemplando os barcos estreitos que ambos amavam, até ele se formar e mudar para Londres, entrando para a vida na política. Ficou muito mais ocupado, mas costumava telefonar toda semana, sem falhar.

Harriet, sua irmã mais velha, não tinha mantido uma comunicação tão frequente, mas Elodie não se importava. Ela e Freddie tinham se conectado, apesar de suas diferenças.

E agora eles teriam duas semanas inteirinhas. Para alguém acostumado com um estilo de vida bem mais grandioso, com criados e uma vasta propriedade, aos olhos de Elodie ele se acostumou com a vida mais simples com desenvoltura. E, para a avó, tudo o que Freddie dizia ou fazia era encantador, o que ajudou.

Rapidamente, ele entrou na rotina das duas, levantando-se para nadar com elas no riacho, depois tomando sol nas margens, Elodie colhendo flores silvestres, o irmão espanando seu exemplar de Wordsworth, e a avó atormentando os dois com suas ideias de almoço para os fregueses, o que levava Freddie a gemer, dizendo que, talvez, ele nunca mais coubesse em suas calças sociais.

Um dia, quando estavam visitando Lamarin, ele suspirou ao olhar para a bela vista.

— Talvez eu diga a meu pai que também estou desertando — provocou enquanto tomavam café na cafeteria no vilarejo, que dava para o gramado, onde um grupo de homens mais velhos jogava *pétanque*. — Eu poderia ser como aquele sujeito ali.

O homem tinha um admirável bigode preto e espesso, uma boina verde-floresta e uma barriga proeminente, contida por suspensórios, os quais havia engatado um dos polegares. A outra mão segurava um copinho cheio de uma bebida clara, que tomou de um gole. Depois, pousou o copo vazio na grama e se acomodou junto a um plátano, logo fechando os olhos, a boina cobrindo seu rosto.

— Os provençais dominaram a arte de trabalhar e descansar, um bom equilíbrio. Acho que o *pastis* tem algo a ver com isso... — Ela sorriu, depois pediu um copo para cada um, para entrarem no clima.

Nos dias que se seguiram, Freddie trocou seu chapéu de palha por uma boina e falou novamente em pedir demissão. Se ele não gostasse tanto do seu trabalho, como Elodie sabia que gostava, ela tinha certeza de que pediria mesmo.

Em meio às férias do irmão, Jacques fez uma surpresa com uma visita prematura.

Era domingo de manhã, e Elodie assava um bolo de limão na cozinha da casa da fazenda enquanto Freddie ajudava Marguerite, que usava as mãos dele para enrolar tecido enquanto fazia um novo tapete de retalhos.

Elodie ergueu os olhos da vasilha de massa e viu que alguém se aproximava da casa, à luz do entardecer. Gritou ao reconhecer a figura, largando a colher com um tinido; a porta bateu na parede enquanto ela corria para fora, seu grito de "Jacques!" respondendo aos olhares de interrogação dos outros.

***

Freddie e Jacques se entrosaram rapidamente. Era curioso, pensou Elodie, ver como aqueles dois homens tão diferentes um do outro, criados em culturas distintas; um mordaz e inteligente; o outro recolhido e profundo, de alguma maneira encontraram um ponto em comum, centrado sobretudo na *pétanque*.

Os dois jogavam todas as tardes, depois do almoço. Elodie e Marguerite sentavam-se em uma coberta para piquenique, nos vinhedos, assistindo e rindo das expressões sérias em seus rostos.

Certa tarde, Marguerite começou a tossir e a esfregar o peito.

– Ainda não sarou daquele resfriado? – perguntou Elodie.

A avó havia tido um leve resfriado e parecia ter se recuperado muito bem, mas a tosse continuava.

– Tenho certeza de que logo passa. Acho que é bom, para eu parar um tempinho.

Ela havia decidido tirar alguns dias para descansar, fechando o restaurante na segunda semana de Freddie e na visita surpresa de Jacques, assim eles poderiam aproveitar ao máximo. Tinham nadado bastante, sentado ao ar livre nos vinhedos, jogado *pétanque* e feito piqueniques frequentes.

Freddie e Jacques fizeram um intervalo, seus rostos reluzindo de suor por causa do jogo, prontos para se sentar à relativa sombra. Conversavam sobre a Alemanha, continuando o assunto enquanto Jacques se sentava atrás de Elodie. Ela se recostou em seus joelhos, escutando.

– Então você não está preocupado com o que está acontecendo no continente?

– Não muito. Quero dizer, há uma preocupação, estamos todos com os ouvidos a postos, por assim dizer. Mas a ilha onde estou, Heligoland, embora pertença à Alemanha, está de muitas maneiras em um universo à parte.

– É bom ouvir isso – disse Freddie, pegando uma uva. – No século passado era nossa, e a certa altura atraiu muita gente da classe privilegiada, artistas, escritores, esse tipo de gente.

Jacques assentiu.

— É difícil imaginar isso agora. Está mais calma, acredito, habitada só por nós, pesquisadores, e pelos moradores, o que é melhor para o que precisamos fazer.

— Só enquanto aquele maluco não começar a espalhar suas ideias por lá também — disse Marguerite. — Ele está causando danos suficientes onde está.

O maluco, é claro, era Adolf Hitler, líder de um grupo de criminosos alemães, patriotas fanáticos que, para a surpresa de todos, tinha se tornado chanceler do país no início daquele ano.

— Ele parece ter chegado aonde está incitando ódio e trabalhando o medo das pessoas — pontuou Elodie.

Freddie concordou.

— Sempre achei que eles cometeram um erro ali, com a Alemanha, depois da guerra.

— Em que sentido? — perguntou Elodie.

— As reparações devastadoras. Depois da Grande Guerra, todos achavam que alguém tinha que pagar, mas acho que colocaram muita pressão na Alemanha. É um país muito orgulhoso. Uma coisa é você derrotar o inimigo, existe honra nisso... mas a punição deles foi um pouco mais brutal, para ser sincero. O que levou a uma geração impulsionada por ressentimento. Hitler usou isso a seu favor, na verdade. Aproveitou-se disso. — Suas palavras trouxeram um arrepio à tarde. — Me desculpem — ele riu, tentando deixar a coisa mais leve. — Eu poderia ser acusado de antipatriotismo por essas ideias.

— Mas você tem razão — disse Marguerite, voltando a tossir.

Ela bateu no peito, depois tomou um gole de vinho e continuou:

— Sobre como ele está se aproveitando do medo das pessoas, com toda essa sordidez contra os judeus.

— Simplesmente horroroso — disse Elodie, que escutara histórias terríveis sobre seus seguidores saqueando lojas pertencentes a judeus, suas tentativas de torná-los cidadãos de segunda classe, com leis esdrúxulas que queriam forçá-los a deixar seus trabalhos. Houvera resistência de alguns funcionários do alto escalão, felizmente, mas o país parecia mesmo não ser um bom lugar para pertencer a uma fé diferente, ou ter um ponto de vista político de oposição. Intelectuais, escritores e artistas, todos estavam passando por momentos difíceis.

— Só tome cuidado, Jacques — disse Elodie. — Não vá querer se envolver em nada disso.

— Ah, esse homem não vai durar — disse Jacques. — A maioria das pessoas, pelo menos as lúcidas, acham-no horroroso. Logo ele vai perder o posto. Eles vão ouvir a razão.

— Será? — perguntou Freddie, em dúvida. — Espero que sim.

Elodie pareceu preocupada, e Freddie abanou as mãos.

— Minhas desculpas, provavelmente você está certo. Às vezes tenho tendência a pensar o pior.

Jacques pegou a mão de Elodie e a beijou na palma.

— Prometo ir para bem longe da ilha assim que *Herr* Hitler chegar perto dela.

— Jura?

— No mesmo minuto.

***

Com a chegada de junho, Elodie acordava todas as manhãs ao som do canto dos passarinhos, com o perfume das lavandas e com sua avó chamando para irem nadar. As duas desciam de braços dados, as toalhas penduradas ao redor do pescoço.

Em um dia especialmente bonito, em que a luz estava muito clara e radiante, refletindo na água enquanto elas boiavam em sua superfície, Elodie observou seu brilho no cabelo da avó, que tinha se espalhado ao redor dela, quase todo branco.

— No que você está pensando? — perguntou a avó, ao pegá-la olhando.

– Em você. Em como a minha vida mudou no dia em que fui trazida para cá, e como isso é maravilhoso.

A mão da avó estendeu-se até a dela e a apertou levemente.

– A minha também.

As duas flutuaram na água um pouco mais, contemplando o céu filtrado pelos salgueiros. Depois, prepararam o café da manhã, uma omelete fofa, cravejada de trufas, que comeram direto da frigideira.

O único pontinho sombrio era a tosse da avó, que voltava todo final de tarde. O médico dissera não haver motivo para preocupação, que o sol do verão lhe faria muito bem e que ela deveria procurar levar as coisas um pouco mais devagar.

Isso fez com que Elodie se sentisse grata por ter decidido se mudar para lá naquela fase, porque, pelo menos, poderia garantir que a avó de fato seguisse esse bom conselho. Seus dias eram, com frequência, realmente ocupados, cheios de idas ao mercado e, depois, com o preparo da comida para o restaurante. Os dias da lousa com o anúncio de uma única opção tinham acabado fazia muito tempo, já que ninguém se dava ao trabalho de conferir. Confiavam totalmente em Marguerite. E, felizmente, essa confiança também recaiu em Elodie, que logo estava tentando seus próprios experimentos.

Convenceu a avó a contratar um ajudante extra na cozinha, um dos primos de Jacques, Timothee, que lavava pratos e servia como garçom. Fez uma grande diferença.

***

Todos os sábados, quando o restaurante estava fechado, Elodie ia até a abadia visitar Irmã Augustine, a freira de rosto gentil. Ao ver a moça, a expressão da freira sempre se iluminava, e com frequência ela a punha para trabalhar com uma tesoura de poda extra.

– As rosas são como crianças, é preciso ter mão firme – ela sempre dizia.

Elodie não se importava, era catártico. Elas caminhavam juntas ao redor do vasto jardim, tendo como pano de fundo a bela e velha abadia, e conversavam enquanto trabalhavam.

Naquela época do ano, as rosas estavam no auge, com flores rosa-claro cascateando sobre treliças, grandes flores brancas subindo pelas paredes, como véus de noiva, e fileiras e mais fileiras de arbustos amarelo-claros ou cereja ao lado dos bancos do jardim, estátuas e fontes de pedra.

Mas, mesmo sendo espetaculares, as rosas ficavam em segundo plano em relação às lavandas, que logo floresceriam nos campos abaixo, tornando o horizonte roxo. As freiras podiam cronometrar sua chegada pela semana, como as fases da lua. Quando a temporada das lavandas começava, seus dias calmos tornavam-se agitados, porque passavam a cuidar delas, preparando-se para a colheita, quando extrairiam das flores o óleo essencial a ser usado em todos os tipos de extratos e pomadas. Há anos, as pessoas procuravam as freiras ao que parece em busca de remédios caseiros, e elas atendiam com todo tipo de ajuda homeopática.

Elodie dormia todas as noites em um travesseiro cheio de sachês de lavanda da abadia.

– Quando as lavandas vão florir? – quis saber ela.

– Acho que em uma semana.

Enquanto podavam um arbusto de rosas amarelas, Irmã Augustine perguntou a Elodie:

– Como está o resfriado da sua avó? Na semana passada, você disse que ela continuava com aquela tosse.

– Parece que melhorou. Ela ainda tosse um pouco à noite, mas agora que chegou o verão, o médico acha que vai sarar.

– Bom ouvir isso. Eu fiz uma mistura de chás que também pode ajudar. Ervas secas e flores, como lobélias, direto da horta. É bom para o peito – disse Irmã Augustine. – Antes de você ir embora, eu pego pra você.

– Obrigada – disse Elodie. Depois, sorriu para a freira. – Trouxe um daqueles bolinhos de mel de que você gosta.

Os olhos de Irmã Augustine dançaram.

– Obrigada. Tinha esperança de que você pudesse dizer isso. Que tal um pouco de limonada?

– Maravilhoso!

***

Uma semana depois, quando as lavandas chegaram, Jacques apareceu. Elodie acordou ao som de batidas na janela antes do nascer do sol. Rapidamente foi abri-la, mas ele levou um dedo aos lábios e lhe disse para segui-lo. Ela sorriu.

Os dois desceram correndo o caminho de cascalho, no ar frio da manhã, só parando quando Jacques pôde abraçá-la com força, em um lugar onde ninguém pudesse ouvi-los.

– Você chegou antes! – ela disse, beijando-o.

Os olhos castanhos dele faiscaram à luz matinal.

– Bom, minha última surpresa correu tão bem que pensei em repetir a dose.

Seu cabelo estava mais comprido; e o rosto, bronzeado. Ela o tocou, registrando todas as mudanças em seu coração. Ele parecia estar fazendo o mesmo com ela.

– Seu cabelo parece mais claro – ele disse, pegando uma longa mecha loira e admirando-a.

– É por todo o tempo que passo ao ar livre – ela respondeu e lhe contou sobre seus períodos nos jardins da abadia, bem como suas nadadas diárias com a avó. Ele lhe contou tudo que andava acontecendo na pequena ilha. Até então, parecia que as coisas na Alemanha estavam um pouco mais calmas.

– Por um tempo, alguns dos pesquisadores mais velhos pensaram em fazer as malas. Mas tudo parece ter se acalmado um pouco. Freddie diz que talvez seja apenas a costumeira recuperação política; depois que eles se elegem, as coisas se aquietam um pouco.

— Tem falado com Freddie? — ela perguntou, surpresa.

— Ah, sim — ele respondeu com um sorriso. — Só um recado de vez em quando. Ele quis manter contato.

Elodie sorriu.

— Fico feliz.

***

Agora eles tinham um mês inteiro juntos e aproveitaram-no ao máximo. Elodie escapulia do restaurante para que pudessem passar as noites quentes nos braços um do outro, ao ar livre, escutando apenas os passarinhos.

Era incrível quantos deles ainda vinham ao encontro de Jacques: as gralhas, os chapins-azuis, os estorninhos. Eram todos velhos companheiros que não esqueciam o garoto gentil que havia se tornado amigo deles.

Às vezes, os dois se deitavam na campina, seu mundo particular, e analisavam um ao outro, contando as sardas e as pintas, até Elodie sentir que conhecia o corpo de Jacques tanto quanto o dela. A pele deles reluzia enquanto faziam amor.

Era uma tarde preguiçosa, em que até os pássaros estavam descansando, quando ele a pediu em casamento. Ela estava fazendo uma coroa de flores para si mesma, e uma das gralhas, achando que aquilo era uma brincadeira, tentava roubar as margaridas que ela juntava.

— Quer se casar comigo? — ele perguntou.

Ela ergueu os olhos e, para sua surpresa, viu que ele segurava uma caixa azul de couro, contendo um belo anel de esmeralda, cercado por pérolas muito pequenas e irregulares.

— Jacques — murmurou, seus olhos marejados de emoção.

— Era da minha mãe — ele disse, quase com timidez. — Ela gostaria que você ficasse com ele.

Elodie enxugou uma lágrima e pegou a cabeça de Jacques nas mãos, beijando-o intensamente.

Quando ele pôs o anel em seu dedo, ela olhou para a joia, depois para Jacques, e se sentiu repleta de felicidade.

Apenas por um momento preocupou-se com aquela felicidade, com a possibilidade de que algo pudesse acontecer e levar aquilo embora, como quando ela estava com 9 anos e seu mundo virou de cabeça para baixo. Mas sacudiu o pensamento para longe, como um calafrio.

21

Provença, 1934-37

A AVÓ E MONSIEUR BLANCHET ficaram encantados por eles planejarem se casar. O pai de Elodie não ficou tão empolgado, mas agora que a jovem vivia na Provença, ele já não exercia tanta influência sobre ela quanto antes.

Freddie, por outro lado, ficou radiante e jurou mover céus e terras para estar lá na ocasião.

Eles decidiram que o casamento fosse logo, na última semana de folga de Jacques.

***

Marguerite acordou Elodie alguns dias antes do casamento e lhe disse para acompanhá-la. Havia um sorriso no rosto enrugado da avó.

— Aonde estamos indo? — a neta perguntou, seus pés descalços afundando na grama em frente à casa.

— Vamos dar um pequeno passeio. Tive uma ideia — a avó respondeu, entregando-lhe um par de chinelos de verão.

O ar estava fresco e frio ao amanhecer. Elas caminharam por entre as vinhas, depois se desviaram para a propriedade de Monsieur Blanchet, virando à direita pouco antes da divisa de suas terras com as terras da avó, separadas por uma pequena passagem onde as dela acabavam e as dele começavam. Em algum ponto entre as duas havia uma pequena construção em pedra, um lugar ao qual Elodie mal dera atenção, por ser apenas uma parte da fazenda. Só que agora ela via que não era.

Para sua surpresa, a avó a chamou para ir até lá.

Parecia diferente da última vez em que havia reparado nela, anos atrás. Naquela época, o chão estava forrado de velhos utensílios fora de uso da fazenda, como pneus e alguns barris de vinho. Agora, estava tudo vazio. A cantaria tinha sido limpa e chapiscada. Um canteiro de flores tinha sido feito, cheio de lavandas e rosas, e as janelas receberam venezianas azuis.

— Nós pensamos que isto poderia ser seu e de Jacques, para os recém-casados — ela disse, timidamente, convidando a neta a entrar.

Elodie ficou sem fôlego.

— Vovó! Quando foi que você fez isto?

— Não fui só eu. Monsieur Blanchet ajudou — ela respondeu. — E Jacques, é claro.

Quando ela cruzou a soleira, os dois estavam ali, sorrindo.

Era um chalé minúsculo, com um piso novo de lajotas, uma pequena cozinha azul ao lado de um sofá e um aquecedor a carvão em um canto. Atrás havia um quarto, e sobre as duas camas de solteiro que haviam sido juntadas, uma colcha de retalhos.

— Ainda está em andamento — disse Jacques, indicando as janelas que precisavam de reparo.

Os olhos de Elodie transbordaram.

— Não, está lindo! — exclamou.

— Ah, *ma petite* — disse a avó, e logo estavam todos se abraçando. — Ah, não, agora estamos todos acabados — ela disse.

– Não, não – negou Monsieur Blanchet, que começou a choramingar, buscando um lenço vermelho e branco no bolso da calça e assoando o nariz com força. Depois, enfiando os polegares por detrás dos suspensórios, acrescentou: – *Tenho* alergia.

Isso fez todos rirem mais.

***

O casamento foi feito no vinhedo, entre as casas das duas famílias, próximo ao novo chalé de pedra dos dois.

Irmã Augustine levou pétalas de rosa da abadia e ajudou Marguerite a espalhá-las ao longo do caminho de cascalho.

Elodie usava um vestido simples, de seda branca, com rosas minúsculas bordadas no corpete. A parte da frente do seu cabelo havia sido trançada com flores silvestres do jardim da mãe de Jacques. O restante, descendo pelas costas, foi deixado em seu ondulado natural.

Freddie, vestido com seu terno de linho e o chapéu de palha, foi padrinho de Jacques.

Todos os moradores e fazendeiros locais compareceram, e quando Elodie percorreu o caminho dos vinhedos em direção a eles, carregando seu buquê de lavandas e rosas, todos festejaram.

Mas ela só tinha olhos para Jacques, que estava maravilhoso em seu terno, com os olhos marejados. Seus votos foram simples, tradicionais da parte do padre, e ao final os dois se beijaram por um bom tempo, sob o sol do final do verão, enquanto os amigos e a família comemoravam.

Elodie descobriu que a vida de casada era feliz. Em setembro, Jacques veio para casa por vários meses, e pela primeira vez em anos o casal ficou junto até a primavera. Tiraram uma semana para aproveitar o fato de serem recém-casados e, depois, partiram para construir uma vida juntos.

Pela manhã, enquanto ele observava os pássaros, ela ia nadar com a avó, e as tardes eram passadas no restaurante. Mas as noites eram deles, e recheadas de amor depois do jantar, geralmente na companhia de Monsieur Blanchet ou da avó, na grande casa da fazenda.

Em novembro, Elodie começou a se sentir doente e descobriu que quase tudo a deixava enjoada. Quando a avó presenciou isso certa tarde, logo depois de começar a fritar algumas trufas e ver a neta correndo para fora, até o toalete, ela começou a pensar que, de fato, Elodie poderia estar grávida.

— Você teve suas regras? — Marguerite perguntou.

Elodie olhou para a avó por um bom tempo, depois arregalou os olhos.

— Na verdade... não. Estou atrasada.

A avó sorriu e disse:

— Bom, é assim que começa.

Elodie e Jacques ficaram deslumbrados.

***

Em fevereiro, no entanto, Elodie acordou e soube que havia algo errado. Seus lençóis estavam sujos de sangue. Começou a chorar. Jacques chamou o médico, que tentou tranquilizá-la dizendo que um pouco de sangue não era nada com o que se preocupar.

— Não quer dizer nada, necessariamente. O importante é se manter calma.

Ela tentou, mas foi difícil.

Com o passar dos dias, o sangramento continuou, e apesar de todos tentarem tranquilizá-la, ela sabia que estava abortando. Mesmo assim, pensou que, talvez, se ficasse parada, bem parada, poderia evitar que isso acontecesse.

Jacques não sabia o que fazer, além de abraçá-la, enquanto a esposa olhava ansiosa para as paredes.

Quando as cólicas iniciaram, Elodie começou a gritar, e ele saiu para buscar Marguerite. A avó ficou a noite toda com a neta enquanto seu corpo se preparava para parir, as contrações dilacerando-a, ela chorando pela pobre alma perdida. Era uma garotinha. Deram-lhe o nome de Rose e a enterraram no jardim.

Depois disso, Elodie passou semanas achando difícil fazer qualquer coisa a não ser chorar e se lembrar de respirar.

– Quando isso vai melhorar? – perguntou um dia à avó, com a cabeça deitada no colo dela, que afagava seu cabelo enquanto a jovem chorava.

– Pouco a pouco, *ma petite*, a cada dia vai ficando um pouco mais fácil. No começo, as lágrimas vêm de hora em hora, depois hora sim, hora não, e então, talvez, uma vez por dia, talvez algumas vezes por semana... até você se recompor de novo, sentindo-se melhor, mas não exatamente a mesma pessoa.

A avó havia perdido três bebês e uma filha adulta, então sabia disso melhor do que a maioria. Tinha razão, também. Com o tempo, Elodie ficou mais forte e, quando Jacques voltou para a ilha, já se sentia melhor. Mas o que a avó dissera era verdade: ela não era mais a mesma pessoa.

***

A vida deles passou a ser vivida em temporadas cheias de alegria e amor, mas salpicadas de dor. Nos três anos seguintes, Elodie sofreu mais quatro abortos, cada um tão devastador quanto o primeiro. A avó esteve lá o tempo todo, ajudando-a a voltar para a vida. Jacques disse que, talvez, eles devessem parar de tentar, e ela acabou concordando.

A tosse de Marguerite, que nunca havia passado realmente, apesar de todos os melhores extratos e remédios, piorara muito nos últimos meses. Quando Jacques estava fora, Elodie dormia na casa da fazenda e, às vezes, era acordada pelo barulho. Era um som violento e úmido, e a neta a forçou a procurar um especialista.

A avó dispensou suas preocupações.

— Só estou envelhecendo, *ma petite*. Acontece de manhã e à noite; fora isso, estou bem, novinha em folha.

Elodie não se convenceu e, juntas, foram consultar um médico diferente do costumeiro, em uma cidade maior, Gourdes. O Doutor Christophe Bonnier era um homem alto, grisalho, com olhos cor de avelã. Tirou um raio X e, quando voltou com as chapas, Elodie percebeu em seu rosto. Sentaram-se em seu consultório enquanto ele falava, mas as únicas palavras que ela ouviu ricochetearam em seu crânio.

Câncer de pulmão.

***

Ao chegarem em casa, foram até o rio, e as duas ficaram de mãos dadas. De tempos em tempos, lágrimas escorriam espontaneamente dos olhos de Elodie.

— Você ainda é jovem, não tem nem 70 anos!

A avó fechou os olhos, desejando afastar as lágrimas. Depois, deu uns tapinhas nas mãos da neta.

— Tive uma boa vida, *ma petite*, uma vida linda. E, graças a você, a última parte tem sido a melhor.

Os lábios de Elodie tremeram.

— Não fale assim.

— Assim como?

— Como se fosse o fim.

A avó soltou o fôlego, depois mordeu o lábio.

— *Ma petite*, não posso viver para sempre.

O rosto de Elodie contraiu-se. A avó pegou-a nos braços.

— Não tenho planos de morrer hoje nem amanhã, *ma petite*. Vamos aproveitar ao máximo, *d'accord*? Não ficaremos tristes. Vamos criar um verão em nossos corações, como o poema preferido de Jacques, está bem?

A avó cumpriu a palavra e, embora emagrecesse, fez um esforço para ser tão ativa quanto sempre havia sido.

A hora chegou em um dia no final do verão de 1937, junto ao rio. Elas haviam descido devagar, com dificuldade, cada passo um sofrimento. Era seu ritual rotineiro das manhãs, só que havia se modificado nos últimos meses, quando as duas se sentavam nas margens e contemplavam os salgueiros, que balançavam na brisa. A avó recostou-se no ombro de Elodie antes de falecer.

Depois, durante muito tempo, seria inverno.

22

Provença, 1937-1938

JACQUES FICOU COM ELODIE, cuidando dela e prestando atenção para que a esposa se lembrasse de comer, mas tudo tinha gosto de cinzas. Freddie chegou para o funeral, e foi a primeira vez em dias que ela conseguiu sorrir, ainda que parcialmente. Ele usava uma boina, por uma questão de respeito, e seus escuros olhos azuis brilhavam com lágrimas. Mordeu o lábio ao abraçar a irmã, um tanto desajeitado.

– Eu sei que ela não era minha avó de verdade – disse. – Mas, por um tempinho, senti como se também tivesse uma avó.

– Ah, Freddie – ela sussurrou, os olhos marejados. – Ela adorava você e acho que ficaria muito honrada com isso.

Eles enterraram Marguerite no cemitério da abadia, e Elodie e Irmã Augustine plantaram lavandas e rosas em sua tumba.

Depois do enterro, seus vários fregueses vieram prestar condolências, cada um deixando alguma coisa.

Em meio ao filtro de lágrimas e à bruma cinzenta que pareceu descer sobre ela, Elodie encostou-se em Jacques e cochichou:

— O que eles estão fazendo?

Quem respondeu foi Monsieur Blanchet, enxugando os olhos com seu lenço vermelho e branco.

— Estão deixando lembranças para ela, pequenos itens para mostrar o que ela significava para eles.

Havia raminhos de ervas, temperos e até uma insólita fatia de bolo.

— O padre está ficando roxo — cochichou Freddie. Elodie ergueu os olhos e viu o padre que conduzira a cerimônia estupefato.

— Ele acha que é blasfêmia — disse Irmã Augustine, ela mesma pondo um prato de morangos sobre a tumba.

— Irmã? — exclamou Elodie, chocada, observando-a.

— Rezarei minhas ave-marias, porque Deus sabe que Marguerite gostava de uma boa risada.

E, para seu espanto, Elodie viu-se rindo, mesmo enquanto chorava no funeral de sua avó, principalmente porque ela, sem dúvida, teria amado aquilo.

***

Em casa, Elodie subiu na cama da avó usando um de seus grandes cardigãs. Havia lenços de papel nos bolsos, e, por toda parte, lágrimas de Elodie. Jacques veio abraçá-la, e Freddie juntou-se ao pé da cama sem falar uma palavra.

De certo modo, aquilo era tudo de que Elodie precisava.

Jacques não fez objeção quando Elodie escolheu ficar na casa da fazenda; apenas seguiu sua sugestão e começou a levar algumas das coisas que tinham em seu pequeno chalé. Naquele momento, o único lugar em que Elodie queria ficar era junto às coisas de Marguerite.

Foi, ao mesmo tempo, divertido e doloroso.

Mas ela descobriu que aquela dor era diferente da dor da perda dos seus bebês, que tinha sido absoluta.

— Quando você perde alguém com quem passou praticamente a vida toda, é como se não lamentasse apenas ter perdido aquela pessoa no final; você lamenta tudo o que viveram antes disso também. Todas aquelas lembranças passam por você como uma onda, e é muito fácil se ver à deriva – ela disse.

– Consigo entender isso – disse Jacques. – Mas lembre-se de que suas lembranças sempre estarão ali; elas não serão levadas junto.

Ele tinha razão, e com o tempo ela começou a se consolar com isso.

Logo surgiu algo mais para também ajudá-la a se distrair. Um dia, quando ela estava se despindo, ele ficou sem fala ao olhar.

– Elodie! – exclamou.

Ela olhou para sua barriga inchada, nua, e depois de volta para ele. Mordeu o lábio e confirmou com um gesto de cabeça, lágrimas escorrendo pelo rosto, enquanto ele corria para a esposa e tocava em sua barriga com delicadeza.

– Mas você não disse nada – ele sussurrou, maravilhado. – Você está enorme.

Ela sorriu para ele, em meio às lágrimas.

– Eu sei.

Ela estava bem mais adiantada do que jamais estivera.

– Sinto como se a vovó tivesse conversado com o homem lá em cima, ao chegar lá – murmurou. – Porque começo a pensar que talvez este aqui consiga ficar.

Jacques chorou de soluçar, abraçando os dois.

– Acho que ela deve ter conversado – concordou.

***

Quando Jacques estava pronto para voltar à ilha, era véspera de ano-novo, 1938.

Desde que as Leis de Nuremberg haviam sido promulgadas, e os judeus já não tinham permissão para trabalhar, Jacques andava entrando em Heligoland via Dinamarca, com documentos falsos, em vez de ir direto da Alemanha, na esperança de poder sair com mais facilidade caso algum dia resolvessem verificar adequadamente sua documentação. Mas logo a equipe decidiu que seria mais seguro usar documentos falsos em toda parte, e Freddie os ajudou com isso. Contudo, aquilo não era algo que ele havia compartilhado com Elodie.

Mesmo tendo ajudado, Freddie alertara o cunhado, telefonando-lhe antes de sua partida:

— Acho que, seja lá o que esteja fazendo na ilha, está na hora de arrumar as malas. As coisas não vão se acalmar naquele *front*.

Estava se referindo à atitude de Hitler em relação aos judeus.

Na Alemanha, eles tinham perdido a cidadania, e Jacques tomava o cuidado de não viajar por lá para não atrair qualquer atenção indesejada. Mas por quanto tempo aquela rota estaria aberta para ele? Acabou concordando com Freddie.

— Só preciso finalizar a estação, e depois, acho que você está certo: está na hora de pensar em outras coisas, mais perto de casa.

— Ótimo. Acho que, por um tempo, eles fizeram vista grossa para a ilha, mas isso não vai durar para sempre.

— Vou ficar só mais alguns meses, o governo está começando uma espécie de projeto de recuperação para restaurar a terra erodida, então queremos terminar o que pudermos.

Entreouvindo isso, Elodie disse:

— Quanto antes, melhor.

Jacques repetiu a Freddie o que ela dissera, e ele concordou.

— É, e acho que você também tem alguém novo em quem pensar.

Jacques ergueu os olhos do telefone e cochichou com Elodie:

— Você contou ao Freddie.

Ela sorriu e confirmou.

— Sim.

Ele sorriu de volta.

— Exatamente, meu amigo – disse Jacques. – Espero que você esteja animado para conhecer seu novo sobrinho ou sobrinha.

— Animado demais. Já estou separando um conjunto de mini *pétanque* e uma boina.

Jacques riu.

– O bebê vai adorar você.

***

Depois de fazer as malas, Jacques sentou-se aos pés da cama, ao lado do velho gato, Pattou.

– Eu poderia ficar – ofereceu.

Elodie apertou sua mão.

– Não me provoque. Você sabe que eu concordaria.

Ele se recostou em seu ombro e suspirou; depois, tocou em sua barriga.

– Seis semanas – prometeu. – Então, estarei em casa.

– Seis semanas – repetiu Elodie.

Mas ela não conseguiu segurar as lágrimas quando ele finalmente partiu. Viu-o seguindo pelo caminho de cascalhos, e a distância um casal de gralhas pareceu gritar adeus.

Para se distrair, ela reabriu o restaurante.

Por toda parte havia a presença de Marguerite, mas descobriu que aquilo era uma boa coisa. Assim como a sua casa, era um lugar familiar, de lembrança e conforto. Vestiu o avental da avó e se pôs a trabalhar.

Em toda panela e frigideira tocadas pelos dedos de Elodie, lá estava ela. Quando ligou o rádio, tocava uma das músicas preferidas de Marguerite, e ela teve a sensação de estar em casa.

Em seu primeiro dia de volta, pareceu que todos os moradores compareceram, Monsieur Blanchet entre eles.

Quando ela e Jean, seu novo ajudante de cozinha, um menino de 14 anos, outro primo de Jacques, trouxeram os pratos de *cassoulet*, todos se levantaram e aplaudiram.

Elodie ergueu a ponta do avental e enxugou os olhos.

– Obrigada a todos – murmurou, comovida.

***

Com Jacques longe, ela cozinhou para Monsieur Blanchet, que aparecia com frequência para lhe fazer companhia, muito provavelmente orientado por Jacques, para garantir que ela não chafurdasse na cama da avó, vestindo suas velhas roupas, o que, é claro, era só o que ela queria fazer.

Os dois criaram novas bases e destravaram sua própria amizade por meio do xadrez. Certa noite, depois do jantar, ele sugeriu uma partida, e, quando ela admitiu que nunca havia jogado aquele jogo, o homem ficou espantado. Ele expôs um belo conjunto esculpido a mão, que, sem que ela soubesse, ficara guardado na sala de estar da avó durante décadas.

Sob o brilho de uma alegre lareira, Monsieur Blanchet esfregou seu bigode cerrado e espesso, virando as pontas para cima, e depois sorriu ao explicar as regras.

— Trata-se de um jogo para duas pessoas. Existem dezesseis peças de seis tipos para cada jogador, e cada uma delas se move à sua própria maneira. O que você precisa fazer é capturar o rei do seu oponente.

— Então essa é a peça mais bonita do jogo? — ela perguntou com uma expressão solene, olhando para o rei preto, maior do que todos os outros, que ele estava indicando.

Monsieur Blanchet ergueu uma sobrancelha.

— Ah, não, minha querida — disse, indicando outra peça ligeiramente menor. — Embora o rei seja importante, é claro, ele só pode se mover um quadrado para qualquer direção, desde que não haja nenhuma peça bloqueando seu caminho. Mas a rainha — completou, com um sorriso — pode se mover em qualquer direção, e em qualquer número de quadrados. Em termos de poder absoluto, é ela quem detém todas as cartas.

— Interessante — disse Elodie.

Os dois jogaram xadrez naquela mesma noite. Era um jogo de estratégia; tratava-se de estar apenas alguns passos à frente do seu oponente.

Para sua surpresa, Elodie descobriu que era naturalmente boa naquilo.

23

Provença, 1938

TODA SEMANA, JACQUES ENVIAVA UMA CARTA.

Elodie esperava ansiosamente por elas, mais do que queria reconhecer. Elas chegavam cheirando levemente à ilha, água e sal, e a algo que era singularmente dele, sândalo e tangerina, talvez, dos sabonetes artesanais preparados pelas freiras da abadia.

Apertava cada carta junto ao nariz, cheirando-as antes de ler o que Jacques contava. Ao longo dos anos, ele havia dado uma ideia dos seus estudos para ela: os padrões e mudanças que via nos pássaros observados, bem como o frio e o vento que sentia ali, ao longo do ponto norte, muito diferentes do seu cantinho ensolarado no Mediterrâneo.

No entanto, recentemente, suas cartas traziam novas histórias sobre a chegada de um grupo de alemães da marinha, que estavam começando a trabalhar em um projeto de recuperação. Escreveu:

> *Até agora, eles permanecem em seu lado da ilha, enquanto nos mantemos no nosso. Estávamos preocupados que eles pudessem ser um pouco dominadores, e que precisássemos fazer as malas e partir,*

mas eles se esforçaram para não serem intrusivos demais, o que nos surpreendeu. Acho que esperávamos que fossem dominadores e possessivos... mas a mensagem oficial é que parecem ter sido instruídos a serem respeitosos. Nesta semana, vou me encontrar com um deles para mostrar nossos pontos de interesse. Devo reconhecer que é um alívio, embora, para ser sincero, esteja começando a contar as semanas até poder voltar para casa, para você. Por mais que eles sejam educados, fico mesmo um pouco apreensivo em tê-los aqui.

Amor para vocês dois (beije a barriga por mim),
Jacques

Elodie e Monsieur Blanchet ficaram aliviados que, por enquanto, as notícias vindas da ilha fossem boas. Em uma noite, depois do jantar, ela leu para ele a carta mais recente. O sogro estava bebendo *pastis* e olhando os carvões em brasa na lareira. À frente dos dois estava o tabuleiro de xadrez, pronto para seu costumeiro jogo noturno.

Monsieur Blanchet deveria iniciar a partida, mas ainda não havia feito sua jogada. Suspirou.

– Acho que vou ficar mais sossegado quando ele estiver em casa – admitiu, e ela viu as olheiras debaixo dos seus olhos.

– Não tem dormido?

Ele olhou para ela e disse:

– Não muito. – Depois, fez uma careta e puxou o bigode com ansiedade. – Me desculpe, não quis preocupar você.

Ela sacudiu a cabeça e uma mecha do cabelo loiro caiu para frente. Usava um dos cardigãs confortáveis de Marguerite, verde-esmeralda e bem folgado, mas nem isso conseguia disfarçar sua barriga avolumada.

– Não foi você que me deixou preocupada. Tenho me preocupado com isso há um bom tempo – ela admitiu. – Mas é difícil dormir, mesmo sem a preocupação.

Então ele sorriu, e isso aliviou o clima, com os dois pensando na criança por chegar. Seria bom ter algo pelo que ansiar.

***

A primavera pareceu chegar cedo na Provença. Em fevereiro, Elodie ajudou Irmã Augustine a plantar mudas e bulbos na estufa da abadia. A freira usava um avental de jardinagem sobre o hábito, e seus pés calçavam galochas. A visão divertiu Elodie.

Com o tempo frio, Irmã Augustine fez para elas um bule de chá inglês, Earl Grey, o preferido de Elodie. Freddie sempre mandava caixas do produto para ela, e um dia levou algumas para Irmã Augustine experimentar, e ela ficou viciada na coisa.

As duas tomaram o chá em grandes canecas verdes de estanho, Elodie sentando-se a uma mesa de cultivo enquanto Irmã Augustine jogava um velho cobertor sobre seus joelhos para que ela e o bebê se mantivessem aquecidos.

Plantaram sementes na horta, manjericão, couve-flor e berinjela, além de flores para os remédios, perfumes, sabonetes e extratos preparados pelas freiras, como agérato e gerânio. Algumas das mudas incluíam espécimes como girassóis, tomates, abóboras e morangos, plantas que só seriam semeadas em estufas, bem mais tarde, na Inglaterra, segundo Irmã Augustine.

Elodie sentia-se grata pelo trabalho e gostava de escutar a freira explicando algumas das propriedades das plantas. Servia como distração. Talvez ela ainda parecesse ansiosa, porque a freira comentou, ao olhar para ela, enquanto escrevia uma etiqueta para as sementes de gerânio que tinha plantado:

— Sabe, por anos o óleo de gerânio tem sido usado para o tratamento da ansiedade e até da depressão.

— É mesmo? Funciona?

Irmã Augustine deu de ombros.

— Acho que só de sentir o cheiro já acalma. Vou pegar um frasco para você.

— Obrigada — disse Elodie. — Vou dizer a Monsieur Blanchet para também pôr algumas gotas em seu travesseiro.

Irmã Augustine concordou, depois colocou a mão no ombro da moça.

– Ele ainda está preocupado com Jacques?

– Sim. Acho que nós dois vamos ficar mais relaxados quando ele estiver em casa.

O olhar de Irmã Augustine foi compreensivo.

– Vou rezar por isso hoje à noite.

– Obrigada – disse Elodie.

Cada vez mais, as cartas de Jacques contavam sobre a presença dos oficiais navais nazistas, e a última, na segunda semana de abril, deixou Elodie um tanto angustiada.

> *Na maior parte do tempo, eles têm sido educados, respeitando nossas áreas de pesquisa e até chegando a demonstrar interesse no que estamos tentando realizar. No entanto, nesta semana, houve alguma tensão quando eles perturbaram alguns locais de reprodução dos gansos-patola do norte, bem como das reduzidas tordas-mergulheiras. Um de nossos colegas, Herman, entrou em uma discussão acalorada com um oficial-júnior a respeito disso. Fazendo justiça aos alemães, é difícil para eles realizar seu trabalho sem perturbar a natureza ao redor, e estamos tentando ser compreensivos quanto a isso, mas a época é extremamente sensível, uma vez que a pesquisa de Herman e a minha são um estudo meticuloso dos padrões reprodutivos de todas essas aves migratórias.*
>
> *Lembrei a ele de manter a cabeça fria. Em junho, estaremos aptos a finalizar nossas descobertas, embora estejamos preocupados com o que acontecerá com a ilha depois que formos embora...*

O coração de Elodie acelerou enquanto ela lia. Não gostou do teor daquilo. Começava a parecer que a fachada educada entre os pesquisadores e a marinha estava se desfazendo.

Pegou uma folha de papel na escrivaninha da avó e começou a responder com o cenho franzido:

Estou preocupada, Jacques. Não gosto de como isso soa... Venha para casa. Sinto ser tão direta, mas, neste caso, acho que é melhor estar a salvo do que arrependido... por favor. Sei que você me ama, e não pediria isso se não acreditasse totalmente na minha intuição de que você precisa dar o fora já. Seu pai concorda comigo. Apenas volte para nós. A ilha vai se cuidar, vamos manter você a salvo agora.

Elodie

Na semana seguinte, ela aguardou ansiosamente a chegada do correio, em parte esperando ver o carteiro ou Jacques vindo pelo caminho de cascalho. Qualquer um dos dois seria bem-vindo. Sabia que Jacques não ignoraria seu pedido. Atenta para não ser uma esposa exigente, quase nunca batia o pé para coisa alguma, mas tinha mesmo que insistir, e sabia que ele respeitaria isso e concordaria.

Mas quando chegou a quarta-feira, dia em que costumavam receber as cartas de Heligoland, e nenhuma carta veio, ela começou a se preocupar.

Monsieur Blanchet passou cedo naquela tarde, logo depois de ela ter fechado o restaurante.

— Alguma novidade? — ela perguntou. Ele sacudiu a cabeça, puxando o bigode com ansiedade.

Os dois voltaram para a casa da fazenda, e Monsieur Blanchet disse:

— Provavelmente é por ele ter decidido voltar de imediato, depois que você mandou a carta.

Logicamente, ela havia contado ao pai de Jacques o que havia escrito, e ele concordara com um sorriso amarelo, dizendo, para espanto da nora:

— Escrevi a mesma coisa.

Elodie apertou a mão do velho senhor.

— Acho que você tem razão. — Sorriu de alívio. — A carta atrasou porque ele está vindo.

Monsieur Blanchet concordou e também sorriu, mas ainda havia preocupação em seus olhos, mesmo quando sugeriu um jogo de xadrez para acalmarem os nervos.

Na semana seguinte, Jacques ainda não havia chegado, nem eles haviam recebido carta alguma.

Elodie enviou um telegrama pedindo notícias, mas nada veio.

– Não gosto disso – disse. – Alguém deveria ter respondido.

Monsieur Blancet concordou.

– Mande outro – sugeriu. O que ela fez.

Mandou mais quatro.

Nada veio.

***

Telefonou a Freddie na esperança de que, por sua posição no governo – ele agora trabalhava como secretário-sênior para o primeiro-ministro, Neville Chamberlain –, ele conseguisse descobrir o que estava acontecendo.

– Farei o possível, El. Também reparei que as cartas pararam, mas esperava que fosse por ele ter sido sensato e voltado para casa. Mas não vamos entrar em pânico. Pode ter sido algo tão simples quanto uma tempestade atrasando o navio do correio.

Elodie soltou um suspiro.

– Ah, Freddie, espero que seja isso.

– Pode muito bem ser. Tente não entrar em pânico, El. Assim que eu souber o que está acontecendo, entro em contato. Me dê alguns dias. Pode ser preciso investigar um pouco.

Ela aceitou com um gesto de cabeça, mas é claro que ele não podia vê-la, e, quando desligou, contou a Monsieur Blanchet, que aguardava ao lado, o que Freddie havia dito. Como resposta, ele fez o sinal da cruz e começou a rezar.

Elodie fechou os olhos e fez a mesma coisa.

***

Elodie estava fazendo pão, sovando a massa com os punhos, antes de enrolá-la novamente e golpeá-la na mesa coberta de farinha, recomeçando mais uma vez o processo. Era a única coisa que parecia ajudá-la a acalmar a mente.

Monsieur Blanchet cuidava das vinhas, que, finalmente, davam a impressão de estar lhe oferecendo algo com que se distrair.

A janela da cozinha estava aberta, deixando entrar uma brisa refrescante, apesar do calor do sol do final da primavera. As rosas e lavandas tinham começado a florescer, mas Elodie mal notara. Precisara fechar o restaurante porque não conseguia se concentrar.

Ouviu um carro se aproximando e ergueu os olhos, surpresa, largando a massa e franzindo o cenho.

Era um carro preto e branco, muito luxuoso, que subia lentamente o caminho de cascalho.

Elodie correu para a entrada da casa e abriu a porta, o coração falhando ao ver um homem sair do veículo.

O sol ofuscava seus olhos enquanto ela corria para ele, seu estômago dando cambalhotas. Ele se empertigou, e ela parou. A primeira coisa que notou foi sua altura. Era alto demais. Cismou. Sombreou os olhos, e então viu que era Freddie.

De início pestanejou, quase sorriu para recebê-lo, e então viu a expressão em seu rosto. Estava contraído e desolado. Sentiu seus joelhos começarem a falsear.

Ele correu até ela, agarrando-a pelos cotovelos.

– Só me conte – ela implorou, olhando para o rosto dele, buscando qualquer coisa em que pudesse depositar esperanças. – Ele foi levado para algum lugar, capturado, talvez? – Seus lábios tremiam.

Eles andavam ouvindo todo tipo de histórias sobre pessoas sendo mandadas para centros de detenção, pessoas que se opunham às ideias dos alemães, como judeus, ou qualquer um que julgavam não se adequar à sua visão de mundo... Talvez tivessem descoberto a documentação adulterada de Jacques. Este tinha sido o pensamento frio, sinistro, no fundo de sua mente, e ela se esforçava ao máximo para não o trazer à superfície, só para o caso de ele não acabar se transformando em realidade.

Freddie fechou os olhos por um momento, como se estivesse procurando forças para proceder. Elodie sentiu suas pernas cederem novamente.

– Vamos levar você para dentro – ele pediu.

O rosto dela contraiu-se, e as lágrimas começaram a escorrer.

– Freddie – ela implorou.

Havia lágrimas nos olhos do irmão.

– Jacques não foi levado. Ah, El – ele sussurrou, e ela se deu conta de que, às vezes, o que a vida tinha para oferecer era pior ainda do que seus maiores medos, e algo dentro dela mudou para sempre naquele instante. – Ele está morto.

***

Monsieur Blanchet ouviu os gritos lá do vinhedo e chegou correndo.

De algum modo, Elodie fora levada para dentro da cozinha enquanto gritava. Parecia não conseguir mexer as pernas; foi praticamente carregada, posta em uma cadeira. O tempo todo, olhava para Monsieur Blanchet em meio a um véu de lágrimas.

– Ele... ele está morto? – o pai perguntou, e Freddie confirmou enquanto Elodie tentava, sem conseguir, reprimir os gritos que lhe escapavam. Queria ir até o velho para confortá-lo, mas não conseguia ultrapassar o muro de dor e sofrimento que a atingira.

Ele caiu de joelhos ao lado da cadeira dela, levando um punho à boca enquanto se punha a soluçar e lamentar.

– Meu filho, meu único filho.

Por fim, Elodie conseguiu sair da cadeira, arrastando-se até ele, estendendo a mão para lhe dar força, depois olhando para Freddie.

– Como... como foi que aconteceu? – perguntou ao irmão, sua voz sufocada e irreconhecível.

Monsieur Blanchet olhou para ele, talvez implorando que dissesse alguma outra coisa.

Freddie engoliu com dificuldade e sentou-se na cadeira que ela dispensara, começando a falar. Elodie tentou, mas não conseguiu se concentrar no que ele dizia. Só conseguia pensar que Jacques estava morto. Parecia impossível. Não podia ser. Como ela poderia estar em um mundo em que o marido não estivesse?

— Tem certeza de que ele está m-morto?

Freddie confirmou em silêncio enquanto lágrimas escapavam-lhe dos olhos.

Os lábios de Elodie recomeçaram a tremer enquanto seu irmão prosseguia.

— Parece que houve algum tipo de discussão, algo a ver com a pesquisa dele. A marinha decidira ampliar suas unidades em Heligoland, expandir as instalações para suas operações no mar do Norte, tornando a ilha uma importante base naval e aérea. Parte desse território abarcava um significativo projeto de recuperação da terra. Aparentemente as tensões entre uma das equipes de pesquisa e um oficial de baixa patente crescera, quando eles perturbaram um dos locais de nidificação.

Monsieur Blanchet mordeu o nó do dedo e confirmou.

— É, ele nos escreveu a respeito.

— Sim, mas ele disse que quem havia discutido com um dos oficiais nazistas foi um de seus colegas, e não ele. Jacques lhe disse para manter a cabeça fria — observou Elodie.

— Herman Ludho, sim, também foi o que me contaram. Mas parece que, ao perder a calma, Herman pôs um fim ao que, até aquele ponto, havia sido um estado operacional tenso, mas educado, entre os ornitólogos e os oficiais. O oficial com quem Herman gritou ficou muito ofendido com seu tom, e alguns dias depois as coisas atingiram um ponto crítico. Jacques interveio enquanto eles brigavam, sendo pego no fogo cruzado.

Elodie piscou os olhos.

– Ele levou um tiro.

– O oficial disse que foi um acidente, que Jacques estava no meio, mas... – ele se interrompeu, como se não quisesse dizer mais nada.

– Mas o quê? – perguntou Monsieur Blanchet.

– Conversei com o chefe de Jacques, e, ao que parece, houve testemunhas. Não foi como o oficial descreveu, um acidente. Foi deliberado. Ele virou a arma primeiro para Herman, e depois para Jacques. Foi uma execução.

Elodie começou a se lamuriar, mas Monsieur Blanchet ficou furioso, gaguejando em sua dor e indignação.

– M-mas se eles viram isso, não p-podiam procurar as autoridades e denunciar?

Freddie sacudiu a cabeça.

– Não quando são eles que estão no comando. Todos fizeram vista grossa. O relatório oficial apresentado disse que foi um acidente. Ao que parece, esse oficial é alguém considerado em ascensão. O chefe de Jacques disse que, mesmo que eles pudessem lutar contra isso, o fato é que haviam infringido a lei. Se perseguissem os nazistas, logo descobririam que Jacques tinha ascendência judaica, algo que sua equipe, com a minha ajuda, forjou a documentação para dissimular. Se os nazistas descobrissem que haviam empregado um judeu ilegalmente, todos poderiam ser detidos, ou pior, sofrer o mesmo tratamento dado a Herman e Jacques.

Elodie lutou por ar.

– Agradeço por nos contar – disse Monsieur Blanchet.

Freddie acenou com a cabeça.

Por um longo momento, Elodie olhou fixo para o chão, pensando naquele homem que havia assassinado um marido, um filho, que havia eliminado duas vidas como se não fossem nada, pelo mero crime de incomodá-lo.

– Qual é o nome dele?

– De quem?

– Do homem que o matou. Qual é o nome dele?

– Que diferença isso faz? – perguntou Freddie.
– Eles não estarão sempre no poder, e um dia ele ainda pode encarar seus crimes.
Freddie respondeu:
– Seu nome é Otto. Otto Busch.

24

Paris, 1942

"Belas pernas", pensou Otto Busch enquanto a mulher à sua frente descrevia seus planos. Magras, mas bem torneadas em seus sapatos *brogues* marrons, de salto em camadas. As meias pareciam novas, ou bem cuidadas, e ele apreciou isso quase tanto quanto a forma elegante dentro delas. Nenhuma marca de dobra ou desfiados; detestava isso, achava que dizia algo sobre a personalidade. Como as mulheres que riscavam linhas em suas pernas nuas; por algum motivo, isso o fazia se sentir ligeiramente indisposto, como se fosse algo indecente. Sabia que havia certa escassez, mas ainda assim era de se pensar que isso as tornasse mais cuidadosas com as meias. Desprezava desleixo, especialmente em uma mulher. Ela não parecia sofrer desse flagelo, o que tornou sua presença ainda mais agradável para ele.

Agora, ela falava com uma voz juvenil, mas não aguda, como se contivesse um toque de uísque, deliciosa. Ele fez questão de chegar mais perto para poder provar novamente aquele perfume. Era caro. Algum tipo de aroma floral. Leve, mas não demasiadamente doce. Cheirava um pouco a gerânios. No hotel em que ele estava hospedado, havia gerânios.

Ele desviou o olhar do seu café, e seus olhos azuis dançaram quando a mulher abriu os lábios vermelhos em um sorriso. Não era todo dia que se sentava em frente a uma francesa atraente, que usava o tipo de batom que ele não se incomodaria (demais) caso ficasse em sua camisa. Afinal de contas, morava perto de uma excelente lavanderia.

A cafeteria ficava logo virando a esquina do seu hotel. As cadeiras de bistrô davam para a calçada, e todos ali sabiam como se vestir. Por um momento, era até possível esquecer-se de que estava sendo travada uma guerra, mesmo enquanto conversavam. Mas não para ele. As guerras não se restringiam aos campos de batalha; a guerra que Busch travava era com os pensamentos e as ideias das pessoas, sobre fazê-las ver o mundo da maneira que o Partido queria que vissem. Era um processo lento, e ele nunca havia sido um homem paciente, mas havia um progresso sendo feito a cada dia.

Às vezes, o progresso acontecia rápido e facilmente, o que o fazia se sentir agradecido por sua nova função. Como agora.

Os cabelos loiros dela brilhavam à luz do sol, penteados à última moda, e seus olhos eram de um azul intenso, como as flores que costumavam crescer no jardim da mãe dele toda primavera.

A proposta de negócio que havia preparado era detalhada e convincente, datilografada com eficiência e mostrando uma verdadeira compreensão de como administrar um restaurante de sucesso. Ela claramente sabia do que estava falando. Busch não teria que se esforçar muito para convencer qualquer pessoa a apoiá-la.

Ela tinha um pouco do próprio dinheiro para acrescentar ao projeto; nada substancial, mas o suficiente para comprovar que falava sério. Fazia do objetivo da colaboração uma brincadeira de criança.

Busch tinha certeza de que o Partido ficaria satisfeito se realizasse aquilo, um motivo de orgulho para ele. Ajudar a abrir um restaurante novo? Era exatamente o que eles queriam: mostrar que a colaboração germano-francesa poderia beneficiar a todos. E o fato de ser ele a concretizar o projeto deveria ajudar consideravelmente a limpar a pequena mancha em sua reputação. Era considerado durão até pelos padrões nazistas, algo do qual se orgulhava. Mas o que não o agradava era a crença, sussurrada às escondidas, de que fosse pavio curto. No começo, isso o havia favorecido, ajudando-o a ascender rapidamente, porque o Partido sabia que podia confiar nele para fazer o que fosse preciso, sem questionamentos. Ainda assim, o acontecido em Heligoland deixara uma marca.

Ele havia sido enviado para trabalhar com a marinha enquanto fortificavam a ilha e restauravam a base militar, tarefa importante em que Hitler estava pessoalmente interessado. Portanto, o posto era especialmente significativo para Busch, que almejava ganhar a confiança e o respeito do *Führer*.

A diretriz oficial era de que o trabalho deles era prioridade, mas eles deveriam estar atentos para serem respeitosos com os locais e com os pesquisadores ali alocados, que estudavam os padrões da população aviária.

Ele tentou, realmente tentou. Chegou ao ponto de procurar ver o que estavam fazendo, na esperança de poder entender melhor. O centro de pesquisa lhe foi apresentado por um homem entusiasmado, que confundiu educação com interesse, e compartilhou histórias e estatísticas de seus estudos, os olhos brilhando ao contar a Busch o que haviam descoberto, como o quanto a área era importante para as populações reprodutoras de inúmeras espécies de aves.

Ao final de seu *tour*, a frustração de Busch com a presença deles na ilha tinha se transformado em irritação. Aqueles eram homens adultos que passavam o dia todo observando pássaros, deixando para os outros a execução do trabalho vitalmente importante que seu país precisava para restaurar sua posição como uma nação orgulhosa e produtiva, reconstruindo seus valores militares, industriais, agrícolas, familiares e sociais, restaurando o *Reichsmark* como uma moeda que valesse mais do que o papel em que era impressa. No entanto, enquanto observava aqueles homens saudáveis desperdiçando o tempo cobiçando pássaros... algo nele começou a queimar. Eles podiam igualmente ter desperdiçado seu tempo em um bar, considerando o que proporcionavam à pátria. E ainda havia aquele francesinho, que parecia quase judeu pela sua cor, apesar de sua documentação dizer o contrário, e cujos olhos pareciam penetrar nos dele, como se pudessem ver o que Busch estava pensando e, o pior, julgá-lo por isso. Tudo era inflamável.

Quando um desses homens, um rapaz ainda mais novo do que Busch, chamado Herman Ludho, voou para cima dele certa manhã, erguendo um dedo por ele ter perturbado alguns ninhos de pássaros enquanto estendia um cabo, a fagulha acendeu e a raiva cresceu dentro de sua alma por aquele total desrespeito, uma vez que era ele quem estava executando o trabalho que realmente precisava ser feito. Ainda assim, Busch poderia ter conseguido recuar da iminência caso Ludho tivesse tido alguma sensatez e não voltado a confrontá-lo. Mas então o francesinho se envolvera, e aí passou dos limites. Busch ficou enlouquecido. Não sentia orgulho dos seus feitos; o arrependimento que sentiu tinha mais a ver com o fato de ter deixado que eles o desestabilizassem. O que deveria ter feito era provar sua autoridade fazendo-os parar e mandado aquele maldito Ludho para um centro de detenção.

Foi esse sermão que ele recebeu de seu oficial superior, Harald Vlig:

— Você é um trunfo para nós, e leal ao extremo. Aqueles homens jamais deveriam ter tido permissão para continuar aqui, mas, da próxima vez, você precisa aprender a controlar a fera que tem aí dentro. Neste momento, temos muito trabalho a fazer, meu garoto, e não podemos nos permitir um envolvimento em assuntos internacionais. Houve até um inglês do governo enfiando o nariz por aqui depois da morte do francês. Não podemos passar por isso... Oficialmente, está registrado como um acidente, mas você precisa ter certeza de que tais acidentes não voltem a ocorrer. Está me escutando?

Ele tinha escutado em alto e bom som.

Sua nova função como oficial de ligação cultural era, em parte, uma tentativa de mudar aquela impressão descontrolada. O amigo de sua família, o líder do distrito de Berlim, Joseph Goebbels, tinha pessoalmente interferido a favor dele, mas isso também viera com um aviso: "Otto, a diplomacia é a faca escondida em luva de veludo. Se conseguir nos convencer de que tem o necessário, pode ir longe, mas, se deixar que suas emoções o controlem, logo vai decair".

Então, esta foi sua punição e sua recompensa.

Para ser sincero, ele não esperava que fosse ser tão agradável.

Retomou a proposta do negócio e bebeu os últimos goles do seu café.

— Madame, estou impressionado. Não fica longe da minha base. Vários homens importantes estão visitando esta cidade, e posso lhe dizer que um restaurante com este tipo de menu, nesta localização ligeiramente mais discreta, é exatamente o que precisamos.

— Ah, o senhor acha? — ela disse, com um sorriso. Seus olhos estavam cheios de esperança.

Busch pensou que o respeito deveria ter esse aspecto, uma vez que ela parecia esperar por sua aprovação, que ele sentiu alegria em dar.

— Espero que ele possa ser útil para o senhor e seus homens; vocês trabalham demais. A comida é boa para a alma, e é algo muito próximo do meu coração: uma alimentação rural simples, mas nutritiva. Como minha avó costumava fazer.

Ele sorriu. Gostava realmente de como aquilo soava.

– A senhora é casada, Madame Blanchet?

– Não mais.

Os olhos dele reluziram de interesse.

– Deixe isso comigo, madame. Já posso lhe dizer que estou ansioso para trabalhar com a senhora. Estou satisfeito que tenha entrado em contato comigo.

– Por favor, me chame de Marianne – ela disse, sorrindo. – Garanto-lhe, *monsieur*, que o prazer é todo meu.

PARTE TRÊS

— Era da minha mãe — ele disse, quase com timidez. — Ela gostaria que você ficasse com ele.

Elodie enxugou uma lágrima e pegou a cabeça de Jacques nas mãos, beijando-o intensamente.

Quando ele pôs o anel em seu dedo, ela olhou para a joia, depois para Jacques, e se sentiu repleta de felicidade.

Apenas por um momento preocupou-se com aquela felicidade, com a possibilidade de que algo pudesse acontecer e levar aquilo embora, como quando ela estava com 9 anos e seu mundo virou de cabeça para baixo. Mas sacudiu o pensamento para longe, como um calafrio.

25

Paris, 1987

SABINE FICOU MUITO ALIVIADA ao descobrir que a Abadia de Saint-Michel continuava ativa. Depois de ver o convento especificado na certidão de nascimento e de adoção de sua mãe, decidiu que valia a pena verificar se alguém ali se lembrava de algo.

Sabine ficou um pouco chocada ao ligar para o número de informação e ter, então, sua ligação transferida para o convento. De certo modo, parecia estranho imaginar uma abadia, no interior da Provença, com um telefone.

"Tempos modernos", pensou, com alguma surpresa.

Um minuto depois, uma voz educada, com ar de eficiência, atendeu.

— *Bonjour*, Abadia de Saint-Michel, Irmã Agnes falando.

— Bom dia, irmã — disse Sabine. — Gostaria de saber se a senhora pode me ajudar.

— Certamente. É sobre a produção de lavanda? Estamos abertos para visitação de segunda a sábado, das oito da manhã a uma da tarde, e servimos almoço nos jardins como parte do pacote.

Aquilo soou um pouco mais moderno do que Sabine estava esperando.

– Ah, não, na verdade. Bem... Eu gostaria de saber se alguém poderia me ajudar com alguma informação sobre uma criança nascida na abadia no final da década de 1930, pouco antes da guerra. Acredito que as freiras também trataram da adoção.

– O quê? – exclamou a freira, um tanto surpresa. – Bom, eu não estava ciente de tal empreitada, mas é possível, especialmente naquela época. Se quiser, posso dar uma averiguada. Se deixar seu nome e número, ligarei de volta.

– Ah, isso seria ótimo, obrigada – disse Sabine, dando seus dados e sentindo-se estranhamente decepcionada, embora não soubesse por quê. Talvez fosse apenas porque, até encontrarem alguém que se lembrasse daqueles tempos, eles estariam apenas andando em círculos com a informação que já tinham.

***

A caminho de casa, vindo da biblioteca, ela parou na livraria-antiquário de Monsieur Géroux, onde ele lhe serviu uma caneca cheia do café retinto de que gostava. Os dois o beberam ao lado de sua antiquada escrivaninha. Monsieur Géroux parecia cansado. Sob seus olhos, havia olheiras profundas.

– Não dormi bem – admitiu. – Fiquei remoendo a possibilidade de que alguém pudesse se lembrar de algo a respeito da adoção da sua mãe, dar algum tipo de pista quanto a quem era Marianne... Mas aí me controlei, sabendo que estou passando do ponto. É possível que ela simplesmente tenha abandonado a criança, sua mãe, logo depois de dar à luz, sem que fossem feitas perguntas...

Sabine suspirou.

– Eu mesma ando me atormentando com os mesmos pensamentos. Hoje, quando telefonei, esperava que alguém dissesse "Ah, sim, claro, ela está registrada nos documentos de adoção, deixe-me ver nossos arquivos...". Esperei o dia todo que alguém ligasse de volta, mal pude trabalhar direito...

— Posso imaginar — disse Monsieur Géroux, mostrando-lhe a pilha de trabalho sobre sua mesa. Havia um novo material que precisava de sobrecapas protetoras, além de telefonemas a serem feitos para colecionadores interessados, mas seu coração não estava no clima. — Pela primeira vez em no mínimo uma década, tive até um interessado no Nabokov e estraguei isso — concluiu, colocando a cabeça entre as mãos e gemendo baixinho.

— No Nabokov? — Sabine perguntou, curiosa, sentindo certa simpatia por ele.

— *Lolita*, edição norte-americana. Está ali, naquele armário, aquele com a capa pavorosa — ele disse, apontando.

Sabine levantou-se e foi dar uma olhada. Realmente, não era atraente no que dizia respeito à capa, embora não chegasse a ponto de considerá-la pavorosa. Para ser sincera, ela nunca havia gostado da história de Lolita; sabia que era para ser vanguardista e tudo mais, mas lhe dava arrepios.

— Venho tentando vender esse exemplar há trinta anos — ele admitiu.

— Ah, não, sinto muito — ela disse, percebendo o quanto ele devia andar distraído. Sentiu uma pontada de culpa. — Se não fosse o fato de eu desenterrar tudo isso...

— Não seja boba. Se não fosse você, eu não teria sabido que ela preveniu Henri para ficar longe, ou que poderia haver mais coisas nessa história. Sou grato a você, sinceramente. É como se começasse a me livrar de um peso.

Sabine apertou a mão dele.

— E eu sou grata ao senhor, *monsieur*.

Ele sorriu e suas sardas ficaram mais destacadas, fazendo-o parecer mais moço.

— Sabine, você não acha que está na hora de começar a me chamar de Gilbert? — perguntou ele, dando um tapinha na mão dela, manchada de tinta por ter andado carimbando devoluções de livros.

Os lábios dela contraíram-se.
— Vou tentar — ela disse.

***

Passaram-se dois dias até que Sabine tivesse notícias da abadia.
— Boa tarde — disse a mesma voz com quem ela falara antes. — Gostaria de falar com Sabine Dupris.
— Sou eu! — ela respondeu, sem fôlego.
— Ah, sim. Aqui é a Irmã Agnes, da Abadia de Saint-Michel, ligando a respeito de sua consulta.
— Pois não — ela respondeu rápido, endireitando o corpo e ignorando o cliente que esperava, pacientemente, que ela conferisse seu livro. Sinalizou para que um dos outros bibliotecários assumisse. Nem mesmo notou quando o cliente lhe desferiu um olhar ofendido.
— Bom — disse Irmã Agnes —, peço desculpa por ter demorado tanto a ligar de volta, mas a irmã que estava aqui quando a criança que você mencionou nasceu está em uma semana de silêncio. Isso acontece quando as freiras fazem voto de silêncio por um período. No entanto, ela conseguiu indicar que, caso queira conversar sobre esse assunto, ela fará isso quando seu voto terminar, na semana que vem, quarta-feira.
— Devo ligar para ela, então?
— Acho que será melhor você vir aqui, caso seja possível.
Sabine pestanejou. "De fato, provavelmente isso seria o melhor", pensou.
— Então estarei aí — respondeu ela, de certo modo surpreendendo a si mesma.
— Muito bem — disse a freira. — Irmã Augustine a receberá.

26

Provença, 1987

A ABADIA DE SAINT-MICHEL era uma bela construção antiga cercada por jardins e campos de lavanda. Ficava em um promontório rochoso, no topo de uma colina, a alguns quilômetros do vilarejo de Lamarin, datado da época dos romanos. Fazia parte da área norte da beleza excepcional que era Luberon.

Sabine e Gilbert haviam alugado um carro e partido de Paris, levando mais de nove horas para chegar. Fazia anos que ela não dirigia, mas descobriu que, embora enferrujada, todo seu conhecimento veio à tona. O mesmo não podia ser dito de Gilbert, que quis dividir o fardo de dirigir e corajosamente se ofereceu para fazer a primeira metade da viagem. Mas, depois de ficar engatando a marcha errada e moendo a embreagem, Sabine precisou mentir e dizer a ele o quanto gostava de dirigir. Aliviado, ele permitiu que ela assumisse, confessando que aquilo nunca fizera parte de suas paixões.

Quando o velho parou no acostamento, ela deu um tapinha no carro, como um pedido de desculpas, e com determinação fingiu que ele lhe pertencia.

Pararam apenas duas vezes para ir ao banheiro e fazer um lanche rápido, uma baguete com presunto e uma fatia de queijo, que comeram como em um minipiquenique à margem da estrada, com vista para um campo de papoulas, precisando tirar seus pulôveres por causa do calor. Definitivamente, não estavam mais em Paris.

Quando, por fim, chegaram, Sabine entrou em uma área de estacionamento da abadia, onde uma placa anunciava passeios pelo jardim. Segundo a informação, o jardim estava em funcionamento para a comunidade local desde os tempos medievais, sendo as flores usadas para homeopatia e aromaterapia, e as lavandas para abastecer parte do comércio de perfumes.

Ao seguirem pela passagem de pedestres, tiveram um vislumbre fascinante dos vastos jardins de rosas, bem como dos canteiros de outras belas flores de verão, como malvas, bocas-de-leão e dálias, sem falar nas paisagens de lavandas de tirar o fôlego, que cercavam tudo aquilo.

Apesar da beleza do lugar, agora que estavam ali os dois se sentiam nervosos. As mãos de Gilbert tremiam, e a boca de Sabine ficara incrivelmente seca de ansiedade.

Reservaram alguns minutos para acalmar os nervos e deram um gole na água que haviam comprado ao fazerem seu piquenique improvisado na estrada, antes de passarem pela alta entrada em arco da abadia.

Dentro da construção de paredes grossas, seus passos ressoavam fortemente no piso de lajotas. Havia uma freira sentada atrás de uma grande mesa de carvalho, entregando tíquetes para os passeios pelas lavandas. Um grupo de seis pessoas fazia fila em frente a ela.

Quando Sabine finalmente deu um passo à frente, perguntando por Irmã Augustine, a irmã apertou um interfone e logo outra freira, uma mulher alta, de olhos escuros e sorriso largo, surgiu de uma entrada escondida atrás dela. A primeira freira sussurrou-lhe algo e ela sorriu, gesticulando, então, para que seus convidados a seguissem. Eles viraram em um corredor e subiram um lance de escadas.

A caminhada os levou a uma passagem mais para dentro da abadia. Ao longo de uma das paredes havia uma tapeçaria representando os apóstolos; em outra, várias cestas, bem como um equipamento agrícola de aparência antiga.

– Estes são alguns dos objetos que costumávamos usar para colher e destilar a lavanda – explicou a freira alta, vendo a expressão curiosa de Sabine.

– Ah – foi tudo que Sabine e Gilbert disseram como resposta.

– As coisas mudaram um pouco desde então – continuou a freira, com um sorriso.

Todos conseguiram rir.

Da passagem eles foram levados para outro prédio, atravessando um pequeno pátio cheio de grandes samambaias em vasos, uma mesa e algumas cadeiras. Dali, não seguiram para o prédio junto ao pátio, mas para um caminho de cascalho ao ar livre, que levou a um jardim de rosas que contornava a lateral. Outra freira esperava-os em pé, junto a uma mesa.

Tinha uma aparência curiosa em seu hábito, como se fosse um passarinho azul e branco, a cabeça inclinada de lado. Seus olhos eram escuros, e seu rosto, de aspecto bondoso, ostentava vincos profundos. Era difícil determinar sua idade; poderia estar na casa dos 60 ou 80, impossível dizer. Mas, se fosse o segundo caso, tinha uma saúde visivelmente boa, parecendo ágil e vigorosa.

Olhou para eles por um momento e então se adiantou, estendendo uma mão pequena e magra para Sabine. Os dedos estavam inchados pela idade, e ligeiramente avermelhados; a pele, no entanto, era macia e bem cuidada.

– Irmã Augustine? – imaginou Sabine.

– Perdoe-me por ficar encarando, mas, por um momento, foi como vislumbrar o passado. Você se parece muito com ela. Os olhos, até o formato do rosto. É desconcertante.

Sabine respirou fundo.

– A senhora conheceu Marianne? – perguntou Gilbert.

— Marianne? — A freira ergueu as sobrancelhas. — Bom, mais tarde ela adotou esse nome, é claro, mas para mim sempre foi Elodie.

Sabine trocou um olhar de espanto com Gilbert.

— O nome verdadeiro dela era Elodie?

— Ah, sim. Era seu nome de batismo. Nos conhecemos quando ela ainda era uma criança, não muito depois que começou a vir passar os verões com a avó. Éramos amigas, sabe?

— Amigas? — perguntou Sabine.

A revelação de Irmã Augustine foi um choque para Sabine. De certo modo, em sua imaginação, tinha se convencido de que Marianne dera à luz na abadia por conveniência, talvez em um esforço para disfarçar sua verdadeira identidade, mas aquilo era totalmente diferente. A freira a tinha conhecido. Olhou para Gilbert e ele parecia tão confuso quanto ela. Era mais do que poderiam esperar.

Irmã Augustine pareceu pensativa.

— Sim.

— Pode nos contar sobre ela?

A freira os encarou por um momento.

— É por isso que vocês estão aqui, para descobrir quem ela era? Ou para descobrir por que ela fez o que fez?

***

Ambos olharam para a freira, totalmente perplexos.

— Você sabe sobre o restaurante, sobre as pessoas que ela matou? — perguntou Sabine.

— Sim. É por isso que estão aqui? Para satisfazer uma curiosidade?

Gilbert e Sabine entreolharam-se. Irmã Augustine estava surpreendentemente agressiva.

— Não, não é isso. Quero saber quem foi minha avó. Para mim, não é uma mera curiosidade, é mais do que isso.

Gilbert concordou.

— Para mim também.

A freira os encarou de volta, então concordou com a cabeça.

— Sentem-se. Vou pedir alguma coisa para beber, depois contarei o que sei.

Os dois puxaram as pesadas cadeiras de ferro e observaram enquanto ela voltava para dentro.

O jardim era lindo. As roseiras ofereciam uma profusão de flores limão-claras, rosa-salmão e branco-espumosas, que desciam pelas paredes, subiam em treliças e curvavam-se em arcos.

Momentos depois, Irmã Augustine voltou com uma bandeja de madeira contendo limonada rosa e três copos grandes. Pousou-a com cuidado, e por um instante Sabine viu seus dedos tremerem.

Perguntou-se se isso seria um sinal da idade ou de nervosismo. Quando a freira finalmente falou, suas palavras confirmaram para Sabine que era o último caso.

Sentou-se, depois serviu um copo de limonada para cada um, derrubando um pouco na mesa e murmurando "*merde*", que, embora dito de maneira inofensiva, ainda assim era uma surpresa, vindo de uma freira.

— Peço desculpas. Estou nervosa, agora que finalmente está acontecendo, que alguém esteja aqui por ela.

Sabine trocou um olhar com Gilbert.

— A senhora sabia que alguém viria? — ele perguntou com certa surpresa.

— Marianne sabia. Acho que foi por isso que ela mencionou a abadia em toda a documentação. Ainda que nunca tivéssemos lidado com isso antes, ela quis garantir que, se um dia sua filha descobrisse o que aconteceu, haveria alguém que pudesse contar a ela, alguém que se lembrasse dela e, talvez, que explicasse.

— Mas... mas e se a senhora não estivesse aqui? E se alguém viesse e a senhora estivesse...?

A freira deu um gole na limonada.

— Morta? Bom, eu estava começando a pensar que esse seria o desenlace mais provável, já que os anos se passaram e ninguém veio.

— Se ela... se ela queria que a filha soubesse a verdade, por que a senhora não entrou em contato com a minha mãe? Os registros de adoção não eram secretos.

Sabine não havia contado que sua mãe não sabia que era adotada.

Irmã Augustine sacudiu a cabeça.

— Elodie foi clara: se sua filha ou família quisessem saber o que aconteceu, eu deveria contar a eles, mas não era para eu procurá-los e contar a história. Afinal, não é uma história feliz. Ela achava que, se a filha crescesse sem nunca saber quem era ou de onde tinha vindo, seria triste, mas não seria ainda pior que ela lhe impusesse tal história? Tive que respeitar seus desejos, ainda que me doesse pensar que tão poucas pessoas entenderam o que aconteceu. O sacrifício que ela fez, ou, na verdade, a honra que demonstrou.

— Honra? — perguntou Sabine, com certa surpresa.

— Sim. Acredito nisso, a seu próprio modo. — Ela olhou para os dois. — O quanto vocês conhecem da história dela?

Gilbert respondeu:

— Trabalhei com ela desde que abriu o restaurante. Estive lá até a noite em que ela matou todas aquelas pessoas, inclusive meu irmão, Henri.

Irmã Albertine arregalou os olhos, chocada.

— Você é Gilbert, irmão de Henri?

Gilbert empalideceu. Sabine segurou a mão dele.

— A s-senhora soube dele... e de mim?

— Só o que ela me contou.

Sabine arfou.

— Ela lhe contou?

— Contou... Ela veio aqui depois, como sempre fazia quando queria se confessar.

— Confessar? — sussurrou Sabine.

— Sim — confirmou Irmã Augustine. — Ela não pretendia matar Henri, isso eu posso dizer a você desde já, e devo admitir que, quando ela veio aqui e me contou o que havia feito, desejei que tivesse tentado explicar a você o que aconteceu, Gilbert.

Os lábios dele tremeram.

— Por que ela não fez isso?

— Ela queria. Realmente queria ser perdoada por você, mas achou que não seria justo lhe pedir isso. Acredito que ela sentia que merecia sua raiva, seu ódio. Afinal de contas, pode não ter tido a intenção de matá-lo, mas mesmo assim isso foi causado por suas próprias mãos. Imagino que ela sentisse que nenhuma desculpa serviria como justificativa, de modo que deveria ser condenada como uma assassina, um monstro, pelo que havia permitido que acontecesse.

Os dois olhavam para a freira em choque. Lágrimas involuntárias escapavam dos olhos de Gilbert.

Irmã Augustine enxugou os próprios olhos com a ponta do hábito. Então, engoliu com dificuldade e disse:

— Vou contar a vocês o que sei, mas acho que, para entender de fato a história dela, precisamos começar do começo. Assim, se me derem licença, gostaria de compartilhar isso, ou pelo menos as partes que ela me contou.

— Eu gostaria disso — disse Sabine.

Gilbert também concordou com um gesto de cabeça.

Irmã Augustine deu um gole na limonada, como se fosse um fortificante.

— Em 1926, quando Elodie tinha 9 anos, sua mãe morreu de tuberculose na frente dela, e o choque disso a deixou muda. Seu pai era um aristocrata abastado que vivia na Inglaterra e decidiu que, por um tempo, a menina moraria com a avó, Marguerite, na Provença.

Os dois a ouviam com atenção.

— Marguerite ficou encantada por ter sua neta de volta, já que as duas tinham sido mantidas separadas porque Brigitte, a mãe de Elodie, e Marguerite haviam tido um desentendimento quando ela fugiu com um homem casado. Um homem que, embora garantisse a Brigitte que cuidaria dela e da criança, não deixaria a primeira esposa por ela, o que Marguerite advertira. Quando isso se comprovou, só serviu para alimentar o desejo de Brigitte de ficar longe da mãe, ressentimento triste que as manteve separadas até a morte da filha. Ninguém lamentou isso mais do que Marguerite, e ela decidiu despejar seu amor na neta. O que de fato fez.

A essa altura, a freira sorriu.

– No entanto, não foi Marguerite quem fez Elodie finalmente recomeçar a falar. Isso foi obra do seu avô, Jacques Blanchet.

Ao falar de Jacques, Irmã Augustine ficou com a voz embargada.

– A senhora também o conheceu? – perguntou Sabine, baixinho.

– Sim. O vinhedo de Monsieur Blanchet não ficava longe daqui, e fazia divisa com o de Marguerite. Ela possuía uma pequena área de terra, e ele também cuidava das vinhas dela. Jacques era uma criança maravilhosa, profunda, introspectiva, que se mantinha longe da maioria das crianças da idade dele, mas que foi procurar Elodie quando soube que ela havia perdido a voz e a mãe, algo que ele podia entender, tendo perdido a própria mãe não muito tempo antes. Acho que ele pensou nela como uma espécie de pássaro ferido, do qual ele pudesse tratar. – Ela sorriu levemente, seus olhos escuros entrevendo o passado. – E sabe de uma coisa? Por um tempo, ele de fato fez isso.

Ela olhou para seus visitantes.

– Como freira, não devo realmente guardar bens, mas tenho uma foto do casamento deles. Vocês gostariam de vê-la?

– Sim, por favor – disse Sabine, avançando com o corpo em sua cadeira, ansiosa.

Irmã Augustine enfiou a mão no bolso do hábito e pegou um envelope encorpado. Abriu-o e tirou uma pequena fotografia em preto e branco, com as bordas decoradas.

Sabine reconheceu Elodie imediatamente. Era jovem e bonita, o cabelo loiro-escuro ondulando ao redor dos ombros. Em sua cabeça, havia uma guirlanda de flores. Estava em pé no meio do vinhedo, tendo uma casa de fazenda ao fundo. À sua esquerda, havia uma mulher mais velha, de cabelos brancos, quase com o mesmo sorriso que o dela. Seus rostos estavam juntos, e à direita de Elodie, olhando ligeiramente para baixo, o rosto afastado da câmera, havia um belo homem de olhos escuros e cabelos cacheados igualmente escuros.

— Esta era Marguerite? — perguntou Sabine, tocando na foto. — E meu avô? Ele era bonito. Parece muito feliz.

Irmã Augustine confirmou.

— Eles estavam. É difícil imaginar que apenas alguns anos depois disso ele seria assassinado por um homem terrível.

Sabine olhou para a freira, em choque.

— Assassinado?

— Sim. Por uma pessoa cujo nome eu nunca consegui esquecer durante todos esses anos, embora houvesse vezes em que desejei, até rezei, para que nunca tivéssemos sabido qual era. Como a vida dela poderia ter sido diferente. Como as nossas vidas poderiam ter sido diferentes então.

Tomando fôlego, Irmã Augustine revelou:

— O nome dele era Otto Busch.

***

Gilbert derrubou sua limonada ao se levantar, tomado pela ansiedade.

— Tem certeza de que Jacques Blanchet, marido de Marianne, quero dizer, marido de Elodie, foi morto por um homem chamado Otto Busch?

Irmã Augustine respirou fundo novamente. Olhou para Gilbert com olhos preocupados e confirmou.

— Sim. Deduzo que o senhor o conhecesse.

Sabine franziu o cenho. Até ela conhecia o nome, de todas as histórias de Gilbert.

Gilbert voltou a se sentar na cadeira, com um baque pesado.

— Não foi coincidência, foi? Que ela tenha escolhido trabalhar com ele, de modo a poder matá-lo?

Sabine pestanejou.

– Não, não foi – Irmã Augustine suspirou. – Embora, de início, ela não previsse matá-lo ou a qualquer pessoa. Só queria conhecê-lo.

– Então, depois que Jacques morreu, ela partiu para... O quê? Encontrá-lo?

A freira ficou séria, esfregando os dedos juntos como se estivessem lhe causando dor, embora talvez o que a incomodasse fossem as lembranças, uma vez que uma sombra baixou sobre o seu rosto.

– No começo, não. No começo ela realmente tentou retomar a vida. Ia ser mãe, e isso era incrivelmente importante para ela. Amou a bebê Marguerite desde que engravidou, e essa foi a única coisa que a manteve de pé depois da morte de Jacques.

Sabine e Gilbert ouviam ansiosos.

– Mas então, depois que a guerra estourou e Paris foi ocupada pelo inimigo, ela se deparou com um artigo dos exultantes vitoriosos sobre um nazista encantado com sua nova promoção e seu papel como oficial de ligação cultural em Paris. Ao ver aquele homem que havia tirado tudo dela sendo recompensado... Bom, algo estalou dentro de Elodie.

27

Provença, 1938

A TRISTEZA TOMOU CONTA DE TODOS os sentidos de Elodie. Via o mundo por detrás de um véu cinzento.

Quando cozinhava, não ligava o rádio nem parava para escutar as fofocas que se infiltravam pelo restaurante, como fazia antes. Não sorria mais ao escutar histórias de romance, intrigas e discussões mesquinhas travadas durante anos. Estava amortecida para tudo aquilo, o que transparecia em sua cozinha, uma vez que, sem perceber, ela havia começado a se repetir, fazendo o mesmo prato a cada poucos dias, a maioria deles com o sabor idêntico.

Os fregueses foram fiéis, e ninguém reclamou.

Mas, depois de várias semanas assim, a boa Irmã Augustine passou no restaurante para visitá-la, algo que nunca havia feito.

– Soube que tem *ratatouille* novamente – disse.

Elodie olhou para ela, surpresa.

– Irmã? – exclamou, abrindo seu primeiro sorriso em semanas.

– Vim ver como você está, já que não tem aparecido.

Elodie voltou a ficar séria, continuando a picar legumes.

— Tenho andado ocupada, me desculpe.

— Dá para perceber.

Elodie pousou a faca, depois olhou para a freira. As duas se encararam por um momento, em silêncio.

— Eu... eu não ando com vontade de conversar. — Ela suspirou.

Não era a única. Monsieur Blanchet tinha deixado de aparecer. Algumas semanas depois de saberem da morte de Jacques, ela desistira de lhe pedir que viesse visitá-la. Na última vez, tinham tentado jogar uma partida de xadrez, mas depois de alguns minutos ele derrubou seu cavaleiro, levando as mãos ao cabelo e dizendo:

— Não consigo fazer isso, me desculpe.

Depois que ele foi embora, ela se sentou em sua cadeira e chorou. Não o culpava. Com o passar das semanas, observava-o enquanto ele assombrava seu vinhedo como um fantasma. Sentia sua falta.

Às vezes, quando adormecia à noite, quando o entorpecimento passava e o sofrimento se fazia sentir, quando as lágrimas começavam a destruir seu corpo, sentia que estava de luto por todos os que já tinha amado. Mas, em outras noites, a tristeza não a encontrava, e sim a raiva. Era quando sonhava com uma ilha que nunca conhecera, e com o homem que havia tirado tudo dela. Quanto acordava desses sonhos, era como se a raiva que guerreava dentro dela pudesse sufocá-la.

Na maioria dos dias, passava do entorpecimento para a raiva e vice-versa. Nenhum dos dois estados era uma boa companhia.

Irmã Augustine pareceu ter percebido isso.

— Essas coisas levam tempo. Não precisamos conversar, mas você sabe que pode me procurar e só estar comigo. Sinto sua falta. As roseiras estão floridas. Você pode me ajudar com elas, se quiser se manter ocupada.

Elodie enxugou uma lágrima sorrateiramente.

— Também sinto sua falta — reconheceu. A solidão que sentia era avassaladora. — Vou gostar disso.

***

Naquela noite, ao chegar em casa, abriu um dos cadernos de desenho de Jacques, de quando ele era criança, um dos muitos que agora estavam no pequeno escritório que ela havia ocupado depois do falecimento da avó. Uma lágrima pesada respingou em uma página, provocando uma leve alteração no papel, e ela a enxugou, borrando uma anotação que ele havia feito sobre um chapim-azul.

Pattou, o velho gato, veio se esfregar em sua perna. Elodie estava tão tomada pela raiva que gritou, fazendo o gato recuar rapidamente, o que a levou a chorar ainda mais.

Imaginou-se fazendo com aquele oficial nazista o que ele havia feito com Jacques e Herman Ludho. Imaginou-se encontrando-o e obrigando-o a se ajoelhar à sua frente, a olhar em seus olhos antes de ela puxar o gatilho. Às vezes se imaginava fazendo a mesma coisa com todos os outros oficiais estacionados ali, que simplesmente mentiam, com todas aquelas pessoas que negaram justiça a Jacques e Herman.

Quando Freddie telefonou para sua atualização semanal, ficou mortificado por ouvi-la falar daquele modo.

– É só que... me sinto tão desanimada! Ninguém está barrando Hitler, todos estão com muito medo de uma guerra e, enquanto isso, os terríveis criminosos nazistas que ele empregou para cumprir suas ordens saem impunes dos assassinatos.

– Ah, El, não se atormente com isso.

Ela sugou o ar, começando a soluçar.

– É difícil não me atormentar, Freddie. Eu só... eu só queria trazer o corpo dele de volta.

Houve um suspiro do outro lado da linha.

– Eu sei, El, mas você sabe por que é impossível.

Ela fechou os olhos e balançou a cabeça. Estaria colocando outras vidas em risco se fizesse isso. O que ela queria é que que ele fosse enterrado em Lamarin, mas Freddie havia dito que seria incrivelmente difícil, uma vez que sua documentação não corresponderia ao que eles tinham registrado.

— El, como você sabe, eu o ajudei a conseguir documentos falsos, e isso foi respaldado pelos outros pesquisadores da equipe. Se as autoridades souberem sua verdadeira identidade, isso colocará em risco os outros pesquisadores com quem ele trabalhou. Eles poderiam ser mandados para a prisão, especialmente agora, considerando o quanto o clima está tenso.

— Eu sei — ela disse baixinho, mas isso apenas a deixava pior. Esse sentimento horroroso de impotência, de que não havia nada a ser feito, a atormentava. Otto Busch simplesmente havia escapado impune ao assassinato de seu marido, e ela não podia nem ao menos trazer seu corpo para casa sem arriscar a vida de outras pessoas. — Às vezes, não consigo suportar isso — sussurrou.

Houve um som de alguém engolindo em seco.

— Ah, El, sinto muito. Você precisa encontrar um jeito. Pense no bebê, e neste momento não há nada que possa ser feito. Enquanto o governo alemão estiver nas mãos dos nazistas, e com as coisas tensas como estão, é assim que vai ser. Um dia isso pode mudar, mas, até lá, temos que aceitar as coisas como são.

— Sim, até lá — ela concordou. Mas foi essa fala que a acalmou ligeiramente: a crença de que um dia as coisas poderiam mudar.

***

Quando Elodie foi visitá-la, Irmã Augustine manteve a palavra. Levou-a para a estufa para plantar sementes, ou para a perfumaria, onde extraíram óleos essenciais, e não a pressionou a falar, a não ser que quisesse.

Em vez de palavras, distraiu-a com plantas. Elodie sempre achou fascinantes as propriedades curativas das plantas; a freira sabia disso e tentou tirá-la de sua tristeza, incentivando sua curiosidade.

Certa tarde, enquanto ela ajudava Irmã Augustine a capinar o jardim da serenidade, a freira mostrou uma das plantas arrancadas.

— Sabia que esta planta era frequentemente associada às bruxas?

— O quê? É mesmo? — perguntou Elodie, surpresa, olhando as flores da vinca.

— É um acônito, normalmente chamado de mata-lobos ou maldição das bruxas, uma planta mortífera de jardim, semeada aqui muitos anos atrás, que pode paralisar o sistema respiratório, resultando em morte em questão de minutos. Mulheres que se diziam bruxas na Idade Média usavam-na para fazer poções do amor, mas acabavam matando o pretendido.

— Por que vocês têm isso aqui? — perguntou Elodie, chocada.

— É uma praga, e fazemos questão de arrancá-la sempre que a encontramos. Acho que foi plantada aqui no período medieval, uma vez que, em pequenas doses, muitas plantas perigosas podem ter efeitos medicinais, embora, para ser sincera, não achamos que este seja realmente o caso aqui. Então, arrancamos.

Elodie sorriu, mas isso lhe deu uma ideia de como algumas plantas eram tóxicas sem que a maioria das pessoas estivesse ciente disso. Já havia visto aquela espécie em outros jardins.

Mais tarde, a freira mostrou-lhe outra planta venenosa.

— Esta é a beladona. Tenho certeza de que você já ouviu falar nela.

Elodie tinha ouvido.

— Não estou surpresa. Se ingerida, uma simples folhinha pode matar um adulto. Por outro lado, as flores não são tóxicas. O interessante na beladona é que ela parece um arbusto decorativo, e quem a engole nem sempre sente os sintomas de imediato. Podem-se passar dias até surgirem os efeitos colaterais, como convulsões ou até mesmo o coma.

Elodie olhou para a planta que Irmã Augustine arrancara, pensando em como as freiras tinham conhecimento tanto para fazer o mal quanto para curar. Não a surpreendia que as pessoas costumassem associar aquelas espécies de plantas, assim como as mulheres que sabiam usá-las, à feitiçaria.

***

No final de maio, quando as roseiras começaram a florir, Irmã Augustine colocou Elodie para trabalhar com a tesoura de jardim.

– Você pode me ajudar a podá-las.

Elodie estava, então, no final da gravidez, e sentia o peso de sua condição. O sol brando parecia atiçadores em brasa. Seus pés estavam dolorosamente inchados, e ela se sentia irritada. Vendo seu rosto vermelho, Irmã Augustine rapidamente deu o dia por encerrado.

As duas deram uma pausa e se sentaram à sombra de uma árvore. Irmã Augustine saiu para buscar uma jarra de sua limonada rosa.

Ao vê-la voltar, Elodie abriu o mais breve dos sorrisos.

– Sempre que tomo limonada, penso em você – disse.

A freira sorriu.

– É uma das poucas receitas que tenho da minha mãe. Sempre que a faço, imagino que seja uma maneira de me lembrar dela. Ela também amava seus jardins. Talvez seja por isso que me sinto tão em casa aqui.

Elodie deu um gole.

– Eu me pergunto quando isso acontecerá comigo.

– O quê?

– Quando as lembranças voltarão a ser felizes. Mesmo com a minha avó, às vezes ainda é difícil pensar nos tempos felizes sem chorar. Com Jacques... – Ela mordeu o lábio, que começou a tremer, e falou com a voz subitamente embargada. – É impossível fazer qualquer outra coisa.

– Ah, minha querida – disse Irmã Augustine, segurando a mão dela. – Sinto muito. Todos nós detestamos ouvir este conselho, mas a única coisa que realmente ajuda na perda é o tempo. Nunca vai deixar de existir um toque de tristeza, mas você vai ver que um dia será menos doloroso.

Elodie não disse nada. Não achava que esse seria o seu caso.

Então, passado um momento, uma lágrima caiu dos seus olhos, e ela a enxugou com raiva.

Irmã Augustine olhou para ela, preocupada.

— O que foi?

— Eu... estou com tanta raiva, irmã! Já se passaram meses e continua aqui, essa raiva impotente e inútil. Todos os dias chegam mais histórias sobre o que anda acontecendo na Europa, por causa dos nazistas, e todos os dias percebo que ninguém jamais responderá pelo que aconteceu com Jacques. Isso me enche de fúria – ela reconheceu. – Todos aqui têm sido tão bons e solidários... – Seu rosto vacilou ao pensar na paciência dos fregueses do restaurante, e ela soltou uma mistura de risada com soluço. – Tenho feito a mesma coisa a cada dois dias, praticamente. Minha avó raramente se repetia e, quando o fazia, sempre mudava um pouco o que quer que tivesse cozinhado antes. Isso era parte do encanto de visitar seu restaurante. Duas semanas atrás, eu fiz o mesmo prato três vezes e nem percebi.

— Eu soube – disse Irmã Augustine, com um sorriso. As notícias espalham-se rapidamente nas pequenas cidades.

Elodie fechou os olhos, envergonhada, e a freira deu um tapinha em sua mão.

— Eles entendem, *chérie*, e juro que não se importam. Além disso, está melhorando. No mês passado, você fez *ratatouille* quase todos os dias durante duas semanas.

Novamente, Elodie ficou entre o soluço e a risada, depois enxugou rapidamente uma lágrima.

— Melhorou? Espero que sim. Todos são tão maravilhosos, e sinto que talvez eu merecesse a bondade e o apoio deles se estivesse apenas... triste. Mas, às vezes, não consigo dormir porque a raiva me consome, e eu me imagino machucando, torturando aquele homem que tirou Jacques de mim.

Para sua surpresa, Irmã Augustine foi compreensiva.

— O luto não é apenas desespero, *chérie*. Também sentimos raiva, faz parte do processo. Acredite em mim, é natural questionar a fé nesses períodos...

— Não é isso, não estou brava com Deus. Talvez devesse estar, pelo que ele permitiu... Mas sinto minha raiva voltada para o homem que saiu impune do assassinato de Jacques, Otto Busch. Às vezes, desejo que Freddie nunca tivesse me dito seu nome. Parece que está gravado em meu crânio. O nome de uma pessoa sem rosto, que eu não conseguiria identificar na rua mesmo se minha vida dependesse disso, que roubou Jacques de mim, roubou o pai do meu filho por nascer e transformou Monsieur Blanchet em uma sombra de si próprio.

Foi a essa altura que ela começou a chorar.

— Ele vai ficar bem. Monsieur Blanchet já me parece um pouco melhor.

— É mesmo? — Elodie ficou em dúvida. — Para mim, é como se ele estivesse definhando. Está pesando metade do que pesava antes, raramente aparece, se é que aparece; não o faz desde o memorial. — Elodie fechou os olhos. — Provavelmente é isso o que mais machuca, o fato de eu não poder trazer Jacques para casa, não poder fazer um enterro, só um memorial — ela disse enquanto lágrimas quentes desciam pelo rosto.

Irmã Augustine tinha comparecido à cerimônia, então estava bem a par.

— Fico atormentada que ninguém tenha feito uma última reza — soluçou Elodie. — Fico pensando que a alma dele não pode descansar.

Irmã Augustine sacudiu a cabeça.

— Não, menina, não pense assim. Você não sabe. Tenho certeza de que os amigos dele disseram alguma coisa. Ele foi enterrado por bons amigos, pessoas leais que se preocupavam muito com ele, tanto que ajudaram a protegê-lo, a disfarçar sua nacionalidade, e escolheram enterrá-lo em sua parte preferida da ilha, certo?

O rosto de Elodie estava coberto de lágrimas. Não tinha pensado no assunto daquela maneira. Balançou a cabeça. Tinha contado a Irmã Augustine o que Freddie lhe dissera sobre a morte de Jacques e o enterro na ilha, mas não tinha pensado no que a freira propunha agora: que ele havia sido enterrado com amor. Pensar nisso ajudou mais do que ela poderia dizer.

A irmã continuou:

– Nunca acreditei, como acontece com alguns, que sem a presença de um padre a alma de alguém permanece no limbo. Pode ser uma blasfêmia, mas é assim que eu penso. Antes de termos igrejas, havia Deus. Ele está em todas as coisas. Ele não abandonaria Jacques, não tenha medo disso. Talvez, um dia, você possa ver sua tumba e fazer as rezas, se isso a ajudar.

Elodie olhou para a freira, cujas palavras ofereciam um vislumbre de consolo, como a luz do dia entrando por uma fresta na janela.

– Talvez – ela disse. – Depois do nascimento do bebê, quando as coisas se acalmarem na Alemanha, talvez.

***

Pouco a pouco, Elodie começou a retomar sua vida, como aconselhara sua avó lá atrás, quando ela sofreu seu primeiro aborto. Todos os dias ela estabelecia um objetivo: fazer um novo prato no restaurante, ou voltar a visitar o rio, cuidar da campina da mãe de Jacques, sair e visitar Irmã Augustine.

Tudo isso ajudou, e, quando as lavandas floriram na segunda semana de julho, enquanto ela visitava a amiga, Elodie entrou em trabalho de parto.

– *Ma chérie!* – exclamou Irmã Augustine enquanto Elodie apertava a barriga, curvando-se de dor. – É o bebê?

– É – disse Elodie, ofegante, reconhecendo as dores pelos abortos. Mas dessa vez esperava, e rezou a todos os céus para isso, parir uma criança viva. – Chame alguém! – gritou.

Irmã Augustine correu para dentro da abadia e logo depois voltou com outra freira. Era alta, com sobrancelhas retas e espessas e traços marcantes.

– Irmã Grace ajudou no parto de muitas crianças – disse Irmã Augustine.

– Ah, graças a Deus – suspirou Elodie quando a freira se aproximou para pegar sua mão.

– Então, vamos receber esta criança – ela disse.

Elodie acenou com a cabeça, sentindo-se grata. Segurou a mão dela e sorriu, por entre um brilho de lágrimas, antes que outra contração a atravessasse, fazendo-a se curvar novamente, aos gritos.

– Vamos levar você para dentro – disse Irmã Grace, e as freiras ajudaram-na a adentrar um pátio, depois outro prédio, onde cambalearam por um corredor, o rosto de Elodie contorcido de dor, para finalmente chegarem a uma cela vazia que continha apenas um catre e, na parede oposta, uma pintura de Maria com o Menino Jesus. Duas outras freiras já estavam lá, com os braços cheios de lençóis e toalhas.

Quando a dor diminuiu momentaneamente, puseram-na com cuidado sobre a cama.

A irmã começou a examiná-la, ajudando-a a tirar suas roupas íntimas, cronometrando os minutos em que não era atravessada pela dor.

– Agora, não vai demorar – disse. – Talvez uma ou duas horas.

– Mais duas horas? – exclamou Elodie. – Não aguento mais duas horas disso!

– Aguenta, sim. Mas pode ser mais rápido.

Não foi. Levou quatro horas. A filha entrou no mundo deslizando, punhos fechados, rosto contorcido de raiva enquanto berrava, acalmando-se apenas quando foi embrulhada e colocada nos braços de Elodie.

Elodie, que estava em um semidelírio, com dor e cansaço, olhou maravilhada para a filha, vendo uma miniatura do rosto de Jacques ao pegá-la no colo.

Irmã Augustine veio se sentar a seu lado, trazendo-lhe um copo de água e inclinando-se para acariciar a pele macia do rosto do bebê.

– Gostamos muito de usar a palavra milagre – disse, com um sorriso, indicando a pintura da Virgem Maria na parede oposta, depois tocando de mansinho na cabeça do bebê. – Mas isso, sem dúvida, parece um.

– Sim – concordou Elodie.

– Como você vai chamá-la? – a freira perguntou.

– Marguerite – ela respondeu, sem hesitação. – Por causa da vovó. Sinto que, de algum modo, ela ajudou a trazer minha bebê ao mundo.

Irmã Augustine sorriu.

– Perfeito. É um belo nome, e ela ficaria muito honrada. Irmã Grace foi buscar a certidão de nascimento. Depois, vamos precisar preencher os formulários. Mas sem pressa.

Elodie franziu a testa, olhando a pintura na parede.

– Pode colocar que o nome da mãe dela é Marianne Blanchet?

– Marianne? – perguntou Irmã Augustine.

Ela confirmou com um gesto de cabeça.

– Você não me contou que, quando assumiu seus votos, adotou um novo nome? Acho que eu também gostaria disso, já que começamos uma nova vida. O segundo nome da minha avó era Marianne, uma versão de Maria, a mãe. Bom, hoje sinto que, dando à luz aqui, sob o olhar dela, talvez ela esteja olhando por nós. Talvez isso seja um sinal de um novo começo.

A Irmã deu uma batidinha em sua mão. Havia entendido.

28

Provença, 1938-1940

O DIA QUE TODOS TEMIAM HAVIA CHEGADO. O mundo em que a filha de Elodie nascera parecia à beira da guerra. Nos meses seguintes, todos pareciam estar fazendo o possível para acalmar Hitler e ceder em tudo o que quisesse. Em setembro, ele havia exigido que a Sudetenland, uma área fronteiriça na Tchecoslováquia que continha uma população étnica alemã, fosse devolvida à Alemanha. Jurou desencadear uma guerra caso isso não acontecesse. Em uma proposta para apaziguá-lo e impedir que cumprisse a promessa, os líderes da Grã-Bretanha, França, Itália e Alemanha reuniram-se em uma conferência em Munique e concordaram com a anexação da Sudetenland em troca da paz.

Mas não era apenas a Alemanha. Em abril de 1939, encorajado pelo sucesso de Hitler com os territórios capturados, Mussolini seguiu um caminho semelhante e anexou a Albânia. A França e a Grã-Bretanha haviam juntado forças, jurando proteger as fronteiras da Polônia, área conhecida por estar na lista de alvos de Hitler.

Todos pareciam estar segurando o fôlego, tentando não complicar as coisas, ao mesmo tempo que isso significava permitir que o máximo de fatos horrendos acontecessem em nome da paz...

Todos os dias, Marianne escrevia uma frase de uma linha para documentar o progresso de Marguerite e, ao final do primeiro ano de vida da filha, descobriu que nem sempre eram os grandes momentos que lhe causavam alegria ou sofrimento ao pensar em tudo que Jacques jamais veria, como a primeira vez que a criança sorriu; eram todos aqueles outros dias sem fim que sangravam no dia seguinte e davam significado aos próximos.

Então, a Alemanha rompeu seu acordo e invadiu a Polônia. A Grã-Bretanha e a França declararam guerra.

No mesmo dia em que a notícia estourou, Monsieur Blanchet sofreu um enfarte. Havia meses que se preocupava com isso. Temia a perda dos sobrinhos e o que uma outra guerra faria com seu país.

– Mal sobrevivemos à última – ficava dizendo.

Sua morte atingiu Marianne em cheio. Além da bebê Marguerite, ele era o último de seus parentes ali, na França. Dessa vez, quando ficou de luto, foi como se o mundo também ficasse. Viúvas da Primeira Guerra usaram preto. Pais olhavam para os filhos com expressões de desânimo. Ninguém tinha uma resposta para o motivo de aquilo estar novamente acontecendo.

Como antes, Marianne passava o máximo de tempo possível com Irmã Augustine.

Freddie telefonava regularmente pedindo-lhe que considerasse uma mudança para a Grã-Bretanha, para educar a filha lá, mas ela não conseguia entender por que ele achava que lá elas estariam mais seguras. Sentia que abrira mão de coisas demais nos últimos anos, e não queria também perder sua casa.

Nos meses seguintes, o tempo de todos foi ocupado com preparativos. As pessoas começaram a estocar alimentos, e embora o governo avaliasse suas fronteiras, pensando em estratégias, cada vez mais próximo de casa as famílias recebiam treinamento sobre o que fazer em caso de ataques com gases venenosos. Receberam máscaras, e, naqueles primeiros meses, a todo lugar que Marianne ia, levava máscaras para ela e para o bebê. Carregando-as ao caminhar por seu belo vilarejo no topo da colina, sentia que havia entrado em algum mundo novo e estranho.

No restaurante, ouvia histórias de estudantes preparando-se para se esconder atrás de suas carteiras, o que, para Marianne, era como alguém fechar os olhos e esperar que ninguém o visse. Por onde quer que ela andasse, as pessoas olhavam para o céu, preocupadas que as bombas pudessem começar a chover em suas cabeças. Mas no início, quando nada aconteceu, todos passaram a levar vida normal, e Marianne continuou a cuidar do restaurante e a criar sua filha.

Alguns dias, apesar de ter um bebê em quem se concentrar, pensava em si mesma como um fantasma, sentindo-se da maneira como começara a ver Monsieur Blanchet antes de sua morte, bloqueado, incapaz de encontrar esperança no futuro, percorrendo suas vinhas sem vê-las, incapaz de se conectar novamente à vida.

Marianne tentava fazer uma pequena coisa por dia, da maneira que fizera no passado, forçando-se a sair de casa ou da rotina para visitar as freiras e passar um tempo com Irmã Augustine. Mas a sensação assombrada perdurava. A única coisa que ajudava era a bebê Marguerite.

Toda semana, cuidava das tumbas da avó e de Monsieur Blanchet. Levava flores para a avó e, às vezes, um novo tempero que decidia experimentar, como parte do seu objetivo de fazer coisas novas, embora fosse ficando cada vez mais difícil surgirem novos temperos.

Com Monsieur Blanchet, ela conversava como se o tempo não tivesse passado e eles finalmente conseguissem dizer coisas que podiam ter querido dizer, mas não conseguiram antes de ele morrer, como o quanto cada um sentia falta do outro, mas haviam penado para ficar por perto porque, sem Jacques, era doloroso demais. Embora, talvez, isso não fosse algo que precisasse ser dito, ele tinha sido entendido e perdoado. Queria ter dito a Monsieur Blanchet, enquanto estava vivo, que ele havia preenchido aquela parte dela que ansiava por um pai desde os 9 anos, e, quando pensava em um pai, era ele quem lhe vinha à mente.

Tinha passado a jogar xadrez com ele, e toda semana trazia uma das peças, como se o convidasse a fazer uma jogada.

Às vezes, quando voltava, descobria que a peça da torre que ela havia deixado ali estava caída, ou que a do cavalo tinha sido soprada pelo vento para outro lugar. Mas, quando deixava uma rainha, ela permanecia exatamente onde estava, e Marianne cismava com isso, como se, de algum modo, ele estivesse dizendo algo para ela. Algo sobre força, talvez, ou coragem.

29

Provença, 1940

EM MAIO, UM MÊS ANTES de Marguerite completar 2 anos, o que ficou conhecido como "Guerra Falsa" chegou ao fim, uma vez que, ao longo do oceano, a Alemanha tentou conquistar a Grã-Bretanha por via aérea, e em junho a França juntou-se ao combate.

Pareceu estranho a lavanda florir como sempre, quando tantas pessoas temiam pela vida, como se ela devesse ter arqueado seus ombros ainda não roxos e parado em protesto. Mas isso não aconteceu; o mundo prosseguiu da maneira de sempre.

Mães e pais despediram-se dos filhos antes de eles irem se juntar ao exército. Quando Timothee e Giles, primos de Jacques, partiram algumas semanas antes, parando na casa da fazenda para se despedir, tudo pareceu tremendamente real.

Marianne abraçou cada um. Ambos haviam trabalhado com ela diversas vezes no restaurante. Eram os últimos homens da linhagem Blanchet.

– Por favor, tomem cuidado – ela pediu.

— Tomaremos — prometeu Timothee, dando-lhe um último abraço de despedida.

Giles piscou para ela.

— Voltaremos antes que você se dê conta, antes da próxima colheita.

Marianne viu-os partir, impotente, sabendo ser tolice fazer tais promessas.

Na tumba de Monsieur Blanchet, colocou uma peça da torre e disse:

— Agora que você está lá em cima, espero que consiga protegê-los.

Ao voltar uma semana depois, a peça ainda estava em pé. Tomou isso como um sinal de que ele os protegeria.

***

No aniversário de Marguerite, as freiras fizeram uma festa para ela no jardim das rosas. Marianne fez um bolo de chocolate com o que restava do seu açúcar, e Irmã Augustine fez sua limonada rosa.

Marguerite ria enquanto as freiras brincavam de pega-pega com ela, suas mãozinhas batendo palmas, deliciada. Irmã Grace, a freira alta que havia ajudado em sua vinda ao mundo, também ria, dizendo:

— Vou pegar você, vou pegar você! — E estendia as mãos como se estivesse prestes a fazer-lhe cócegas.

Marianne sorriu, depois se virou e apertou a mão de Irmã Augustine.

Era difícil imaginar, em um dia tão lindo, com o sol brilhando sobre elas, que, pelas fronteiras do país, seus amigos, vizinhos e primos tentavam lutar pela liberdade deles. Ao longo das fronteiras da França, outros países irmãos já haviam se rendido à Alemanha. O único consolo que elas tinham era que a França jamais cederia.

Pelo menos, tinham certeza disso.

***

Freddie enviou-lhe um pacote com um bilhete: *Pelo sim, pelo não, Fred.*

Dentro havia um maço de dinheiro e um passaporte britânico. Marianne não sabia onde ele havia conseguido sua foto. O nome era o antigo, Elodie Clairmont.

Isso a fez pensar se haveria algo que ele soubesse e ela não, deixando-a preocupada, ainda que ficasse agradecida pelo gesto.

Dias depois, aconteceu o inimaginável. Após uma série de batalhas desastrosas, o governo cedeu à Alemanha nazista.

A notícia repercutiu como um choque por todo o mundo. Marianne a ouviu pelo rádio do restaurante. A comida que estava preparando ficou pela metade, e muitos dos fregueses reuniram-se à entrada da cozinha não para o almoço, mas para também escutar enquanto o locutor anunciava que o governo deixara Paris.

– Não pode ser verdade, eles não fariam isso! – disse uma idosa, seus longos cabelos grisalhos presos em um coque, e com uma leve corcunda. Trajava um longo vestido preto, tendo passado a usá-lo assim que a França declarou guerra, apesar do fato de que todos os seus filhos haviam sido mortos na guerra anterior, ou provavelmente por causa disso, pensou Marianne.

– Acho que é. Entrem – ela chamou, e todos entraram cautelosos, os rostos solenes, olhos fixos no rádio.

– *Os alemães estão, agora, entrando na capital* – veio a voz com estalidos sobre as ondas da transmissão.

Marianne ficou sem fala, tampando a boca com a mão.

– Paris? Não! – disse baixinho, olhando de volta para seus fregueses, seus amigos, todos amontoados dentro da cozinha, também sem fala.

Seguiu-se uma agitação, alimentada por medo e raiva, enquanto as vozes começavam a se alterar, homens e mulheres gritando para o rádio.

Um fazendeiro idoso atirou sua boina no chão e pisou sobre ela.

– Marchar ou morrer, não isso! – disse, enfurecido. – Nunca isso! – repetiu, com os punhos fechados inutilmente ao lado. Uma mulher perto dele tentou consolá-lo.

– Eles não devem ter tido escolha.

O fazendeiro não respondeu, apenas deu meia-volta e saiu.

Não foi o único. Lágrimas começaram a correr em meio ao pânico, e logo o restaurante estava vazio, todos indo à procura dos entes queridos, preparando-se para um mundo em mudança.

Nas semanas que se seguiram, no mesmo vagão da estrada de ferro em que, 22 anos antes, a Alemanha assinara o armistício para pôr fim à Primeira Guerra Mundial, Hitler entregou seus próprios termos de cessar-fogo aos franceses, ato deliberado com a intenção de humilhar. Seu antigo herói de guerra, o Marechal Philippe Pétain, deveria agora comandar o novo Regime de Vichy, para onde o governo havia fugido, deixando Paris para ser ocupada pelos alemães. O país ficou dividido em uma zona Livre e outra Ocupada, mas ambas deveriam colaborar fortemente com os alemães, sobretudo em seu tratamento antissemita dos judeus. Mais tarde, o documento do armistício passaria a ser conhecido por muitos dentro da França como o "Artigo da Vergonha".

***

A Provença deveria fazer parte da Zona Livre. Multidões fugiram das cidades, levando com elas tudo o que conseguiam carregar. Mães, crianças, avós, com os braços doloridos, repletos de malas cheias de roupas e o que quer que restasse nas despensas, dirigiram-se à Zona Livre, onde esperavam escapar.

Marianne assistia enquanto, ao longo das semanas, alguns deles chegavam a Lamarin. Abriu seu restaurante e fez grandes quantidades de sopa. Os moradores faziam o possível, abrindo suas casas, e com Marianne não foi diferente. Entreouviu uma jovem mãe cansada e ansiosa, com dois meninos pequenos, contar a um velho que havia ido a Lamarin viver com sua irmã, que também havia ido até lá para encontrar um membro de sua família, um parente distante, dos poucos ainda vivos, que diziam morar naquele vilarejo.

— Mas o vizinho disse que ele foi embora anos atrás. — Enquanto ela falava, lágrimas escorriam pelo seu rosto coberto de poeira pela longa caminhada. O senhor deu um tapinha em suas costas enquanto os meninos corriam em volta e brincavam, e ela desabou em soluços, a mão agarrando a colher de sopa como se fosse sua única tábua de salvação.

— Tenho um lugar onde você pode ficar — Marianne disse à mulher, aproximando-se e tocando em seu ombro. A mulher ergueu os olhos para ela, surpresa. Seu cabelo castanho-claro estava espetado, e os olhos verdes brilhavam com lágrimas.

— Vo-você tem?

— Tenho. Seus filhos vão gostar de lá. Tem muito espaço para correr. Vamos, não chore. Tome sua sopa e depois eu levo você lá.

— Mas você nem sabe o meu nome! — disse a mulher.

— Qual é?

— Melodie Bonnier.

— Sou Marianne Blanchet. Veja, agora já nos conhecemos.

Melodie lhe deu um sorriso agradecido e lacrimoso.

— Sim, obrigada.

***

Muitas pessoas que foram viver na Zona Livre, como Melodie Bonnier, descobriram que a vida ali não era muito melhor do que na Zona Ocupada, já que o governo de Vichy seguia cada vez mais rigorosamente o padrão nazista, e a maior parte dos alimentos era enviada para alimentar o exército alemão.

Marianne observou, horrorizada, as novas leis entrarem rapidamente em vigor, apoiadas maciçamente pelo governo colaboracionista, para rebaixar os judeus a cidadãos de segunda classe. Logo, não lhes era permitido trabalhar em certas áreas, como direito, medicina, administração e educação.

Isso revirou seu estômago. Olhou sua bela filhinha, e a raiva que havia sido suprimida desde o assassinato de Jacques, desde que ele fora forçado a disfarçar sua verdadeira identidade por causa daquele ódio horroroso, sem sentido, por alguma diferença imaginária, começou a ferver. O fato de que as autoridades pudessem endossar qualquer uma dessas leis que arruinariam o futuro de sua filha fez com que travasse o queixo à noite, incapaz de dormir.

Quando descobriu um panfleto destinado a educar as pessoas no "trato" dos judeus, amassou-o, só para depois desamassá-lo e rabiscar com seu batom um grande "X" sobre ele. Depois, pregou o panfleto na porta de seu restaurante.

Mais tarde naquele dia, quando Melodie, que tinha começado a ajudar no restaurante, perguntou a respeito, os olhos de Marianne fulminaram, sua expressão transformando-se em mármore, e a mulher recuou involuntariamente, chocada.

— Se alguém acreditar nisso, não é bem-vindo aqui, entendeu?
Melodie confirmou com um gesto de cabeça.

— Espalhe a notícia — disse Marianne, voltando a picar legumes, a faca movendo-se com rapidez.

— Direi a eles — confirmou Melodie.

***

Uma das freguesas, Madame Lennoux, a senhora que tinha passado a usar roupa de luto, depois contou a Marianne, com hesitação, que o prefeito da cidade queria que ela tirasse o panfleto riscado.

Marianne olhou fixamente para Madame Lennoux, e a velha estreitou os olhos.

— Não se preocupe, eu disse a ele para onde ir.

Marianne ergueu uma sobrancelha, e a mulher apontou para baixo:

— Direto para o inferno.

Elas trocaram um sorriso.

30

Provença, 1941

NAQUELE INVERNO, todas as noites antes de pôr Marguerite para dormir, Marianne lia para a filha histórias bíblicas sobre as fortes mulheres judias. Sua preferida, e a que veio a significar mais para ela, foi a de Miriam, que tinha visto tal tragédia da escravidão egípcia e a morte de tantas crianças pelo decreto do faraó. Seu pai, Amram, desesperando-se com a ideia de reconstruir uma nação depois disso e querendo dar um fim ao sofrimento do seu povo, deixa a esposa, instando outros homens a fazer o mesmo. Miriam diz a ele que sua decisão é pior do que a do faraó, uma vez que afeta não apenas esta vida, como a próxima, e o convence a olhar além do aqui e agora, para o futuro.

– Seremos como Miriam, minha filha, olhando para o futuro, para um mundo além deste. Um futuro brilhante – prometeu, enquanto crescia a semente de amargura pelo que os nazistas estavam tentando realizar, juntamente com sua determinação de fazer o que pudesse para impedi-los.

***

Se o governo ia distribuir panfletos, então ela faria o mesmo. Só que os dela não estariam cheios de mentiras odiosas.

Soube de uma operação de resistência em Gourdes, uma das cidades maiores não longe dali, e partiu para se juntar ao grupo.

A única pessoa para quem contou foi Irmã Augustine, que de início tentou impedi-la. Conversaram baixinho na estufa da abadia, seu reduto costumeiro da primavera. Suas canecas de Earl Grey acabaram esfriando.

A freira ficou preocupada.

— Pense na sua filha, Marianne. Era para ser um novo começo para vocês duas.

— Estou pensando, irmã, e é por isso que garantirei que ela tenha um verdadeiro começo. Não posso simplesmente cruzar os braços e deixar que isso aconteça.

— Você acha que é isso que todos estão fazendo?

— Não, não todos. Mas talvez eu saiba mais do que alguns o que está em risco se desistirmos de fato. Acredito que o que eles estão dizendo nessas células de resistência seja verdade.

— E o que é?

— Essa guerra será ganha de dentro, tanto quanto pelos aliados lutando nas fronteiras. Todos precisamos fazer a nossa parte. Jacques foi forçado a viver o final de sua vida em segredo. Essa decisão de falsificar seus documentos significou que, mesmo na morte, ele foi forçado a continuar em uma mentira. Não permitirei isso para a minha filha. Não se puder evitar.

— Existe um tempo para todas as coisas — concordou Irmã Augustine, citando Eclesiastes. — Um tempo para ficar em silêncio e um tempo para falar. Um tempo para amar e um tempo para odiar. Um tempo para a guerra e um tempo para a paz.

Marianne acrescentou:

— Um tempo para matar e um tempo para sarar.

Irmã Augustine suspirou:

— Isso também.

***

Em Gourdes, na adega de um restaurante abandonado, cheia de sofás e mesas compridas repletas de panfletos, Marianne foi apresentada a um membro visitante que fazia parte de uma organização de resistência em Paris, um homem bonito, atlético, de pele bronzeada, olhos e cabelos pretos, chamado Sebastien Bastille. Mancava ligeiramente, o que mais tarde se revelou ser causado por uma perna mecânica. Ergueu a calça para mostrar a ela:

— Eles pensavam que poderiam me manter fora da guerra por causa disso, mas agora ninguém pode me impedir — disse com um sorriso, estendendo a mão e cumprimentando-a.

Ela sorriu de volta.

— Meu tio Fabrice mora em Gourdes, então venho por algumas semanas — explicou. Fabrice era o líder daquela divisão específica.

— Como está em Paris? — Marianne perguntou.

Os dois se sentaram em um sofá enquanto ele fumava um cigarro. Suspirou.

— Pior do que possa imaginar. Infestado de nazistas por toda parte. Eles acham que estão ali em algo como férias, frequentando teatros e restaurantes, com grandes sorrisos nos rostos...

Marianne ficou surpresa.

— Todos os restaurantes os atendem?

Ele olhou para ela.

— Quem mais teria dinheiro para frequentá-los? Os proprietários ainda precisam ganhar a vida. — Marianne fez uma careta, e ele continuou: — Para os franceses, é mais fácil manter o fingimento. Mas é uma situação difícil, as pessoas estão praticamente morrendo de fome. É uma cidade de mulheres, crianças e velhos, que foram deixados para se virar sozinhos, e as rações são ainda piores do que aqui.

Marianne travou o maxilar.

— Enquanto os alemães estão no auge.

Ele observou o ódio nos olhos dela e concordou em silêncio.

– Veja – ele disse, remexendo em uma bolsa de couro ao seu lado. – Dê uma olhada nisto. Há um jornal local, que sai diariamente em alemão, e um semanal, traduzido em francês para o restante de nós, idiotas.

Marianne pegou o exemplar do *Pariser Zeitung* e começou a ler as notícias com certo fascínio. Sebastien foi chamado para discutir algo com Fabrice e ela se virou para devolver o jornal.

– Fique com ele.

– Obrigada – ela disse, dobrando-o e colocando-o na própria mochila ao ser chamada por outro membro para receber o material de resistência daquela semana.

Encheu a mochila com a pilha de panfletos, depois saiu do prédio, pegou a bicicleta e pedalou para casa. Mais tarde, duas moças do vilarejo distribuiriam os panfletos, buscando-os com Marianne no restaurante, que havia se tornado um centro fundamental de distribuição para a região.

***

Naquela noite, enquanto a bebê Marguerite dormia, Marianne pegou o jornal que Sebastien lhe dera e começou a ler os artigos, franzindo o cenho ao descobrir o quanto era meloso, cheio de elogios aos franceses por seus maravilhosos esforços de colaboração. Cada artigo era projetado para ressaltar isso. Depois, na segunda página, ela deu com um artigo que a deixou gelada.

De início, tratava-se de uma notícia aparentemente inócua sobre a indicação de um novo oficial de ligação cultural em Paris, cuja função era garantir que os centros culturais e negócios parisienses se mantivessem em operação.

Havia uma fotografia de um oficial loiro, sorridente, trocando um aperto de mão com o dono de uma padaria, homem corpulento com assombrosos olhos pretos. A legenda dizia: "'O pão é um pilar da cultura francesa, portanto nossas padarias precisam continuar abertas. Precisamos restaurar Paris como o centro da cultura francesa, e faremos isso mantendo negócios como este florescendo', diz Otto Busch, o novo oficial de ligação cultural para Paris".

Marianne esqueceu-se de respirar.

Era *ele*.

Estava ali, na França.

E *sorrindo*.

***

Sentou-se no escuro consumida pela raiva. Verteu lágrimas quentes e raivosas, mas elas não lhe trouxeram alívio.

Otto Busch estava prosperando. Atrevia-se a falar na cultura francesa. A cultura francesa estava enraizada em liberdade, igualdade e fraternidade, não em pão. Era como se ele estivesse caçoando deles. Aquilo era além da conta.

O homem que havia apagado a vida de seu marido como se fosse uma vela não sofrera consequências pelos seus atos. Marianne olhou fixamente para o jornal e releu o artigo mais uma vez. Dizia que ele havia sido promovido.

Ela não sabia como, mas jurou com todas as fibras do seu ser que encontraria uma maneira de mudar isso.

***

Marianne entregou as chaves do seu restaurante a Melodie Bonnier.

– Vou ficar um tempo fora. Se puder, mantenha-o funcionando.

– Mas eu não sei cozinhar... não como você – protestou Melodie.

– Você sabe fazer sopas e cozidos; isso é tudo que as pessoas precisam – Marianne disse e em seguida mostrou a ela o esconderijo, debaixo do assoalho, onde guardava os panfletos. – Amanhã, duas moças virão buscar isso.

— O quê? – exclamou Melodie em choque, olhando fixamente para o material.

— Posso confiar que você entregará a elas?

Melodie encheu as bochechas de ar, apertou o peito e assentiu.

— Claro. Devo-lhe tudo, madame.

— Cuide-se – disse Marianne, abraçando a jovem mãe antes de partir.

***

Em seguida, ela levou Marguerite até Irmã Augustine, tendo arrumado uma grande mala para a filha.

— Preciso que você cuide dela para mim, até eu poder vir buscá-la.

— Tudo bem. Quando você acha que vai voltar? – perguntou a freira.

— Não sei. Podem ser alguns meses.

Irmã Augustine assustou-se.

— Meses?

— Sim.

— Mas, então, por que não leva Marguerite?

— Porque pode não ser seguro. As coisas estão piorando dia a dia para as crianças judias. Não sei até que ponto eles planejam ir, mas preciso que ela esteja em boas mãos, escondida, caso necessário.

Irmã Augustine sabia muito bem o que estava acontecendo. Ela também tinha ouvido histórias. Inúmeros judeus tentavam deixar o país para escapar.

— Cuidarei dela, prometo. Mas para onde você está indo...? É seguro para você?

— Paris.

Irmã Augustine arregalou os olhos.

— O quê?

Marianne hesitou por um momento, sem saber se deveria mostrar a ela. Mas então tirou o jornal que Sebastien Bastille lhe dera.

— Eu o encontrei, irmã. Achei Otto Busch.

31

Paris, 1941

Sebastien Bastille ofereceu uma carona para Marianne até Paris. Ela o contatara pouco depois de deixar a Provença. Teve sorte, porque ele planejava voltar naquela tarde.

Ela o encontrou junto a um grupo de mulheres que estavam indo para a cidade, todos na traseira de uma caminhonete de transporte de animais.

Sentou-se ao lado dele, cercados por um bando de galinhas, e nas horas que se seguiram, passaram a se conhecer.

– Por que a mudança súbita para Paris? – ele perguntou, encobrindo o ronco do motor, o som dos pneus e o cacarejo das galinhas.

– Quero encontrar alguém.

Perante sua expressão confusa, ela pegou o jornal que ele havia lhe dado dois dias antes. Sebastien arregalou os olhos quando ela indicou a foto de Otto Busch.

– Ele? Por que você quer se encontrar com ele?

Ela não respondeu.

– Talvez eu possa ajudar.

Marianne olhou para ele.
— Talvez?
— Vai depender do motivo de você querer encontrá-lo.
Ela olhou à frente, e seu maxilar estava rígido.
— Sinceramente? — perguntou.
— Sim.
— Ainda não decidi.
— Decidiu o quê?
— Se quero olhar nos olhos dele e ver se ele é de fato tão diabólico quando acredito que seja, ou...
— Ou?
Ela puxou o ar, depois encarou Sebastien.
— Se quero apenas matá-lo.
Os olhos dele cresceram.
— Nesse caso, verei o que posso fazer.

32

Paris, 1942

SEBASTIEN BASTILLE CUMPRIU O PROMETIDO e em poucos meses ajudou Marianne a conseguir um encontro com Otto Busch usando um contato de dentro da organização.

Ele também passou a vigiar o oficial de ligação cultural em benefício dela, observando quando ele se encontrava com clientes em potencial, aqueles que tinham necessidade de ajuda financeira e colaboração da Alemanha.

Observava e escutava, fazendo anotações.

Marianne deveria encontrá-lo no prazo de uma semana, em um café em Montparnasse.

Ela havia achado um apartamento no bairro de Batignolles, acima de uma loja de roupas abandonada, e começou a consolidar em sua mente a maneira de abordá-lo com a ideia de um novo negócio.

De início, tinha investido apenas no encontro, em olhar nos olhos dele, mas então Sebastien a cutucou certa noite, perguntando:

– E depois? O que vai acontecer depois que você tiver olhado nos olhos dele? Vai deixar que dê meia-volta e vá embora?

A resposta dela, quando veio, surpreendeu-a:
– Não!
Ele balançou a cabeça, acendeu um cigarro e sorriu:
– Ótimo.
Ela pestanejou. Não sabia se aquilo era ótimo.
– Então, você sabe o que precisamos fazer?
Marianne franziu as sobrancelhas.
– Sei que, de algum modo, terei que levar isso adiante – respondeu, olhando para a proposta em que tinha trabalhado dia e noite, depois de comprar uma máquina de escrever barata, datilografando com dificuldade.

Não tinha certeza de que realmente iria em frente. Em parte, havia se convencido de que estava apenas preparando a proposta em função do encontro, mas Sebastien fez com que visse que isso não era verdade. Não ficaria satisfeita em ver Otto Busch simplesmente escapar.

O que ela queria era ficar próxima dele, para então arrumar um jeito de destruí-lo.

***

Marianne gastou uma fortuna em suas roupas, um conjunto verde-floresta com acabamento em preto. A saia era justa, mas não demais, e ia até abaixo dos joelhos. As meias de seda, com costura preta no centro, eram caras até para o mercado clandestino, mas valeu a pena ver o sorriso surgindo no largo rosto germânico do oficial.

O monitoramento de Otto Busch, feito por Sebastien, revelou que ele era um homem complexo. Era sociável e simpático, mas de pavio curto quando não recebia o respeito que achava que lhe era devido. Parecia ser afetado por algum tipo de transtorno, e não se sentava a uma mesa que não tivesse sido esvaziada e limpa; os talheres precisavam ser polidos em sua presença. Ao que parece, preferia se reunir com novos clientes potenciais no restaurante, sobretudo para poder julgar seus modos à mesa.

Tudo isso foi útil.

Ele se levantou ao vê-la sorrir.

– *Herr* Busch?

– Madame Blanchet? – ele perguntou, estendendo a mão para que ela o cumprimentasse.

O coração de Marianne golpeava no peito. Não podia acreditar que ele estivesse logo ali, em frente a ela. Que a mão que lhe era estendida poderia ser a que apertara o gatilho, acabando com a vida de Jacques.

– Ah, madame, a senhora está tremendo. Não precisa ficar assustada. Não sou o lobo mau, juro – ele disse, sorrindo largamente para ela.

Mas pareceu apreciar o efeito.

Lá do fundo, ela invocou um sorriso de volta.

– Vamos, deixe-me ajudá-la – ele disse, aproximando-se para puxar uma cadeira.

– O-obrigada – ela respondeu.

– Aceita um café? – ele perguntou.

– Sim, por favor – ela disse, pegando um guardanapo e limpando os talheres à sua frente.

Ele sorriu, uma expressão de prazer confuso vindo a seu rosto, depois ergueu a mão para fazer o pedido.

Depois de pedirem os cafés, ela começou a falar sobre sua proposta de negócio. Entregou a ele o projeto detalhado, e ele inclinou a cabeça, lendo, acenando positivamente enquanto percorria as páginas, parecendo gostar do que via.

Marianne flagrou-o olhando para suas pernas. Fingiu não notar.

Logo, ele havia chegado mais perto dela, que tentou não se encolher. Ao voltar para casa, teria que tomar uma ducha, embora não soubesse se chegaria a ficar suficientemente limpa depois disso.

– Então, me conte que tipo de comida você faz.

Marianne contou.

Ele voltou a pegar a proposta de negócio e tomou os últimos goles do café.

– Madame, estou impressionado. Não fica longe da minha base. Vários homens importantes estão visitando esta cidade, e posso lhe dizer que um restaurante com este tipo de menu, nesta localização ligeiramente mais discreta, é exatamente o que precisamos.

– O senhor acha? – ela perguntou, forçando outro sorriso, juntando as pernas com força, porque realmente tentava vender a ideia. – Espero que ele possa ser útil para o senhor e seus homens; vocês trabalham demais. A comida é boa para a alma, e é algo muito próximo do meu coração: uma alimentação rural simples, mas nutritiva. Como minha avó costumava fazer.

O sorriso dele aumentou.

– A senhora é casada, Madame Blanchet?

Por um momento, ela se esqueceu de respirar. Por um segundo, pensou em terminar a coisa ali, naquele momento, com a faca que tinha ao lado. Abaixou os olhos e percebeu que não precisava apenas vender o restaurante, mas a si mesma também.

– Não mais.

Os olhos dele reluziram com interesse.

Ela o tinha.

Sentiu como se fosse vomitar.

– Deixe isso comigo, madame. Já posso lhe dizer que estou ansioso para trabalhar com a senhora. Estou satisfeito que tenha entrado em contato comigo.

– Por favor, me chame de Marianne – ela disse, sorrindo. – Garanto-lhe, *monsieur*, que o prazer é todo meu.

***

Marianne não conseguia acreditar que tivesse conseguido.

Foi preciso apenas três semanas, e ela teve permissão, além de uma injeção de capital dos nazistas, para abrir um restaurante. Recebeu uma carta oficial comunicando que eles ficariam encantados em ajudá-la na empreitada.

Sebastien ficou extasiado ao lê-la. Deu uma tragada no cigarro e olhou para ela por cima do papel.

– Estão ajudando a financiar a própria destruição. É quase poético.

Marianne sorriu para ele, depois pegou seu cigarro e deu uma tragada para acalmar o nervosismo.

– Mas agora é que a coisa pega.

Ele ficou sério.

– Você está dentro, *chérie*. E agora precisamos de uma estratégia. Embora eu saiba que você está tentada a acabar com ele, o fato de querer fazer isso da forma mais demorada mostra que quer tentar fazê-lo do jeito certo, correto?

– Correto.

Algumas semanas depois de sua chegada a Paris, Marianne acabou contando a Sebastien o motivo de querer acabar com Otto Busch em especial. Os dois tinham ficado amigos, e, como à época ele era seu único contato na cidade, também foi a única pessoa a quem contou seu plano de encontrar o oficial de ligação cultural.

Havia algo em Sebastien que despertava confiança. Talvez fosse seu comportamento. Era sempre direto, não era o tipo de pessoa que medisse as palavras ou tentasse ser educado. Mas devido à sua deficiência, era profundamente empático, além de ter uma determinação de aço, reforçada por anos sendo subestimado pelas pessoas.

– Enquanto eu crescia, algumas pessoas foram cruéis comigo em relação à minha perna, e outras me tratavam como se eu fosse incrível e corajoso apenas por existir. Eu ignorava aquelas que não conseguiam ver além disso, mas sempre me irritou as pessoas pensarem que eu era especial quando não havia feito nada. Agora, posso fazer alguma coisa, sabotar os nazistas internamente. Ajuda que a opinião deles sobre pessoas com deficiência seja quase tão ruim quanto a que têm sobre os judeus. – Então, ele riu.

– Por que isso é engraçado? – Marianne perguntou, chocada.

– Porque eu também tenho sangue judeu. Meu avô – ele disse.

Os dois trocaram um sorriso, e foi então que ela lhe contou sobre Jacques, como ele havia sido assassinado e como ela não pudera nem ao menos tentar obter justiça para ele, por causa de sua ascendência judaica.

Sebastien olhou para ela e soltou o ar.

— É óbvio que você queira fazer isso — disse, por fim. — Mas esse é o tipo de raiva que pode te envenenar, se não tomar cuidado.

— Eu sei.

Ele não havia se referido a isso, mas ela logo deduziu que sua posição na organização da Resistência era alta porque, quando ele precisava que algo acontecesse, fosse encontrar um apartamento para um amigo ou acelerar um encontro, a coisa se dava rápido. Sem ele, ela tinha certeza de que nunca teria ido tão longe em tão pouco tempo.

— Tem um membro mais graduado da Resistência que quer conhecê-la, e logo. É o único que sabe quem você é, e acho que é melhor deixarmos assim. Por enquanto, ele e eu seremos seus contatos. Depois desta noite, será mais seguro para nós não nos encontrarmos aqui.

— Ah, não — disse Marianne, triste ao pensar que aquela poderia ser a última vez que ele iria a sua casa.

— Temos que pensar que muito em breve eles começarão a monitorar você. Presto a maior atenção quando venho a sua casa para ter certeza de que ninguém me seguiu, mas, sendo realista, agora que eles concordaram em ajudar você com o restaurante, as coisas vão mudar, e precisaremos tomar mais cuidado.

Ela concordou.

— De agora em diante, nos encontraremos na feira de sábado. Eu irei até você. Sua posição será vital para a Resistência. Você estará em condições perfeitas para conseguir tanta informação quanto possível de membros líderes do Partido Nazista enquanto eles estiverem relaxados, no ócio, e provavelmente revelando mais do que fariam em contextos mais formais. Isso nos ajudará a desmontar o poder de dentro. No entanto, sua situação também é precária. Não sabemos o quanto conseguirá recolher deles, o potencial é ilimitado. Então, temos que tomar cuidado ao decidir sobre o que vamos agir.

– O que você quer dizer?

– Estou dizendo, Marianne, que a parte mais difícil pode ser lidar com as informações que teremos que analisar para manter você a salvo, de modo que eles não percebam que é uma informante. É possível que precisemos ignorar algumas coisas sombrias, até perversas, para impedir crimes maiores.

Ela olhou para ele, horrorizada. Não havia pensado nisso.

– Eu não me importo de me arriscar. A escolha é minha.

Ele sacudiu a cabeça.

– Mas não é só sua, porque dependendo do que nós, a Resistência, fizermos, poderá acabar recaindo em você como a fonte, portanto, em todos nós. Temos que concordar com isso agora, ou não poderemos continuar. O que estamos fazendo não é bonito, Marianne, nem agradável. Não se trata de um conto de fadas em que derrotamos a fera e todos vivem felizes para sempre. As coisas podem ficar turvas em nosso propósito de matar essa fera. Temos que ser estratégicos.

Marianne pensou por um longo tempo. O que ele dizia fazia sentido, mas também era terrível. Será que ela conseguiria olhar para o outro lado caso descobrissem algum plano horrível dos nazistas, de modo a poder viver no outro dia, ou prosseguir para travar a luta maior? Esperava que sim. Sabia que, agora, não havia como recuar.

Concordou.

– Ótimo – ele disse. – Então, como você sabe, sua missão será ultrassecreta. Não podemos permitir que ninguém saiba a seu respeito, entendeu? Será crucial que, para todos os objetivos e propósitos, os nazistas continuem a acreditar que você é uma de suas melhores colaboradoras. Você não pode contar a ninguém que não seja eu e esse contato que irei te apresentar. Precisamos manter a rede tão pequena quanto possível.

Ela recebeu um nome, Geoff, e um endereço, que pertencia a um açougue naquela mesma rua.

– O código é o seguinte: ele dirá "Soube que, no cozido, o rabo de boi é tão bom quanto a carne do peito", e você responderá "Sim, só que o peito é mais macio". Dali em diante você usará seu codinome, Anne, e ele transmitirá por rádio qualquer informação que você tenha.

– Transmitirá?

– Para os britânicos.

Marianne arregalou os olhos.

– Não estamos tão sozinhos quanto pensamos, acredite em mim.

Ela ficou satisfeita por saber disso.

– Entendo – respondeu.

***

A venda da loja abaixo do apartamento de Marianne foi finalizada; agora, estava oficialmente em seu nome. Para comprá-la, ela usou o dinheiro enviado por Freddie quando a guerra estourou. Sorriu pensando no que Sebastien dissera sobre a ajuda dos britânicos. Às vezes, ajudavam sem nem ao menos perceber, como Freddie fizera então. Mas estava agradecida. Não tinha certeza de que conseguiria fazer isso de outro jeito. Mesmo com a ajuda de Otto, não teria o suficiente para obter o local, e ela tinha sido inflexível quanto a ser a proprietária. Queria pôr na compra o nome Blanchet, como um ato de desafio depois que Jacques fora forçado a abrir mão do seu nome.

Sabia que não precisaria de uma equipe grande; não tinha precisado de muito na Provença, mas sabia que não poderia fazer tudo sozinha, então colocou um anúncio no jornal local, e teve um punhado de candidatos que entrevistou na loja vazia. No entanto, a maioria não estava em boa forma, como a mulher cansada e amarga, com cabelo loiro sujo e olhos azuis enormes, quase parecendo de insetos, que perdera o marido e estava tão tomada por uma raiva cega que passou quinze minutos dizendo a Marianne o quanto ela era má por abrir um restaurante, que era uma coisa terrível ela estar colaborando daquela maneira.

– Como você dorme à noite?

Marianne apenas ergueu uma sobrancelha.

– Não durmo muito – ela respondeu calmamente, mas com sinceridade.

A mulher deu de ombros.

– Bom, eu também não, não com o bebê – confessou, relutante. Depois, olhou para Marianne. – E aí, você vai me dar o emprego, ou o quê?

Era como olhar para um reflexo distorcido de si mesma.

Quando Marianne disse que ainda estava entrevistando outros candidatos, ela estreitou os olhos e cuspiu no chão.

– Entro em contato com você – disse Marianne, com uma tentativa de risada.

Mais alguém apareceu. Ela olhou além da mulher que saía com uma trovoada no rosto e viu um adolescente ruivo e com sardas.

– A senhora é Madame Blanchet? – perguntou ele. – Estou aqui por causa do trabalho como assistente de cozinha e... prometo não cuspir no chão, caso isso seja um requisito para conseguir o emprego – ele sorriu.

Ela riu em resposta.

– Você deve ser Gilbert Géroux.

Ele assentiu. Era a última pessoa da lista, e ela suspirou de alívio. Para ser sincera, era a melhor coisa que acontecera em toda a manhã. Todos os outros que havia entrevistado agiam como se estivessem sendo levados para a forca, a não ser aquele menino sardento, de olhos brilhantes, que parecia ter trazido um pouco de sol.

"Esse menino servirá muito bem", pensou.

***

Uma semana depois, Marianne conheceu seu contato no açougue. Ele estava examinando as prateleiras quase vazias. Tinha 30 e poucos anos e andava com uma bengala. Era muito alto, magro e seu cabelo escuro estava cuidadosamente penteado para trás. Usava um longo sobretudo preto, com um chapéu combinando, e tinha olhos azuis brilhantes.

Assim que ela entrou, ele disse:

– Soube que, no cozido, o rabo de boi é tão bom quanto a carne do peito.

Marianne percebeu um sotaque inglês bem elegante. Sorriu em resposta.

– Sim, só que o peito é mais macio.

– Anne? – ele perguntou.

– Geoff?

Ele confirmou com um gesto de cabeça.

– Bom dia, *monsieur*. Pode me arrumar algumas costeletas de carneiro? – Geoff perguntou ao açougueiro, que vinha do fundo na direção dos dois, limpando as mãos no avental manchado.

O açougueiro assentiu, depois olhou para Marianne, que disse:

– O mesmo, por favor.

– Duas para cada – disse Geoff, entregando seus cartões de racionamento.

Enquanto o açougueiro começava a preparar a carne, Geoff olhou para ela.

– Está tudo pronto para abrir?

– Agora não vai demorar muito.

– Haverá uma boa dose de publicidade. Acha que dá conta? Eles precisam ver isso como um motivo de orgulho.

– Sim, posso imaginar. Contratei uma pessoa, Gilbert Géroux. Ele é ótimo, um garoto inocente. Preciso garantir que fique seguro.

– Dá para providenciar isso.

– Só que...

– Só que...?

– É que ele tem um rosto que não esconde absolutamente nada, especialmente sua aversão aos alemães. Dá para imaginar que não vai demorar muito para que ele tente se juntar – neste ponto, ela abaixou a voz – à nossa organização, mas temos que ficar atentos a isso.

Ele concordou.

– Conheço uma moça. Posso fazê-la recrutá-lo daqui a poucos meses. Ela pode se manter atenta.

– Parece bom.

Então, eles partiram com suas costeletas de carneiro, cada um para seu lado.

33

Batignolles, Paris, 1942

DALI A APENAS DUAS SEMANAS, o novo restaurante abriria suas portas. A tabuleta pintada a mão dizendo "Luberon" reluzia ao sol do final do verão.

Marianne e Gilbert tinham acabado de voltar de uma garimpagem em um mercado de pulgas, onde conseguiram um negócio excelente em algumas panelas e frigideiras de um antigo restaurante. Estavam prestes a ir embora quando Gilbert avistou vários pôsteres divertidos. Eram ilustrações de gatos cozinhando, um deles com um bigode e um chapéu de cozinheiro. Gilbert começou a rir e mostrou-o para Marianne.

Ela também riu ao vê-lo.

– É perfeito. Vamos colocá-lo na cozinha – disse.

– É mesmo?

– Sim. Dá para imaginar a cara dos alemães quando virem isso?

O menino riu ainda mais.

Marianne estava pendurando um dos cartazes ao longo da parede da entrada, onde Gilbert varria o degrau da frente. Ela o viu parar quando uma dupla de mulheres começou a cochichar alto na rua. Pareciam querer que ele percebesse.

Ouviu uma delas lamentar:

— Dizem que *ela* teve uma dispensa especial para transformar isso em restaurante.

A outra replicou:

— É, todo mundo morrendo de fome, os negócios afundando, e ela abrindo. Não é difícil imaginar como ela conseguiu *isso*.

A primeira mulher fungou.

— Vergonhoso, vergonhoso. E o fato de que irá servir comida provinciana aqui é duplamente ofensivo.

Marianne as ignorou e focou apenas em Gilbert, que tinha os punhos fechados ao lado do corpo. Mas entreouviu:

— Ah, sim. Ela deveria ter poupado o trabalho e dado o nome de "A Colaboradora Feliz".

As duas riram e, finalmente, seguiram andando.

Marianne poderia ter rido também. Se quisesse que aquilo desse certo, era exatamente o que precisava que todos pensassem.

No entanto, Gilbert era outro caso. Ela havia começado a se importar com o menino nas últimas semanas. Ele era um trabalhador muito esforçado, e o fato de estarem quase prontos para abrir as portas era, em grande parte, graças a ele. Realmente não queria que ele se machucasse trabalhando ali. Às vezes, quando chegava a sentir alguma culpa, tinha a ver com ele e com o que ela poderia estar envolvendo-o.

Quando Gilbert jogou a vassoura no chão e foi para a rua, sua missão era muito clara: dizer algumas verdades àquelas mulheres. Marianne agarrou a mão dele para impedi-lo e sorriu.

— Não vale a pena, Gilbert. Precisamos que eles caiam em si, e você não pode forçar isso.

— Mas como eles vão "cair em si" se não entendem? — perguntou ele, com uma careta. Suas sardas sumiam à medida que o rosto ficava vermelho de irritação.

– Eles vão acabar entendendo, só lhes dê um tempo. Uma coisa como essa – ela apontou para o prédio atrás de si –, bom, não é fácil de aceitar da noite para o dia. Não quando todo mundo está enfrentando tantas dificuldades. Parece suspeito, e precisamos reconhecer isso. Nossa função é conquistar a confiança deles devagar. Precisamos ter paciência – ela concluiu, dando uma piscadinha.

Então, franziu o cenho.

– Você parece cansado, Gilbert. Há grandes olheiras debaixo dos seus olhos. Quando foi a última vez que você tirou uma folga? – Ela sabia que a mãe dele andava doente e que isso, para ele, era uma grande preocupação.

Gilbert deu de ombros e abriu um sorriso enviesado.

– Quando foi a última vez que você tirou?

– *Touché*. Vou te dizer uma coisa: me ajude a pintar esses dois últimos rodapés, depois vamos tomar um café e, talvez, até encerrar mais cedo. Parece bom?

– Se você quiser.

Justo nesse momento, o som rápido e ritmado de pisadas de botas soou pela rua, e involuntariamente o garoto se encolheu, sabendo que anunciava a chegada dos alemães. Os dois viraram-se devagar e viram um grupo de oficiais nazistas marchando em direção a eles.

Marianne sentiu a garganta seca. Nunca se acostumaria a ver Otto Busch caminhando para ela, ainda que ele tivesse feito questão de passar quase todos os dias, desde que haviam começado a trabalhar para tornar o local apresentável.

Ela sabia que também precisava trabalhar nisso, em estar perto dele, em tentar fingir que estar com ele era a parte mais maravilhosa do seu dia. Sebastien havia lhe dito quase a mesma coisa na última vez que o vira, na feira agrícola de sábado, quando, em seu disfarce de verdureiro, lhe entregou um saco com tomates e cebolas.

Depois de eles rapidamente terem posto a conversa em dia, com ele comentando como ela parecia cansada, seus olhos ficaram compassivos.

— Está preparada para isso, Marianne? Não é tarde demais para desistir.

— Para mim, é.

Ele ergueu uma sobrancelha.

— Tudo bem, mas você sabe como fazer esse trabalho, como garantir que eles queiram estar lá o máximo de vezes possível. Você terá que fazer com que ele se apaixone por você. Sabe disso, certo?

Ela suspirou, mas assentiu.

— Eu sei.

— Então, isso significa *dormir*. Você precisa estar sempre no seu melhor.

Ela fez uma careta, mas sabia que ele tinha razão.

Depois disso, fez questão de estar sempre bem apresentada e, em caso de dúvida, dispondo de corretivo para as olheiras.

— Madame — saudou Otto Busch com seu sorriso de rapaz do campo, o rosto descansado. — A senhora foi rápida. Estou impressionado. Olhe só essa bela tabuleta!

— Bom, isso é obra do jovem Gilbert. Ele é um artista. Se não fosse pela... — ela hesitou — doença da mãe, teria ido para a Escola de Artes. Sorte a minha de tê-lo comigo — ela completou, tocando no braço de Busch. Os olhos dele faiscaram de interesse.

— Bom trabalho — disse Busch, virando-se para o menino e perguntando sobre a saúde da mãe.

Marianne ficou satisfeita quando ele providenciou um médico para dar uma olhada em Madame Géroux. Esperava que ele fosse tentar bancar o cavalheiro para ela. Gilbert arriscava muito trabalhando ali sem nem mesmo se dar conta. Se pudesse arrumar um jeito de também ajudá-lo, faria isso.

Quando Busch começou a dar ordens para os outros homens, as quais eles rapidamente atenderam, ela fingiu estar impressionada.

– Ah, *Herr* Busch, é muito gentil da sua parte.

Ele fingiu não se importar, mas ela notou que ficou satisfeito por vê-la feliz. Suas faces coraram. Ele logo voltou a elogiá-la, encantado com tudo que ela e Gilbert haviam realizado, desde o exterior recentemente pintado até os cestos de flores cheios de gerânios rosa.

Marianne abriu um largo sorriso.

– Bom, não poderíamos ter feito isso sem a sua ajuda.

Ele abanou as mãos.

– Não foi nada – disse, dispensando os agradecimentos. – Só assinei alguns papéis, falei com alguns colegas. Foi fácil convencê-los de que era preciso um novo restaurante aqui, madame. A senhora é exatamente o que precisamos, concordam?

Houve manifestações entusiasmadas vindas do grupo.

Busch deixou sua mão grande no ombro de Marianne, e ela tocou em seu bíceps, sorrindo até enquanto encarava seus olhos odiosos.

– Bom, estou em débito com o senhor. Sempre terá nossa melhor mesa – ela disse.

Ele bateu palmas de prazer.

– Parece um bom acordo para mim.

Logo Busch estava se oferecendo para ajudar no restante do trabalho, para que eles pudessem abrir mais rápido.

– Só nos diga do que vocês precisam, madame – falou Busch.

Marianne e Gilbert entreolharam-se rapidamente. Lá se ia seu início de tarde. Mas ela, alegremente, voltou-se para Busch e começou a lhe contar o que precisava ser feito. Logo, vários suboficiais entraram, enrolando as mangas e começando a trabalhar.

Diversos transeuntes pararam para olhar. Houve um som de pigarro, e um velho em um casaco sujo cuspiu no chão, levantando dois dedos com as costas da mão antes de sair andando.

Marianne prestou atenção no velho e depois olhou para Gilbert, que, desanimado, acompanhava a passagem do homem. Sabia o que ele muito provavelmente estava pensando: que aquele restaurante não estava fadado ao sucesso, mas a verdade é que ele já era um sucesso. Seus fregueses já estavam ali, e, embora dessem duro trabalhando para ajudá-la, ela faria tudo que pudesse para destruí-los.

O pensamento acalmou Marianne antes de ela se virar para, mais uma vez, voltar para dentro.

34

Paris, 1942

MARIANNE TINHA UM CESTO PRONTO para ser enchido, e Sebastien ajudava-a escolher os melhores tomates, cenouras e berinjelas. Enquanto indicava quais eram bons para cozidos, ela rapidamente lhe contou em que pé estavam as coisas. Agora, fazia um mês que o restaurante estava aberto, e finalmente tinha algo de valioso para compartilhar. Tratava-se do nome de um importante general, Karl Fuegler, conhecido por ser uma figura-chave na deportação de pessoas consideradas "indesejáveis" pelos nazistas para os campos de concentração que tinham começado a construir em massa. O general estava chegando de Berlim, e ela havia entreouvido a rota e a hora em que eles deveriam encontrá-lo. Deu a Sebastien as informações que sabia anotadas em uma tira de papel, juntamente com seu cartão de racionamento, no momento em que foi pagar.

***

Nada aconteceu com Fuegler, e ela não soube de notícias de sabotagem. Na verdade, passados vários dias, Otto Busch contou-lhe que queria convidar alguém especial para jantar no restaurante, e ela se deu conta de que era o general. Sorriu e disse:

– É claro.

Ao encontrar Geoff, seu contato no açougue, eles puderam conversar com um pouco mais de liberdade.

– Seria arriscado demais fazer alguma coisa com a sua informação – ele explicou. – Havia oficiais fervilhando por toda parte. Imagino que possa ter sido um teste.

– Um teste? – ela perguntou, com os olhos arregalados.

Ele confirmou.

– Pense nisso: após um mês, esta foi a primeira informação de verdade que você conseguiu, e era importantíssima. Se tivéssemos eliminado Fuegler, eles teriam conseguido rastreá-la. Mas, ainda que quiséssemos fazer isso, ele estava muito protegido. Era como se esperassem que fizéssemos alguma coisa.

Marianne engoliu em seco.

– Mas é uma notícia boa – ele completou.

– É?

– Sim, porque agora... Bom, já sabemos que ele gosta de você, mas agora está começando a confiar em você. Só precisamos acelerar um pouco mais.

– Como?

– Vai haver um pequeno ataque direcionado ao restaurante.

Os olhos de Marianne dilataram-se. Ele continuou:

– Isso dará a ele uma chance para ser seu herói, para lhe oferecer conforto.

Ela fechou os olhos com repulsa, fazendo uma careta. Depois, concordou.

***

Eles não perderam tempo. Apenas três dias depois, um homem atirou um tijolo na vitrine do restaurante, entrando pelo buraco.

Gilbert e Marianne estavam na cozinha quando escutaram o barulho. Correram para o passa-pratos e viram um homem quebrando a mobília. Gilbert gritou para ele parar, mas Marianne o segurou. O homem tinha o rosto coberto com um cachecol, mas não era alguém que ela reconhecesse. Ele enfiou a mão no bolso da calça e tirou uma faca retrátil, abrindo-a. Marianne ficou sem voz. Ainda que tivesse sido prevenida, aquilo parecia pior do que a descrição de Geoff. O homem pulou pelo passa-prato, e ela e Gilbert recuaram. Gilbert gritou:

— O que você quer?

— Eu? — disse o homem. — Quero que vocês, escória, morram pelo que estão fazendo aqui! — Ele então investiu, riscando o braço de Marianne com a faca, quando ela pulou na frente de Gilbert. Depois, deu as costas e correu.

Marianne não precisou fingir sua angústia. Suas mãos tremiam quando começou a cuidar do corte. Gilbert ficou furioso com o invasor, mesmo enquanto ajudava a fazer o curativo. Em seguida, ela ficou desesperada por um uísque, desejando estar em qualquer outro lugar que não fosse ali, e mandou Gilbert para casa. Ele foi embora relutante.

— Você vai ficar bem? E se ele voltar?

— Ele não vai abusar da sorte. Não vai demorar muito para os alemães começarem a chegar. Você poderia só deixar um aviso do lado de fora dizendo que, por enquanto, estamos fechados? — ela pediu.

Ele concordou.

Naquela tarde, quando Busch descobriu o que havia acontecido, correu para encontrá-la em seu apartamento no andar de cima.

— Madame! — gritou, batendo à porta com punhos pesados e impacientes.

Marianne respirou fundo antes de abrir. Então, permitiu que as lágrimas caíssem.

— Ah, *Herr* Busch, o senhor está aqui — disse e começou a chorar.

— Ah, madame, fiquei tão preocupado! Vi sua vitrine. Gilbert disse que um maluco a atacou! A senhora está bem? Por que não mandou me chamar? Como ele era? Vamos encontrá-lo, confie em mim. Ele pagará por isso.

— E então outro assumirá o lugar dele — ela disse, com um suspiro. Seus lábios tremeram. — Não entendo por que são tão rancorosos. Só estou tentando alimentá-los com uma comida boa e saudável.

De fato, era verdade. Embora Marianne quisesse, desesperadamente, encontrar uma maneira de sabotar os alemães — seu principal objetivo —, em seu coração ela era, e sempre seria, uma cozinheira, e sabia que preparar refeições simples e nutritivas para os locais também seria um pequeno ato de desafio. Toda boca que conseguisse alimentar, manter viva, era mais uma pessoa que desafiava a ordem das coisas. Viver para combater um outro dia.

Permitiu-se uma pequena lágrima final, que logo enxugou. Depois, olhou para ele.

— Por que eles não conseguem enxergar isso? Realmente é melhor para nós todos trabalharmos juntos.

— Sim — ele disse, aproximando-se e puxando-a para seus braços. — É melhor, e vamos ajudar nisso. Vamos nos esforçar mais para que eles percebam isso.

— Vão? — ela perguntou. — Ah, *Herr* Busch, obrigada.

Quando ele a beijou, ela mal conseguiu segurar um grito, mas felizmente foi um beijo rápido, e valeu a pena ver a expressão de ternura nos olhos dele.

***

Depois de Busch ter convencido e *ameaçado* Madame Géroux, a mãe de Gilbert, e sua vizinha, Fleur Lambert, a visitar o restaurante, as coisas começaram a mudar e os locais começaram a afluir.

Isso surtiu o estranho efeito de, com o tempo, fazer os alemães começarem a baixar a guarda.

Busch, que havia tornado um hábito comparecer no mínimo algumas vezes por semana, agora estava lá quase todas as noites, em parte por ter certeza de que Marianne receberia, de maneira correta e graciosa, qualquer convidado de honra que ele pudesse ter em sua companhia e, em parte, porque começava a sentir que um romance com ela era muito provável.

Marianne fez o possível para tentar lidar com essa expectativa, andando na corda bamba para bajulá-lo e manter o interesse dele, mas também não querendo ceder com muita facilidade. Como Sebastien dissera certa manhã, quando ela estava fazendo compras – o que incluía comprar cigarros para os alemães, no caso de eles ficarem sem no restaurante:

– Os homens gostam da caça, principalmente homens como esses.

Por esse diálogo, Marianne deduziu que, de algum modo, eles haviam andado observando-os.

Sebastien também contou a ela que suas suspeitas sobre Gilbert juntar-se à Resistência tinham se revelado acertadas, mas que uma amiga estava prestando atenção nele e relatando qualquer informação trazida pelo menino.

– Estamos preocupados de que haja um informante naquele grupo, mas ainda não podemos ter certeza. Por enquanto, ele ainda não fala alemão, o que ajuda, mas pode ser que você mesma queira ficar de olho nele.

– Obrigada, vou ficar.

Era bom estar com Sebastien. Ela sentia falta de passar tempo com ele, como faziam antes. Naquele momento, com exceção de Gilbert, ele parecia ser seu único amigo.

Sebastien pareceu ler sua mente, porque tocou de leve em sua mão e suspirou.

– Seja forte, *chérie*. Logo apareço de novo. Geoff vai se mudar para um novo local. Ponho você a par em algum momento semana que vem.

***

Agora que o restaurante estava mais agitado do que nunca, havia trabalho demais para apenas Marianne e Gilbert, e ela sugeriu que eles contratassem seu irmão mais novo, Henri. Marianne estivera com ele algumas vezes e gostava do menino.

No início, Gilbert ficou em dúvida se aquilo seria uma boa ideia, dizendo que Henri era um pouco imprevisível.

– Às vezes, ele diz coisas muito estúpidas, como que quer derrubar os nazistas de suas bicicletas, ou jogar um tijolo pela janela dos carros deles. Fico preocupado de que ele possa fazer ou dizer algo assim.

Marianne podia entender isso.

– Ele é um adolescente, Gilbert, cheio de hormônios. O que eu posso dizer é que a melhor coisa para lidar com isso é estar ocupado, e também sob um olhar atento. Pelo menos aqui podemos tomar conta dele. Além disso, ele não é estúpido; pode ser impetuoso, mas não vai dizer nada que possa metê-lo em um problema sério.

Gilbert olhou para ela, surpreso. Talvez ela tivesse adivinhado que esta era uma de suas maiores preocupações.

– Isso poderia ajudar, de verdade.

Ela sorriu.

– Por que o tom de surpresa? Quando é que eu estou errada?

– Bom, na verdade, em se tratando de coentro... – ele disse com uma risadinha.

– Ah, bom, nesse caso vamos concordar em discordar. Você acha que ele estaria interessado?

– Claro, posso perguntar. Falarei com ele hoje à noite.

***

Levou um tempo para Gilbert convencer não Henri, e sim sua mãe. Mas, quando o irmão começou a trabalhar com eles, a coisa ficou bem divertida.

Sua primeira noite ali foi movimentada, com convidados muito importantes para Otto Busch, que estavam ficando cada vez mais bêbados com o passar das horas.

Eles ouviram um dos alemães cantar em um falsete muito forçado, e Marianne e Gilbert começaram a rir. Riram ainda mais depois que Henri executou uma imitação quase perfeita do tom do alemão cantando com uma garrafa junto ao peito, mas, no caso de Henri, com um grande frasco de sabão líquido.

Quando Busch entrou, porém, Marianne ficou alerta, empalidecendo. Infelizmente, Henri não havia notado o oficial e prosseguiu com sua imitação.

Então, Busch perguntou:

– Está caçoando da minha cantoria? – A cozinha ficou em silêncio, e Marianne quis pensar em alguma coisa, qualquer coisa, para dizer, recriminando-se por ser uma idiota e não ter dado ouvidos ao alerta de Gilbert, arriscando aquele garoto ao empregá-lo. Logo ela, que sabia que tipo de pessoa era Busch, do que era capaz quando ficava bravo.

Sentiu que poderia vomitar.

Henri, no entanto, era um especialista em agradar.

– A sua não, senhor – respondeu ele, incluindo Busch na brincadeira. O garoto o chamou até o passa-pratos, de onde podiam ver um dos oficiais, com o rosto vermelho, totalmente bêbado, segurando uma garrafa de vinho, enquanto cantava desafinado ao som de "La Vie en Rose" no gramofone que eles haviam instalado no restaurante.

Busch olhou fixamente. Depois, começou a rir bem devagar, alto.

– Ah, você é um *Dummkopf*, seu sotaque é impecável. Acho que fizemos bem em ter você aqui. Muito bem, madame. – Ele levantou um dedo e sorriu. – É exatamente disso que precisamos, mais divertimento. – E colocou a mão com delicadeza sobre o ombro de Henri, piscando para ele.

Depois daquela noite, Henri passou a ser o preferido de Busch. Era constantemente convidado para fazer imitações dos oficiais, e adorava fazer isso. Marianne não tinha certeza de que fosse uma boa ideia. Gostava demais do menino, mas a culpa de tê-lo colocado nesse apuro a consumia.

Tentou mantê-lo afastado, resguardado no fundo do restaurante, mas Busch o queria na frente, divertindo os outros, e insistiu que ele era o mais indicado para ser garçom, trocando-o de lugar com Gilbert. Com o passar do tempo, nas noites mais calmas, Henri era frequentemente convidado a se juntar a eles nos jogos de baralho. Marianne e Gilbert, no entanto, respiravam com mais facilidade quando o garoto estava longe dos oficiais.

***

Certa noite, quando o restaurante estava movimentado, Henri servia a mesa dos oficiais e estava ficando exausto com os pedidos. Busch havia dito a Marianne que um convidado novo e importante chegaria em breve.

– Seu nome é Harald Vlig. É um membro graduado do partido, então temos que dar o máximo para impressioná-lo. Não é um fã da minuciosa comida daqui, mas disse que comeu a melhor refeição francesa de sua vida na Alsácia. Era um *coq au riesling*. A senhora conhece?

– Sim. Posso preparar isso especialmente para ele.

Busch soltou um grande suspiro de alívio.

– Obrigado, madame.

Marianne, Gilbert e Henri levaram a instrução a sério. Até Busch, que normalmente era o retrato do charme, parecia no limite.

Na noite seguinte, após o visitante ser recebido e de Marianne passar para os estágios finais do prato, as vozes dos nazistas aumentaram em uma discussão acalorada. Ela escutou um deles dizer:

– Tem certeza de que ele não fala alemão?

– Absoluta. É um cabeça quente, e tenho certeza de que, se soubesse que o apelido que dei a ele significa "imbecil", não ficaria tão feliz assim.

Ao ouvir a palavra "*Dummkopf*", Henri ergueu uma sobrancelha e disse:

— Pois não?

Vlig e os outros reprimiram as risadas por detrás das cartas.

— Muito bem.

Logo, Busch e Vlig começaram a discutir planos para o que soou como uma operação secreta.

Marianne viu quando Gilbert levantou a cabeça ao mencionarem um mapa. Na ponta dos pés, ele se aproximou sorrateiramente do passa-pratos, observando enquanto Vlig e Busch abaixavam a cabeça ao mesmo tempo.

Ela os escutou comentar sobre crianças judias que estavam escondidas em uma escola católica. Seu coração começou a golpear, e ela viu Gilbert pegar uma comanda e começar a anotar algo. Arrancou a comanda da mão dele e a queimou no fogão.

— Que diabos você está fazendo? — ele sibilou.

— Salvando sua vida. Não seja idiota — ela disse, batendo na lateral da cabeça dele.

O garoto a olhou com tanto sofrimento que chegou a doer.

— Marianne, você não entende. Eles estão planejando alguma coisa, e tem a ver com crianças. Podem ser crianças judias.

Ela ficou furiosa. Ele poderia comprometer tudo — toda a operação, a vida deles e daquelas crianças. Precisava levar aquela informação para as pessoas certas, não podia deixar que simplesmente fosse entregue à divisão local da Resistência. Na última vez em que estivera com Sebastien, ele havia dito que o grupo ao qual Gilbert se juntara poderia ter um informante. De maneira alguma poderia correr esse risco. Nem ao menos sabia se Sebastien e os outros agiriam com essa informação. Rezava para que sim, mas estava começando a pensar no que mais poderia fazer para garantir que Vlig não levasse adiante missões como aquela.

Marianne sacudiu a cabeça.

— Ouça. O que eles estão fazendo é imperdoável, monstruoso. — O rosto dela reluziu com tal raiva que ele realmente recuou. — Mas você será morto – ela disse, estalando os dedos – se entregar essa informação para a Resistência.

Ele se surpreendeu.

– Você sabe que estou trabalhando para eles?

Ela aumentou o volume do rádio. Depois, disse em um tom falso, animado:

– Ah, adoro esta aqui! – Era "Paris sera toujours Paris", com Maurice Chevalier. Balançou o quadril. – Você tem razão. Acho que um bom cozido de verão com abobrinhas será ótimo.

Marianne esperou até que o oficial nazista que havia se virado para olhar para eles pelo passa-pratos se voltasse novamente para os outros. Quando o perigo passou, disse a Gilbert:

– Este é o único lugar em que eles discutiriam o que você ouviu mais cedo, o que significa que seríamos os principais suspeitos se a informação fosse adiante. Especialmente você, porque ele te viu parado perto do passa-pratos.

– Tenho certeza que não.

– Viu, sim. Não seja *idiota*. Por mais que Otto Busch e o restante dos botas brinquem de ser cavalheiros, eles são, acima de tudo, soldados implacáveis, e a primeira coisa que fariam é tomar cuidado com quem escuta.

– Eles não sabem que falo alemão.

– Também não sabem que você não fala. Prometa que isso fica aqui.

Levou um bom tempo, mas ele acabou concordando.

***

Marianne conseguiu levar a informação a Sebastien bem cedo na manhã seguinte, quando ele passou pela banca de jornal.

– Eu mesmo vou até a escola – Sebastien prometeu. – Será mais rápido. Vou pedir que evacuem todas as crianças judias que mantêm escondidas.

Marianne começou a chorar. Quebrando o protocolo, Sebastien a abraçou rapidamente. Ela despencou em seus braços, desejando nunca ir embora. Ele lhe deu um beijo rápido na cabeça.

– Vou pedir a eles para fazer uma coisa horrível, mas é a única maneira de mantê-la a salvo.

Ela olhou para ele e franziu o cenho.

– O que você quer dizer?

– Ainda não sei, mas, de algum modo, vou precisar fazer com que cubram suas pistas. Eles não podem simplesmente sair, seria muito suspeito.

– Por favor, tome cuidado.

– Sempre, *chérie* – ele disse, e beijou-a novamente no alto da cabeça. – Isso também serve para você. Então, continue agindo normalmente.

– Sim.

***

Faltavam dois dias para a ação planejada na escola, e Harald Vlig mais uma vez visitava o restaurante. A decisão que Marianne havia tomado na noite anterior pesava como uma pedra em sua barriga, mas ela sabia que tinha que ser feito. Dessa vez, Vlig queria experimentar outra coisa, algo realmente francês. Ela preparou uma *ratatouille* especialmente para ele.

Quando lhe serviu o prato cozido, tomou cuidado para picar dentro uma folha mínima de beladona. As freiras haviam dito que levaria dois dias para fazer efeito, e ela contava com isso. Serviu-o pessoalmente, como havia feito na noite anterior. Ele pareceu gostar de ser o único com uma refeição especial. Busch havia dito a ela para realmente fazê-lo sentir como um convidado privilegiado, então foi isso o que ela fez, chegando a lhe servir também o vinho.

– Aqui está, general. Uma *ratatouille*. – Deu-lhe um grande sorriso, pondo o prato à sua frente.

Ele sorriu de volta.

– Não vejo a hora de experimentá-la. Busch de fato se saiu bem ao descobrir esta joia. Percebo que ele gosta de jantar aqui com frequência.

Ela levou as mãos ao coração, como se estivesse lisonjeada, e murmurou:

– Obrigada.

Saindo para servir vinho para outro oficial, Marianne esperou, com a respiração suspensa, enquanto Vlig levava uma garfada à boca. Depois, ele se virou para ela e apertou os dedos nos lábios em sinal de aprovação.

Ela respondeu com um sorriso.

35

Paris, 1943

No ano-novo, Marianne soube que Harald Vlig havia sofrido um enfarte. Quando Busch lhe contou, ela tomou cuidado para parecer preocupada.

— Ah, não. — Mas seu coração trovejava em seus ouvidos. Em parte, ela estivera esperando com os nervos à flor da pele, quase convencida de que não tinha funcionado. Tinha matado um homem. Sentiu-se enjoada só de pensar nisso. — Que tristeza! — conseguiu dizer.

— Terrível, especialmente porque ele só tinha começado a viver há pouco, finalmente comendo da cozinha francesa. Vai ver que foi isso que acabou com ele.

Por um momento, Marianne se esqueceu de respirar.

Então, ele riu.

— Olhe para o seu rosto. Daria até para achar que foi você mesma quem o matou. Não fique tão preocupada. Você é como a minha mãe, ela vivia preocupada de nos causar intoxicação alimentar. Tinha fobia de carne e arroz.

Marianne pestanejou.

– Ah, acho que também tenho um pouco.

– Não se preocupe – ele repetiu, tocando no braço dela. – O médico disse que Vlig estava naquela idade de alto risco, e o trabalho dele era muito estressante.

***

Naquela noite, havia apenas fregueses costumeiros para jantar, Busch e alguns dos seus homens. Passaram a noite jogando baralho e bebendo vinho, e Henri foi convidado a se juntar a eles. Busch estava em um clima contemplativo, talvez por causa da morte súbita de seu mentor, Harald Vlig.

– Vamos brindar ao velho da maneira que ele gostaria. – Então, sorriu. – Ele não era fã da cozinha, mas realmente amava o vinho francês. – Ele chamou Marianne, pedindo que trouxesse uma garrafa de Bordeaux Lafite, 1925.

O adjunto de Busch girou o vinho em sua taça e deu um gole; depois, suspirou de prazer.

– Você sempre sabe pedir o melhor vinho. Deve ter sido criado bem diferente de mim.

Busch ergueu uma sobrancelha.

– Ah, duvido. Por um tempinho, meu pai teve um bar em Hanover, e prestei atenção em qual era o mais caro.

O adjunto riu.

– Deve ter sido ótimo crescer em um bar! Cervejas de graça sempre que você quisesse?

A expressão de Busch mudou.

– Não. Bom, poderia ter sido, mas ele morreu quando eu tinha 9 anos, e minha mãe morreu quando eu era bebê. Depois disso, fui mandado para a assistência social.

Marianne olhou fixamente para Busch. Não conseguia acreditar que eles tivessem algo em comum, a perda dos pais tão jovens.

Isso também fez com que ela imaginasse o quanto ele poderia ter sido diferente, caso o pai tivesse vivido.

O clima entre eles ficara sombrio, e Busch deu de ombros.

— Vamos tomar uma boa cerveja alemã para nos livrarmos disso — disse, e os outros caíram na risada.

***

Passaram-se mais três semanas até que ela visse Sebastien. Ele passou por ela e disse rapidamente:

— Belo dia hoje, não é, madame?

Embora estivesse chovendo, ela sorriu tão radiante quanto se o sol estivesse brilhando. Seus joelhos quase fraquejaram de alívio.

Foi só mais tarde, naquela noite, depois de ter encerrado as atividades, que ela se permitiu chorar grandes lágrimas e soluços de alívio.

Sentia tanta saudade de Marguerite que era como uma ferida aberta, mas isto, o que eles tinham conseguido, deu-lhe certeza de que o que estava fazendo valia a pena.

— Um dia — ela prometeu para a filha ausente, a salvo na abadia com Irmã Augustine. — Um dia você vai entender, eu espero.

***

Marianne gostaria de poder contar a Gilbert sobre as crianças. Podia ver nos olhos dele a culpa que sentia por não ter repassado o que sabia para a Resistência. Mas fora aquilo que o mantivera vivo.

Distraiu-se da culpa pelo súbito declínio na doença de sua mãe; o médico havia dito não ser provável que ela vivesse muito tempo mais. Marianne disse a ele e a Henri que precisavam passar esse tempo com ela. Henri parecia querer estar em qualquer lugar, menos em casa.

— É difícil demais — admitiu. — Nas últimas semanas, ela emagreceu tanto que é como se começasse a desaparecer. Detesto vê-la desse jeito.

O coração de Marianne sangrou por eles. Sabia o quanto era difícil perder uma mãe, e com a avó, que havia sido como uma segunda mãe para ela, era como se tivesse perdido duas.

– Henri, você não sabe quanto tempo ela ainda tem.

Um som veio de trás deles, e Busch entrou, indo direto até Marianne, tocando levemente em suas costas. Então, vendo o rosto preocupado de Henri, perguntou:

– O que foi? O que aconteceu? – Sua expressão ficou preocupada ao se aproximar para tocar nos ombros do menino.

– Estou bem – mentiu Henri.

– É Berthe – disse Marianne. – Ela não anda muito bem.

– Ah, filho – disse Busch e olhou para o menino com simpatia. – Sinto muito saber disso.

Rapidamente, Henri limpou uma lágrima, depois olhou para o chão.

– O médico vai vir amanhã de manhã. Ele deu a ela alguns comprimidos novos; disse que poderiam ajudar.

– Você deveria ir agora, Henri. Posso me virar sem você – disse Marianne. – Agora, com o ano-novo, está mais calmo aqui.

– Mas não tão calmo – rebateu ele. – Você ainda precisa de ajuda. Vou ficar bem. É melhor se eu estiver ocupado.

Marianne olhou para Busch, pedindo ajuda, tocando em seu braço.

– O senhor perdeu seu pai quando era criança, *Herr* Busch. Diga a ele que precisa passar esse tempo com a mãe.

Por um instante, Busch olhou para ela com curiosidade, a testa enrugada.

Marianne não notou. Só tinha olhos para o menino.

– Confie em mim, Henri. Um dia você vai desejar ter passado todos os momentos com ela.

– Não force o menino se ele não quiser – replicou Busch. – Nem todo mundo sente a mesma coisa.

Marianne franziu o cenho.

Henri olhou para Busch e então concordou em silêncio.

***

Mais tarde naquela noite, Busch estava bebendo cerveja, mal participando da conversa com seus outros homens, que jogavam baralho. Quando Marianne apareceu, ele pediu que trouxesse outra garrafa.

— Não me lembro de ter contado a você que meu pai morreu — cochichou quando ela pôs a bebida perto de seu cotovelo.

Ela o encarou, e seu coração começou a golpear.

— Ah, tenho certeza de que contou. Talvez quando estávamos conversando sobre a minha avó...

Ele segurou a garrafa de cerveja entre as mãos, suas sobrancelhas juntando-se em uma expressão contemplativa enquanto encarava o rótulo.

— Não, não acho que foi isso.

— Deve ter sido em alguma ocasião, me esqueci de quando. Quero dizer, passamos muito tempo juntos no último ano — ela disse, tocando em seu braço e apertando-o levemente.

A mão dele agarrou a dela com força. Muito mais força do que seria necessário. Marianne engoliu com dificuldade.

Ele olhou para ela e disse, em voz baixa:

— Lembro-me exatamente de quando foi que mencionei que meu pai morreu. Foi bem aqui — ele disse, batendo na mesa com o indicador da outra mão, a primeira ainda agarrando a dela como um torniquete.

— Ah, sim, pode ter sido — disse Marianne. — Devo ter entreouvido você.

Sua pulsação começava a rugir em seus ouvidos.

Ele acenou com a cabeça em silêncio, depois tomou um gole da garrafa, finalmente soltando a mão dela, seus olhos mais uma vez na cerveja à sua frente. Geralmente, ele fazia questão de decantá-la em um copo.

Marianne recolheu a mão, com medo demais para se mexer.

– Também me lembro que foi uma conversa particular, e em alemão. – Ele olhou para ela. – Este tempo todo, eu não sabia que você falava alemão.

A boca de Marianne estava seca.

– Eu... só sei um pouco. Você sabe, aprendi com o tempo.

Ele assentiu. Depois, deu de ombros.

– Bom, imagino que faça sentido. – Em seguida, deu a ela um sorriso forçado. – Obrigado, madame, isso é tudo – ele a dispensou.

Quando voltou para a cozinha, Marianne teve dificuldade para respirar. Ele estava desconfiando dela? Ou apenas surpreso?

Não gostou do jeito como aquilo aconteceu. Sob vários aspectos, seria mais seguro se Henri ficasse longe do restaurante dali em diante, apesar do quanto ele queria escapar do leito de morte da mãe. Continuava jogando baralho com os homens, então, ela escreveu uma mensagem para ele em uma comanda, dizendo-lhe para passar o dia seguinte com a mãe e que aquilo era uma ordem.

Ele até podia dar ouvidos a Busch, mas ela era sua patroa.

***

Mais tarde, quando Henri entrou na cozinha trazendo garrafas de cerveja e pratos, que havia empilhado dentro de um depósito, viu o bilhete com a ordem e virou-se para Marianne, questionando-a. Ela parou de esfregar o fogão e olhou para ele:

– Não quero discutir. Passe o dia de amanhã com ela.

Ele colocou o bilhete sobre o balcão e suspirou. Depois, aceitou.

Assim que ele acabou de limpar e guardar os pratos, Marianne o mandou para casa mais cedo.

– Você parece exausto. Vá, tenha uma boa noite de sono.

– Obrigado, madame.

Ela estava limpando os balcões quando Busch passou pela cozinha, como sempre, para se despedir. Já não estava tão frio quanto havia estado horas antes, e ela ficou aliviada.

– Como você sabe, amanhã à noite haverá um acontecimento particular, fechado para os locais – ele disse. – Tenho outro oficial graduado que preciso impressionar, Karl Lange. Acha que pode fazer alguma coisa especial?

– Claro, algum prato em particular?

– Não, pode fazer o que quiser. Confio em você.

O alívio que Marianne sentiu foi enorme. Ela sorriu, e ele se aproximou para tocar em seus ombros, atraído para eles como um fogo crepitante.

– Então, eu me despeço – sussurrou, beijando-a de leve nos lábios. Mas não se demorou, como normalmente o faria.

Seu hálito fedia a cerveja, e cada fibra dela queria empurrá-lo para longe. Mas, em partes, também estava incrivelmente aliviada por ele ter voltado a se comportar de maneira mais normal. Talvez, mais cedo, Busch realmente tivesse ficado surpreso. Seja como for, ela sabia que tinha que fazer alguma coisa. Em geral, ele relutava muito em ir embora à noite, querendo tomar mais um café com Marianne, apenas os dois. Não tinha tentado nada além de alguns beijos; mesmo assim, ela ficava exausta quando ele finalmente se despedia.

Tocou no rosto dele e transformou o beijo em algo mais intenso. Os olhos de Busch faiscaram de interesse, e ele a puxou mais para perto.

Quando os dois se separaram, ele tocou no cabelo dela, passando uma mecha para detrás da orelha.

– Talvez eu fique um pouco mais amanhã à noite, passe algum tempo de verdade com você, a sós... e lhe conte os meus segredos.

Marianne o encarou de volta e foi tomada por um sentimento de repulsa. Suas pernas começaram a tremer, mas ela sorriu.

– Eu gostaria disso.

Ele sorriu abertamente para ela, e então lhe deu um último beijo antes de sair.

Quando ela teve certeza de que ele havia ido, ficou de olhos fechados, tentando respirar. Seu coração não conseguia parar de bradar. Marianne desligou todas as luzes, depois foi passar a tranca.

Pela porta fechada, sentiu cheiro de fumaça e escutou homens falando do lado de fora.

Pressionou o ouvido junto à porta, ouvindo um deles dizer:

– Louisa Tellier tem uma lista. Vai trazê-la amanhã, no jantar.

A voz de Busch respondeu:

– Ah, ótimo. Logo descobriremos todos os ratos escondidos.

Marianne ficou cismada. Ratos escondidos? Estariam se referindo aos... judeus? Às pessoas que os escondiam? A ambos?

Escutou a risada de Busch.

– A francesinha foi um bom achado. Você fez bem em recrutá-la.

– Você sabe como é. Dê a elas algumas joias, um batom e elas comem na palma da sua mão.

Mais risadas estridentes do outro lado da porta. Então, Busch disse:

– Logo vamos desmascarar todos eles.

O coração de Marianne golpeou no peito. Louisa Tellier seria uma informante? Ela já não tinha ouvido esse nome antes, em algum lugar?

***

Pela manhã, Marianne encontrou-se com Geoff. Agora, seu antigo reduto no açougue tinha se mudado para a loja de vinhos dobrando a esquina, e ela lhe contou o que havia entreouvido.

Ele pareceu chocado e furioso.

– Sara, que costumava encabeçar a divisão da Resistência de Gilbert, disse a mesma coisa de Louisa, mas todos nós pensávamos... Bom, pensávamos que as duas apenas não gostavam uma da outra. – Ele apertou a pele entre os olhos. – Jesus, ela estava com a razão o tempo todo. – Retesou o maxilar. – Vamos ficar de olho em Louisa. É importante que a noite transcorra como planejado, mas veja se consegue dar uma olhada nessa lista.

Ela concordou.

Ao sair da loja de vinhos, viu um policial do outro lado da rua. Era um dos homens de Busch, e Marianne sentiu um arrepio crescer em sua barriga quando ele olhou para ela. Tinha olhos pequenos e fundos, que pareciam sombrios e ameaçadores.

Ela teria se comprometido?

Caminhou pela rua, depois por outra, e, quando olhou para trás, o policial estava ali, a distância, agora conversando com outro. Os dois viraram-se para voltar pelo caminho em que tinham vindo, na direção tomada por Geoff.

Marianne esforçou-se para recuperar o fôlego. Teria posto a vida dele em perigo?

***

Naquela noite, ela preparou duas panelas separadas da mesma refeição. Em uma delas, acrescentou acônito, veneno que sabia ser de ação rápida e mortal. Tinha encontrado a planta crescendo em um dos parques, como uma praga, e o instinto a fez colhê-la alguns dias antes.

Quando Busch chegou ao restaurante meia hora mais tarde, tinha o braço ao redor dos ombros de Henri.

– Que história foi essa de dizer que não precisa de ajuda esta noite, Marianne? Quem vai servir nossos drinques? Convenci o jovem Henri aqui de que ele é necessário.

Marianne empalideceu. Seu coração estava quase saindo pela boca, a única coisa que a impediu de gritar para que ele caísse fora. Tentou, sem conseguir, controlar sua expressão.

– Ah, *monsieur*, quando o senhor disse que queria um restaurante reservado, pensei em garantir que fosse mesmo reservado – protestou, horrorizada.

Os olhos dele dilataram-se.

– Bom, não preciso ter reservas para você ou sua equipe. A esta altura, tenho certeza de que podemos confiar uns nos outros, certo? – ele sorriu.

– Claro, *monsieur*.

– Ótimo.

Marianne engoliu com dificuldade.

– Bom, vou dar uma olhada na comida.

Ele concordou e pediu a Henri que fosse anotar os pedidos de bebidas.

Na cozinha, Marianne estava uma pilha de nervos. Dez minutos depois, quando Henri entrou e começou a abrir garrafas de cerveja e servir vinho, ela disparou até ele.

– Por que você está aqui? – perguntou, entredentes.

Ele franziu o cenho.

– Madame, por favor, não pude ficar lá.

– Você não deveria estar aqui, Henri. Não nesta noite.

– Por favor, madame, não comece.

Houve um chamado por Henri no salão.

– Onde está a minha cerveja?

O garoto correu para atender ao pedido.

Marianne deu um suspiro profundo, tentando inutilmente acalmar seu nervosismo.

***

O convidado especial, Karl Lange, era do alto escalão da máquina de propaganda nazista, que estava fazendo hora extra em Paris. A outra era Louisa, a informante francesa, vestida de vermelho, seus traços bem definidos suavizados pelo brilho da luz de velas. Quando Marianne saiu para servir o vinho, a jovem dirigiu-lhe um olhar desafiador.

Busch sorriu.

– Conhece Louisa? – perguntou a ela em alemão.

Marianne sacudiu a cabeça, mas tinha ouvido falar nela e desprezava-a por princípio. Lembrou-se da expressão de Geoff mais cedo, o choque em seu rosto. Por muito tempo eles haviam suspeitado que ela fosse uma informante... e lá estava ela. Seus olhos azuis escureceram ao olhar a moça.

— Bom, deveria. Vocês têm muito em comum. Ela também entendeu o mérito da colaboração.

— É mesmo? — perguntou Marianne, encarando a outra com um sorriso rígido.

— Ah, sim — respondeu Louisa. — Bom, a certa altura, todos temos que escolher lados. Só apostei no cavalo vencedor.

— Pessoalmente, gosto de apostar no cavaleiro — disse Marianne. — São eles que acabam surpreendendo você.

— Não gosto de surpresas — disse Busch, desferindo-lhe um olhar cortante.

Marianne ficou muda.

Quando voltou para a cozinha, esforçou-se para acalmar suas pernas, que tremiam.

Do passa-pratos, escutou a conversa voltar-se para a lista de Louisa e a remoção forçada dos judeus escondidos pela cidade. Ouviu a voz de Busch em altos brados. Eles já não tentavam disfarçar ou abafar o que diziam. Ficou na ponta dos pés para tentar dar uma olhada na lista, mas os braços deles estavam atrapalhando. Teria que tentar consegui-la mais tarde, de algum modo.

Quando Henri serviu a refeição, voltou com uma expressão intrigada. Tinha ido buscar outra garrafa de vinho.

— Madame, Busch disse que quer falar com a senhora sobre o cozido.

Marianne sentiu uma onda de ansiedade ameaçar engoli-la.

— Ah, sim. Precisa de sal? — ela perguntou alto o suficiente para que todos ouvissem.

Depois, afivelou seu sorriso mais luminoso e pegou a garrafa da mão de Henri.

— Eu sirvo — disse, saindo para ver o que Busch queria.

Ninguém havia tocado na comida; Marianne viu isso de imediato. Ela se aproximou de Busch.

— Henri disse que o senhor queria falar comigo?

— Sim. Pensamos que talvez a senhora quisesse se juntar a nós esta noite.

Marianne ficou tensa.

– Ah, bem, obrigada. Vou buscar um prato – disse, sorrindo.

A mão dele disparou para impedi-la. Mais uma vez, ele a apertou como um torniquete.

– Não se dê ao trabalho, pode comer metade do meu – ele falou discretamente, soltando o braço dela e despejando metade do seu cozido em um prato de pão.

– Muita generosidade sua – ela disse. Depois, segurou a garrafa de vinho à sua frente e pegou o saca-rolhas que Henri deixara na mesa – Devo servir?

Várias cabeças acenaram positivamente.

– Comam, cavalheiros, não deixem a comida esfriar – ela disse, com um sorriso, enquanto enchia as taças.

Um dos homens ia começar, mas Busch segurou sua mão, com um meio-sorriso no rosto.

– Por que a pressa para nos alimentar, madame?

Ela olhou para ele, forçando um grande sorriso descontraído.

– Nenhuma pressa.

Ele olhou fixo para ela, e Marianne esqueceu-se de respirar.

– Sabe, nunca a vi comer da própria comida – ele franziu a testa.

– Ah, sim, em geral não é bom para... a cozinheira comer com todo mundo, mas sempre dou uma boa provada – ela disse, piscando para os outros. – Mas se o senhor insiste... – Ela foi até o lugar que ele arrumara para ela e se sentou. Pegou um garfo e encheu-o com cozido, pronta para enfiá-lo na boca.

Não se importaria de morrer se isso significasse que eles também morreriam. Se significasse que poderia ajudar a impedir a remoção forçada de centenas de pessoas que já temiam por suas vidas.

Busch a observou com a testa franzida, e então, quando ela estava prestes a pôr a comida na boca, ele sacudiu a cabeça.

– Henri, faça um prato para você também. Pode se juntar a nós. Esta noite é uma celebração.

– Ah, não, *monsieur*. Henri...

– A senhora não quer que ele coma a sua comida?

– Tudo bem, madame. Fico feliz em fazer parte – disse Henri.

Marianne sentiu como se estivesse se afogando.

– Não acho certo, o senhor tem convidados importantes – ela disse, olhando para Karl Lange.

– Ah, não, eu não me incomodo – disse Lange.

– Venha cá – chamou Busch, tirando o prato dela. – Venha se sentar, Henri. Experimente um pouco do cozido de Marianne. Marianne, vá pegar um prato adequado para você.

Marianne sentiu a boca secar.

Henri aceitou de bom humor, esperando que ela deixasse a cadeira, e então se sentou em seu lugar. Antes que Marianne pudesse fazer ou dizer alguma coisa, o menino enfiou uma boa garfada na boca, fechando os olhos em êxtase.

– Ah, meu Deus, está delicioso. Eu estava morrendo de fome – ele disse.

Marianne sentiu-se como se o mundo estivesse lhe faltando debaixo dos pés. Quis derrubar o prato das mãos dele, dizer para ele correr, mas não adiantaria; ambos seriam mortos ali mesmo, e ela precisava da lista de Louisa. De algum lugar, conseguiu balbuciar e sorrir.

– Fico feliz que tenha gostado.

Algo nisso talvez tenha acalmado Busch, e ele também começou a comer.

– Olhem para o menino – riu um dos oficiais. – Ele está se esbaldando.

– Ótimo – disse Busch, dando-lhe um tapinha nas costas.

– Vou pegar um prato para mim – disse Marianne, indo até a cozinha para buscar outro prato e impedir que seus olhos se enchessem de lágrimas na frente de Busch.

Quando voltou, todos estavam comendo.

Um dos oficiais pediu mais uma garrafa de vinho.

– Por favor, antes de se juntar a nós.

Ela assentiu, mas quando a levou, as propriedades do veneno já começavam a fazer efeito. Com horror, ela assistiu quando todos começaram a convulsionar. Houve o som de cadeiras caindo, e de arquejos.

Busch olhava fixamente para ela, sua expressão mudando de choque para ódio enquanto lutava para respirar pela última vez. Marianne desviou o olhar, sabendo que a expressão que dirigia a ela assombraria seus pesadelos, ainda que ele merecesse aquilo. Quando a hora dele chegou, Marianne nem mesmo conseguiu lhe dizer por que o tinha matado, nem sentir qualquer vingança. Apenas correu até Henri, na esperança de que, de algum modo, poderia fazê-lo vomitar, ou levá-lo a um médico, mas era tarde demais. Ele já tinha partido.

Marianne caiu de joelhos e segurou o corpo do menino junto a si. Olhou para seu rosto jovem, salpicado de sardas, tão parecido com o do irmão, e lágrimas desceram-lhe pela face, a culpa esmagando-a como uma onda gigantesca. O som que emitia enquanto lamentava era selvagem, e ela o abraçou, repetindo até perder a conta:

— Ah, Henri, o que foi que eu fiz? Devia ser eu! Sinto muito...

***

Sebastien passara a noite toda escondido nas sombras, esperando, e, quando Marianne saiu correndo do restaurante, com o cabelo despenteado, os olhos cheios de lágrimas, os lábios sem cor, disparou até ela.

— Geoff me contou sobre esta noite, sobre a lista e Louisa.

O queixo da Marianne tremeu. Segurava a lista, agarrando-se a ela. Sebastien a pegou e disse:

— Não fale aqui, alguém poderia ouvir.

Ela sacudiu a cabeça com um olhar desvairado e começou a arfar, como em um ataque de pânico.

— Estão todos mortos.

Sebastien arregalou os olhos de horror.

— O quê?

— Eu... eu os matei.

Ele se virou para entrar no restaurante e, quando saiu, um minuto depois, estava pálido, com o olhar chocado. Caminhou lentamente, quase relutante, de volta para ela.

— Mas... o menino?

O rosto de Marianne contorceu-se, e ela caiu na rua, começando a lamentar. Ele correu para acalmá-la.

— Foi um acidente... Eu não pretendia que ele comesse!

Sebastien balançou a cabeça, depois segurou Marianne nos braços, colocando-a de pé, mas ela era um peso morto.

— Vamos, você não pode ficar aqui!

Ela não ajudou, e ele praticamente a arrastou pela rua. Lágrimas escorriam enquanto ela soluçava alto, dolorosamente. O rosto de Henri estava gravado em seu cérebro.

— Vamos lá – ele disse, tirando o cachecol do pescoço e pressionando-o na boca dela para abafar o som. Com olhos vidrados, ela o seguiu até um apartamento a poucos quarteirões de distância, seus pés pesados, inertes. De algum modo, ele a enfiou para dentro. Era apenas um estúdio com uma cama.

— Posso tentar tirá-la do país – ele disse. – Fique aqui. Precisarei tomar algumas providências.

— Não – ela disse. – Pre-preciso enfrentar isso... Não posso fugir.

Ele a ignorou. Se os enfrentasse, seria morta instantaneamente. Ele se virou para lhe servir um copo grande de uísque, depois foi buscar um comprimido. Mas não confiava em deixá-la sozinha, não naquele estado.

— Tome isto.

— O que é?

— Só confie em mim.

Eram comprimidos fortes, que ele tomava para impedir seus pesadelos. Embora acreditasse em tudo o que estava fazendo para ajudar a Resistência, seus atos tinham um preço. Os limites não eram claros, e era difícil encarar quem ele havia se transformado. Sem dúvida, o mesmo aconteceria com Marianne. *Veneno*. Meu Deus, aquele pobre menino!

Marianne engoliu o comprimido que Sebastien lhe deu e bebeu o uísque, que queimou ao deslizar por sua garganta. Nada ajudou a entorpecer o que acabara de fazer. No entanto, logo seus olhos ficaram pesados com o que quer que ele lhe tivesse dado, e vários minutos depois, quando ela adormeceu, Sebastien a envolveu em um cobertor.

***

Depois que Marianne adormeceu, Sebastien leu a lista e suspirou; era o que suspeitava. Quando Geoff escapara e veio lhe dizer o que havia acontecido, ele desconfiou que o amigo havia conseguido fugir com muita facilidade. E havia um motivo para isso: a lista estava cheia de nomes de pessoas famosas, atores e atrizes do cinema, cantores e cantoras. Se houvesse uma lista de verdade, sem dúvida já estaria sendo posta em ação. Aquilo era algo que haviam elaborado para testar se Marianne estava de fato informando-os. Tinham começado a suspeitar dela. Tudo não passava de uma armadilha.

Sebastien temeu contar isso a ela, quando acordasse. Mas contaria. Não acreditava em mentiras.

***

Foram cinco dias até chegar à Abadia de Saint-Michel. Sebastien a ajudou a sair da cidade, arrumando transporte em um caminhão de queijos que se dirigia para o sul. Por dezoito horas, ela ficou debaixo de um cobertor, depois pegou outra carona com um fazendeiro que ia em direção a Gourdes. Tingiu o cabelo de castanho e vestiu roupas de menino; estava tão magra e franzina que quase podia se passar por um.

Ao chegar, era pouco depois de nove da manhã. Entrou furtivamente nos jardins, onde as roseiras floresciam, e encontrou Marguerite sentada em uma coberta de piquenique junto de Irmã Augustine. Passarinhos ciscavam nas sementes que elas haviam espalhado.

A freira protegeu os olhos com a mão, olhando a distância. Vendo-a se aproximar, pareceu ficar tensa, mas depois de um tempo levantou-se, franziu a testa e sussurrou:

– Marianne?

Marianne deu um passo à frente e parou ao ver a filha. Agora, o cabelo da menina estava pelos ombros, escuro como o de Jacques, e seus olhos também eram muito parecidos com os dele.

– *Chérie*, é a sua mamãe – disse Irmã Augustine, e a criança levantou-se, confusa.

– Mamãe? – ela murmurou.

Marianne correu e abraçou-a, fechando os olhos ao sentir seu cheiro.

Talvez Irmã Augustine tenha entendido, porque ficou afastada por um tempo, enquanto Marianne brincava com a filha, correndo atrás dela, abraçando-a e beijando-a, guardando cada centímetro de seu rosto na memória.

Depois de alguns minutos, Marguerite foi até a coberta, parecendo cansada, e Marianne beijou-a pela última vez, tentando impedir que as lágrimas caíssem no rosto da criança.

Então, foi até Irmã Augustine. O sorriso da freira vacilou ao vê-la. Estava escrito ali.

Irmã Augustine suspirou.

– Então, você acabou fazendo aquilo.

É claro que ela falava de Otto Busch.

Marianne confirmou com um gesto de cabeça, e começou a chorar baixinho enquanto contava tudo à freira. Depois de um tempo, ela disse:

– Vo-vou precisar da sua ajuda.

Irmã Augustine concordou.

— Sim. Podemos tentar esconder você.

Marianne sacudiu a cabeça.

— Isso não. Prometi a Jacques que traria um padre para dizer os ritos e colocar uma campa ali. Você acha que, talvez, um dia, quando tudo isso acabar, poderia fazer isso por mim?

Os lábios de irmã Augustine tremeram.

— Eu ficaria honrada, *chérie*. Mas — e foi então que suas lágrimas começaram a cair rapidamente — você poderia ficar, Marianne. Deus a perdoará, menina.

Marianne olhou para ela, depois novamente para a filha, que agora dormia, e desejou que pudesse. Mas não podia. Sabia que não.

— Acho que eles deixaram uma parte de fora em Eclesiastes.

A freira não entendeu.

— O que quer dizer? — Lembrou-se de que elas já haviam falado de uma passagem.

— Também existe um tempo para a vingança e um tempo para a justiça.

Marianne virou-se para ir embora, endireitando os ombros e se preparando para voltar a Paris. Precisava enfrentar a dela.

36

Provença, 1987

GILBERT NÃO FOI O ÚNICO COM LÁGRIMAS a correr pelo rosto enquanto Irmã Augustine contava o que havia acontecido. A tarde tinha se transformado em noite e eles continuavam sentados nas mesmas cadeiras, escutando a freira contar a história da amiga.

– Ela me disse que, se um dia a filha viesse, era para eu lhe contar o que ela havia feito e por quê. Pediu que eu procurasse uma família para adotá-la, alguém local, que fosse amá-la e tratá-la com bondade, criando-a como francesa. Naquele dia, depois de ir embora, ela voltou a Paris e se entregou às autoridades. Passaram-se muitos anos até eu finalmente ter a oportunidade de ir a Heligoland, encontrar a tumba de Jacques e realizar os rituais. Um de seus antigos colegas pesquisadores ainda estava lá e me mostrou onde ele havia sido enterrado. Quando encomendamos a lápide, também pusemos uma Estrela de David nela.

Sabine escutou a freira com os lábios trêmulos.

– E o resto vocês sabem – arrematou Irmã Augustine.

Gilbert confirmou.

— Mas ainda não entendo... Por que ela fez isso, entregar-se desse jeito em vez de voltar para a filha?

— Acredito que ela achava que não merecia isso. O mesmo motivo pelo qual não o procurou depois. Naquele momento, optou por não interferir, por não dizer a Henri para não comer a comida, e isso custou a vida do menino. Ela não achava que isso fosse algo que você precisasse racionalizar algum dia.

Gilbert enxugou os olhos. Era uma coisa terrível, mas ele conseguia entender que ela tivesse encarado daquela maneira.

— Ela ia comer a comida envenenada. Queria que fosse ela, e não ele — Gilbert concluiu.

— Sim.

Ele então desmoronou, e, por entre soluços, escutou a freira dizer:

— Bem, ela sempre quis encarar seus pecados. Acho que muitas pessoas podem ouvir sua história e se concentrar apenas na coisa monstruosa que ela fez. Mas também houve justiça. Acredito que ela acabou salvando muitas vidas, como as crianças que conseguiram fugir por causa de sua intervenção, e ela fez o que fez pensando que também salvaria outras pessoas.

— Mas ninguém sabe disso.

— Talvez vocês possam mudar isso.

Sabine olhou para Gilbert e ele concordou.

— Isso é algo que poderíamos fazer — ela disse.

37

Três anos depois — Paris, 1990

QUANDO O VENTO MUDA na esquina da Rue Cardinet com a Lumercier, o cheiro de comida detém os transeuntes em sua trajetória: creme encorpado, vinho do Porto e frango assado. Crescem rumores sobre o quanto o novo restaurante está indo bem, e sobre a dona dele durante a Ocupação.

Havia um grupo de pessoas paradas do lado de fora, falando a respeito, justo quando Gilbert vinha passando pela rua. Ele ouviu trechos do que conversavam e sacudiu a cabeça.

— Dizem que ela, sozinha, abateu todo um grupo de nazistas.

— Eu soube que ela se entregou a um pelotão de fuzilamento.

— Infiltrou-se no círculo privado de Hitler, e foi veneno que o matou em seu *bunker*...

Esta última era nova e, é claro, ridícula. Os rumores tinham recomeçado a crescer, mas agora eram diferentes. Dessa vez, não o irritavam.

Ele foi até a vitrine. Agora, o vidro estava limpo. As palavras que haviam sido riscadas no vidro, *colaboradora* e *assassina*, tinham sumido muito tempo atrás. Gilbert entrou para saborear o cheiro de tinta fresca misturado ao aroma de frango assado, de dar água na boca. Na cozinha, pôde ouvir Antoine cantarolando.

Tinha trazido champanhe de 1968, que andara guardando para o dia em que vendesse a horrorosa primeira edição norte-americana de *Lolita*, o que finalmente aconteceu, mas não era isso que queria comemorar. Era outra coisa.

Viu Sabine ao fundo, espanando uma sequência de fotografias emolduradas, seu cabelo no costumeiro coque alto. Quando se aproximou, ela se virou para ele e sorriu, e ele viu os agora conhecidos personagens nos retratos, os homens e as mulheres comuns que tinham ajudado a sabotar os esforços dos nazistas. Um deles ocupava um lugar de honra, colocado junto a um artigo emoldurado sobre o restaurante onde agora estavam: o de Marianne Blanchet. Ao lado, outras fotos de Marianne, Henri e Gilbert, que eles tinham conseguido encontrar quando decidiram reabrir o restaurante para preparar as receitas da avó de Sabine.

Quando Sabine se aproximou para abraçá-lo, ele teve um vislumbre da nova tabuleta do restaurante no vidro da moldura. Mesmo de trás para frente, conseguiu decifrá-la.

Sentiu um nó na garganta. Dessa vez, porém, era de orgulho.
Café de Resistance.

Nota da autora

Infelizmente, o belo vilarejo de Lamarin é fictício, mas em parte foi inspirado por Simiane-la-Rotonde, uma comuna na Alta Provença, em que as lavandas estendem seu tapete roxo todos os anos.

O último restaurante de Paris foi inspirado por todas as histórias incríveis que li sobre os homens e as mulheres comuns que ajudaram a resistir à Ocupação nazista pela Europa, bem como pelo filme *A Call to Spy* [As espiãs de Churchill], que acompanha relatos autênticos de mulheres incríveis, recrutadas e treinadas pelo governo britânico para ajudar a sabotar as atividades alemãs de dentro da Ocupação. Sua valentia e coragem foram incrivelmente inspiradoras, e eu sabia que muito provavelmente meu próximo romance traria uma espiã, como consequência. Mas, quando li um artigo no *New York Post*[*] sobre duas jovens irmãs holandesas, Truus e Freddie Oversteegen, e sua amiga Hannie Schaft, que pegaram em armas contra os alemães nos Países Baixos, atraindo nazistas para fora dos bares, convidando-os

---

[*] Ver em: https://bit.ly/4e6TDEl

a dar um passeio com elas para então os matarem a tiros, foi plantada a semente para uma história mais ambígua moralmente sobre o preço a ser pago por justiça.

A vitória cobra um preço e, às vezes, esse preço está na alma de alguém, como Truss contou a Sophie Poldermans, sua biógrafa no livro *Seducing and Killing Nazis: Hannie, Truus and Freddie: Dutch Resistance Heroines of WWII* [Seduzindo e matando nazistas: Hannie, Truus e Freddie: heroínas da Resistência Holandesa na Segunda Guerra Mundial]: "Não nasci para matar. Você faz ideia do que isso causa à sua alma?".

Depois de cada ataque, ela frequentemente desmaiava ou se desmanchava em lágrimas, e, anos depois, todas elas sofreram de depressão, ao passo que Hannie Schaft foi executada pelos nazistas.

No entanto, o legado que deixaram permanece: uma história incrível de sacrifício e coragem pessoal, já que, juntas, elas ajudaram a sabotar instalações militares, bombardearam carregamentos de munições e cabos de transmissão de energia e mataram muitos nazistas.

Agradecimentos

Foi incrivelmente complexo escrever este romance, em uma época muito difícil da minha vida. Sinceramente, se não fosse pela minha editora Lydia Vassar-Smith, ele não teria acontecido. Agradeço imensamente por sua paciência, apoio e generosidade. Você é, de fato, um dos seres humanos mais maravilhosos que existem; o mundo é um lugar melhor por tê-la.

Meus mais profundos agradecimentos à equipe do Bookouture, por seu trabalho difícil e seu apoio, pelas belas capas e por tudo o que vocês fazem.

Agradeço, como sempre, a meu marido, Rui, que sempre acredita que as palavras virão, até – e especialmente – quando eu perdi a fé.

Por fim, e sem dúvida com a mesma importância, agradeço a você, leitor; agradeço imensamente por escolher este livro, e a todos os leitores e blogueiros que entraram em contato comigo com tanta generosidade e acolhimento. Significa tudo.

Este livro foi composto com tipografia Adobe Garamond Pro
e impresso em papel Off-White 70 g/m² na Formato Artes Gráficas.